故事会

文摘版

第22辑

合订本

上海故事会文化传媒有限公司
上海文化出版社

图书在版编目（CIP）数据

故事会文摘版合订本. 第22辑 /《故事会》编辑部编. —上海：上海文化出版社，2021.9
 ISBN 978-7-5535-2368-2

Ⅰ. ①故… Ⅱ. ①故… Ⅲ. ①故事-作品集-中国-当代 Ⅳ. ①I247.81

中国版本图书馆CIP数据核字(2021)第176721号

主　　编：	夏一鸣
副 主 编：	高　健
责任编辑：	蔡美凤
发稿编辑：	蔡美凤　胡　捷　吴　艳　高　健
装帧设计：	孙　娌
责任督印：	张　凯

故事会文摘版合订本. 第22辑

出　版：上海文化出版社
出　品：上海故事会文化传媒有限公司
　　　　（201101 上海市闵行区号景路159弄A座3楼　www.storychina.cn）
发　行：上海文艺出版社发行中心
　　　　（上海市闵行区号景路159弄A座2楼206室）
印　刷：上海四维数字图文有限公司
开　本：787×1092毫米　1/32
印　张：9
版　次：2021年10月第1版
印　次：2021年10月第1次印刷
ISBN：978-7-5535-2368-2/I·916
定　价：18.00元

版权所有·不准翻印

上海故事会文化传媒有限公司 出品（01048）

想看更多精彩故事？
扫码下载故事会APP

上海故事会文化传媒有限公司所有图书可办理邮购，免收邮费（挂号除外）
汇款地址：上海市闵行区号景路159弄A座2楼206室（201101）
收 款 人：上海故事会文化传媒有限公司出版发行部
联系电话：021-53204159
如发现本书有质量问题，请与印刷厂质量科联系　Tel:021-37212897

卷首

书写你生命的每一笔

2013年，辽宁省高考文科状元刘丁宁带着父母的期盼，来到美丽的东方之珠香港大学求学，一个月后，她选择离开，一年后，她重新参加高考，再次成为本省文科状元，进入北京大学继续求学。

很多不理解她当年选择的人，如今可能多少都有点明白了。而我们今天要说的不是其他，正是学习的意义。人为什么要学习？为了开拓知识眼界，掌握思辨方法，填补人格缺失。如果你觉得自己是天之骄子，高人一等，沾沾自喜于出身、学历、地缘经济，不能接受在时代浪潮中逐渐被淘汰的现实，甚至不惜牺牲他人的自由、民主乃至生命去追求自己的目标，那么，在人生的课堂上，你显然是不合格的。

生而为人，你且修身，你且渡人，你且如水，居恶渊而为善，无尤也。先学做人，后学做事，从来都是我们这个民族为学为人的根本。大眼睛奶奶带我们十八天环游世界，她说，生命是件了不起的礼物，很多的爱与珍惜才能让我们配得上它；闫青禾让儿子明白了生活不只是黑白两色，你生命中的每一笔，都要由自己来精心书写，落笔无悔。

刘丁宁说："也许将来我并不会有什么成就，也不富贵利达，我只愿每天按自己喜欢的方式生活，精心书写生命的每一笔。"

在知识的海洋中汲取力量，认清不足，体悟人性，完善自我，这，才是学习的意义。

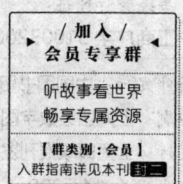

蔡美凤 《故事会》蓝版编辑
CAI MEIFENG / Stories Editor

故事会 2019.12 总第64期
Stories Digest 文摘版

社　长、主　编：夏一鸣
副 社 长：张 凯
副 主 编：高 健
本期责任编辑：蔡美凤
发稿编辑：高 健 胡 捷
　　　　　吴 艳 唐 祯
美术编辑：孙 娌
电话：021-64668742
　　　021-54561119
邮编：200020
地址：上海市绍兴路74号
主管：上海文艺出版总社
主办：上海文艺出版总社
出版单位：《故事会》编辑部
发行范围：公开

出版、发行电话：021-64313938

发行业务：021-64313938
发行经理：钮 颖
媒介合作：021-64338113
广告业务：021-64334376
新媒体广告：021-64450660
广告经营许可证：
沪工商广字 3100320080016 号

国外发行：中国图书贸易总公司
印刷：上海四维数字图文有限公司
发行：上海邮政报刊发行局
邮发代号：4-900
国外代号：MO9178
定价：5.00元

卷首

书写你生命的每一笔 / 蔡美凤	01

焦点

十八天环游世界 / 源城	04
我妈是个情深义重的渣女 / 李晓	10

盲点

听话听音 / 程玮	09
武松果真能把老虎打死吗 / 陈曦	28
宋人的一天可以过得多精彩 / 吴钩	44
明武宗：万物皆可盘 / 看鉴君	52
有一种"鹅"，曾经被归为海鲜 / 红色皇后	56
如果周杰伦生活在唐代 / 六神磊磊 洁弘	74
走近国外高校的创意课堂 / 林小鱼	84

笑点

垃圾堆里捡来的孩子 / 小衷怪	14
当代80后育儿翻车经验分享 / 挂挂釉	24
丸子的朋友圈	48
别在深夜向我卡里转钱 / 魏伟	58
啊，在那遥远的瓦国和苍蝇一起看火山 / 毛利	68
当动物有了人的智商 / 甲村图书馆	77
牛大姐家乐事多	86

看点

我与拾遗者智斗151个小时 /Bruce 口述 也卜文	16
你永远不知道一张机票会带来什么 / 汪星宇	26
失约的温暖 / 美丫	31

泡沫 / 李雪倩	39
使命 / 杨颖琦	40
1960年的牛肉 / 袁良才	50
减肥王 / 孙博	54
外路女人 / 李靳	71

侃点
关于生命的三个故事 / 协和老万	19
读者说 / 史丽琼等	41
听说黄蓉跟杨康更配 / 叶无双	80

亮点
完美的生活 / [日本]星新一 王维幸译	21
砸琴 / 张炜	46
当父母头顶不再有天 / 耶雅亿	60
我很清楚这一点 / 崔立	63
休闲好时光 / 崔立	65
想象的艺术魅力 / 顾建新	66

视点
便宜的东西，只有付款那一刻是开心的 / 林帝浣	35
看海记 / 天朝羽	42

零点
无支祁 / 陆春祥	36
夜路 / 琴月晓	78
自拍神器 / 蔚蓝	92

泪点
我和我的哑巴父亲 / 涂云 黑蝉	88

故事会 文摘版欢迎投稿

稿件要求：来自最新的报刊、书籍或网络，故事性强，文字明快，主题健康，视野开放，纪实或虚构均可，体现"新、知、情、趣"的特点，同时欢迎第一手的翻译作品。推荐作品须注明原文出处、原作者姓名，确保转载不存在侵害版权的行为，并请留下推荐者真实姓名及通信地址。作品一经采用，即致推荐者50至200元推荐费，并向作品著作权人支付稿酬。

故事会文摘版 投稿信箱
wenzhaiban@126.com

故事中国网：www.storychina.cn

故事会公众号　故事会App下载二维码

本刊所付作者的稿酬，已包括以纸质形态出版的**故事会**文摘版、汇编出版、音像制品及相关内容数字化传播的费用。部分作者因各种原因未能联系到，请通过邮件或电话与我刊联系稿酬及相关事宜。

本刊未署名图片均由视觉中国提供

十八天环游世界

@源 娥

生命是件了不起的礼物，很多的爱与珍惜才能让我们配得上它。

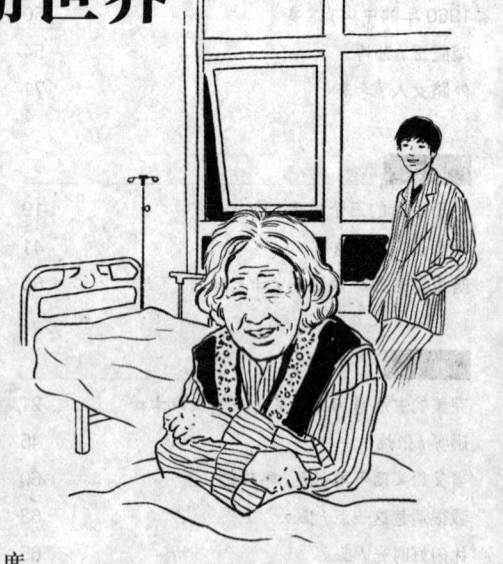

在非洲

我得了肺炎，要住院一段时间。

我偷偷跑出了房间，假装自己是个环游世界的冒险家，一间间病房都是陌生的国度。

我跑到走廊的另一侧，一间病房里坐着个老太太。我把手支在额头上，自言自语道："报告船长，前方发现一座岛屿，岛上有一位年老的土著。"我既扮演瞭望员又扮演船长，背过手，腆起肚子，装出一副粗嗓子说道："缓慢靠近，全体船员小心谨慎。"

随着我的船越来越靠近岛屿，那个老太太忽然用手连续拍击嘴巴，发出一串"呜呜呜"的声音，说道："尊敬的船长，欢迎你到大眼岛来。""这里为什么叫大眼岛呢？"

老太太指着房门口的牌子说："616看起来不就是鼻子两侧生着一双长睫毛的大眼睛吗？我们大眼岛盛产各种水果，请远道而来的客人品尝品尝。"老太太说着就扔给我一个梨。

"你叫什么名字呀？"老太太问道。"我叫小磊，是个冒险家，我正在环游世界。你呢？"

"你可以叫我'大眼睛奶奶'。真巧，我也是一个冒险家。"她拍着胸脯得意地说，"你知道我为什么会土著的语言吗？因为我曾在非洲和土著们生活过一段时间,在一次狩猎中我还被一头大狮子袭击了。多亏土著朋友们救了我,才捡回了一条命。"她把袖子撸上去,露出胳膊上带着牙印的伤疤,"你看,我没骗你吧。"

我心中肃然起敬。她又给我讲了好多非洲见闻,我们把医院的病床当成岩石,躲在后面观察门外经过的"野兽";把椅子当成大树,爬到树上摘果子;把被子当成沙漠,学习如何从沙漠里取水喝……

在美国

第二天,我又来到大眼岛,大眼睛奶奶正在等我。

"今天我们说说在美国旅行的冒险故事。某天晚上,我背着背包走在纽约一条狭窄的小巷里。这时迎面走来一个人高马大一脸凶相的男人。这条路上只有我们两个人,若是这人想抢劫我,我肯定打不过他。就在我们擦肩而过的一瞬间,你猜怎么着?

"那男人突然倒在了地上,抽搐了几下就停止了呼吸。我吓了一跳,但还是立即打了急救电话。幸好我英语不错,按照电话里的指示一步步给这个男人做了心肺复苏。"大眼睛奶奶让我躺在床上,模仿那个突然倒下的男人,她则在旁边比画起心肺复苏的姿势。

"因为抢救及时,他脱离了生命危险。如果我英语不好,无法用英语打急救电话,或者听不懂电话里的指示,就无法挽救这个人的生命了。"

之后我每天都会到大眼睛奶奶那去。第三天大眼岛变成了英国的白金汉宫,第四天变成了埃及的帝王谷,第五天变成了西伯利亚的大森林,第六天变成了日本的富士山,第七天变成了澳大利亚的大堡礁,第八天变成了南极科考站……

在法国

第九天,大眼睛奶奶从床边的抽屉里拿出一张有些泛黄的素描画像。我问道:"这是谁呀?怎么跟你有点像?"

"这是我年轻时的样子。这幅画是我丈夫给我画的,他是一位画家。这就要从我在法国的冒险经历说起了。一天晚上,我在街上走着,突然有个男人飞快地骑着自行车从我旁边的一个水坑经过。我的一条崭新的连衣裙立刻被溅了一片泥点。男人回来跟我说了一大通话。我那时刚到法国,什么都听不懂。然后这个男人就强行要拉我走,我吓坏

了，大喊了一声中文：'你放手！'

"他听见我说中文，就把帽子摘了下来，露出一张中国人的脸，说：'你是中国人？'然后他不停地跟我道歉，还一定要带我去买条新裙子赔偿我。我们到了卖衣服的地方，我看中了两条漂亮裙子，不知道要选哪个。他却说两条都买，一条是赔偿给我的，一条是送我的礼物。店主说一条裙子120法郎，两条裙子200法郎。最后你猜发生了什么？"我摇了摇头。

她得意地说："我们用160法郎买了两条裙子！200法郎是两条裙子的成本加利润，120法郎是一条裙子的成本加利润。200法郎减去120法郎等于80法郎，就是一条裙子的成本加利润。所以一条裙子的成本加利润肯定小于80法郎。店主听了我们的推断，哑口无言，只好以160法郎卖给了我们两条裙子。"

我吃惊地瞪圆了眼睛，数学真是太神奇了！

在珠峰

第十二天，我急匆匆地跑到大眼岛。"我要出院了，但是我一点儿也不想出院。学校的午餐还总放胡萝卜，我讨厌胡萝卜。"

大眼睛奶奶递给我一块蛋糕，蛋糕是橙红色的，香喷喷的，令人难以拒绝。我一边吃蛋糕一边听她讲冒险故事。

"我曾经攀登过珠穆朗玛峰，在攀登的过程中，遭遇了暴风雪，我和同伴走散了。我被困住了，只能靠少量的存粮维持生命，等待救援。几十个小时，我不敢睡觉，因为害怕一睡觉就再也醒不过来了。最后我只剩下一块小小的巧克力。"她用手比画着巧克力的大小，也就一根手指那么大吧。

"靠着这点巧克力，我又多撑了几个小时，终于等到了救援，活了下来。得救后，因为实在太饿了，一顿饭吃了过去五顿那么多，之后又一连睡了几天几夜。我从没觉得吃饭睡觉是这么幸福的事。"

我咽下了手里的最后一口蛋糕，说："这是什么蛋糕？真好吃。"

"这是胡萝卜蛋糕，是把胡萝卜碎加在面糊里烤出来的。"

"胡萝卜？"我难以置信地看着自己手指上的蛋糕残渣，舔了一下，意犹未尽地回忆着方才的美味。

在热带雨林

第十三天，我还在医院里，因为我的症状又反复了。医生建议我再住院观察几天。

1. 答案：土壤结构指的是土壤颗粒的空间排列方式及其稳定程度，孔隙的分布和结合状况。

特别策划 强势围观

我兴高采烈地跑到大眼岛想告诉大眼睛奶奶这个好消息，没有敲门就直接进去了，结果看到一个光脑袋的人正在屋里。再仔细一瞧，这个光脑袋的人竟然是大眼睛奶奶。然后我看到她拿出一个假发套戴在头上，又变回了原来的样子。

> "大眼睛奶奶带我十八天环游世界，体验生命的奇迹、生活的意义……"

"大眼睛奶奶，你的头发哪去了？"她仿佛害怕隔墙有耳似的小声说道："这是我的一个秘密，你答应我绝对不说出去，我才会告诉你我的头发哪去了。"我立刻点点头。

"我虽然年纪大了，但还是喜欢冒险，所以不久前又跑到热带雨林里寻找荒废的古代寺庙。谁料一群疯狂的狒狒突然出现，想抢我的包裹。我为了躲避它们，藏到了山洞里。夜晚来临了，我需要生火，但却没有合适的引火材料。我怕狒狒们还守在洞外，又不敢出去找，你猜我想到了什么办法？"

"头发？""答对了！"

这是我第一次猜对大眼睛奶奶的问题，高兴极了。"我割下了自己的头发，用头发点燃了篝火。后来燃料不够了，我就把所有的头发都割下来生火。等我平安地离开热带雨林的时候，头上已经几乎没剩多少头发了。为了不让别人发现，我干脆就剃了光头，弄了个假发套戴在头上。你说我是不是很聪明？"

之后她用方便筷子当树枝，教我在野外如何生火，我玩得心满意足。

在印度 & 泰山

第十六天，我去看她时，她正在床上睡觉。我叫了好久，她才醒过来。她用手摸摸我的头，脸上挤出笑容，用虚弱的声音说："我今天给你讲个在印度躲避毒蛇的故事吧。你来扮演蛇，我来扮演不动的旅行者。"

我扮演的蛇在床边来回游窜。大眼睛奶奶躺在床上，始终一动不动。我承认她很厉害，连见到蛇时苍白的脸色都模仿了出来，但是她这样一直躺着真的有点偷懒。

第十七天，医生告诉妈妈我明天可以出院了，我去大眼岛告诉大眼睛奶奶这个糟糕的消息。

她带我一起去登了泰山。我把椅子从门口往窗户移动，每移动一点儿就踩上去一次，装作自己在登

山。不过都是我在登山,大眼睛奶奶一直躺在床上。

她笑道:"你知道我今天为什么这么累吗?"我摇了摇头。

"我昨天几乎一宿没睡,就为了看泰山顶上的日出。那日出可真漂亮啊,一片漆黑的天幕忽然变浅了。这么美的日出,真希望能多看几次啊。"

我听着她的讲述,神往不已。

在生命的尽头

第十八天,今天我就要出院了,可是我还没跟大眼睛奶奶一起看日出呢!

我焦急地跑到大眼岛,却发现大眼睛奶奶不见了。这时有个女士走了进来:"请问你是小磊吗?""你是谁?大眼睛奶奶去哪了?"

"我是她的侄女,她昨天夜里过世了。"

"她是个冒险家,去过世界上那么多地方冒险都没死,怎么会死在医院里?"我不相信。

女士很惊讶:"冒险家?我姑姑是位英语老师,平时特别喜欢看书,还总喜欢编些新奇的小故事讲给学生。你是听了她编的故事吧。"

"大眼睛奶奶不会骗我的,她的胳膊上还有狮子咬的伤疤呢!"

"那是她为了救一个学生,被突然冲进学校的野狗咬伤的。"

"她还说离开这里时就能去见她的丈夫了呢。她的丈夫在很远的地方。"我生气地吼道。

女士眼中升起一团水雾:"我姑父是个画家,他很久前就去世了。他们本来攒钱想将来一起去法国卢浮宫看艺术品,但是这个梦想并没有实现。现在,他们终于能团聚了。这些日子是你在陪她吧,她说有个东西想送给你。"

我接过她递来的信封,推开门跑了出去。616病房的门牌依然睁着一双长睫毛的大眼睛看着我,但是大眼睛奶奶那双平静温和的眼睛却再也见不到了。

我撞上了过来找我的妈妈。我看了她一眼就跑掉了。

我是个男子汉,不能随便流泪,但是我现在根本忍不住,我要找个没人的地方好好哭一场。

第二天,我回到了学校,想起那个信封还在衣兜里。我打开了,里面是那幅她年轻时的画像。画像的背后多了一句话:"生命是件了不起的礼物,很多的爱与珍惜才能让我们配得上它。"

祎祺摘自《少年文艺》

图:豆薇

听话听音

@程玮

在欧洲,如果你错过了一个派对,第二天去问参加了的人,派对开得怎么样,就算那派对嗨到了天上,他也会轻描淡写地告诉你:一般般啦,跟其他的派对差不多。这叫体贴,他不愿意让你沮丧和后悔。甚至连那骂人的话,他们也总是想方设法拐着弯说出来,一不小心,你就把那当成好话听了。

有一次我坐长途汽车,车上座位的靠背很矮。我后面的座位上是一个看上去很有教养的老太太。坐下不久,她就笑眯眯地把头凑过来,夸我的黑头发漂亮。我这个人傻得以为人家真的是在夸我,很有礼貌地向老人家道了谢。过了一会儿,她又凑过来,夸我的头发很好闻。我于是提高了警惕。我想,我这几根头发哪里值得这么夸,一定还有别的原因。我回过头,心里立刻明白了。原来我的又黑又好闻的长头发越过了椅背,侵入了她的空间。我把头发拢成一把,放到胸前,并向她道了歉。这回轮到她笑眯眯地向我道谢了。

还有一次朋友生病住院,说想喝鸡汤。我用小火把鸡汤慢慢地熬出来,还加了枸杞、黄芪之类的东西,看上去补得一塌糊涂。送到她病房里,鸡汤还是烫的,朋友吃得欢天喜地。刚刚吃完,主任医生推门进来,笑着说:"好香啊,真让我想起了中国饭店。"我和朋友都是多年媳妇熬成婆的人,赶紧一边跟他打招呼,一边把窗子打开透风。听话听音,你想病房成了中国饭店,这是好话吗?

欧洲家庭背景好的女孩子,从小就学会了这一招。她们既会拐着弯骂人,也能听懂拐着弯的骂人话。

我呢,拐着弯的骂人话倒是能听懂了,但拐着弯去骂人还没修炼到家,路漫漫其修远兮。

宋四铭摘自《学校的骄傲》

华东师范大学出版社

我妈是个情深义重的渣女

@李 晓

爸爸对闫青禾百般呵护

闫青禾比我爸大3岁,爱美,傲娇,从不正眼瞧我爸。

为了讨好闫青禾,我爸总是给她买各种时髦衣服、首饰,甚至曾经花两个月的工资给闫青禾买了一枚小小的胸针。然而,闫青禾却一点也不感动。

爸爸原本接爷爷的班在一家国有工厂上班,结婚后,为了供闫青禾打扮和玩乐,他辞职去开货车。那时我6岁多了,在我的印象中,每次我爸出车回来,闫青禾都会吼道:"你是从土星回来的?脏死了!"

吃饭时,闫青禾必定唠叨:"方文庭,我跟你说多少次了,吃饭能有点吃相吗?"

每次,我爸都一边扒饭一边解释:"出车赶时间,一整天都没吃饭,太饿了。"闫青禾又骂道:"你是饿死鬼啊?"

然而,她骂得越起劲,我爸笑得越开心。就这样,闫青禾一天到晚跟我爸吵架,还动不动就提离婚。

闫青禾的秘密

2000年年初,我正在游戏室打游戏,一群小伙伴跑来告诉我:"方乐,快去看,你妈出名了。"我赶紧跟着小伙伴们往文化广场跑,只见乌泱泱的一群人围着戏台喝彩。

我看到演出牌上写着:《打金枝》升平公主——闫青禾。

有一天,我刚回到家,就看见

2. 答案:土壤内部空间并未完全被土壤填满,土壤总是按一定方式排列,其间有许多孔隙。

闫青禾坐在梳妆台前,正在涂脂抹粉。我爸则坐在一旁,用央求的语气说:"能不能不去了,咱们一家三口好好过日子不行吗?"

闫青禾扭过头来,面目狰狞地向我爸喊道:"又来管我,你之前是怎么说的?"

看到这一幕,9岁的我终于忍不住,冲进去吼道:"你想滚就赶紧滚!"闫青禾愣了两秒,随即一把抓起梳子狠狠向我掷了过来。梳子没砸到我。我爸却起身,朝我屁股上踢了一脚:"臭小子,赶快走,没你事!"

我愤恨地摔门而去。那天,我一个人在街上游荡了很久。后来,我远远地看着闫青禾蹬着高跟鞋,往火车站方向走去,越走越远。

晚上闫青禾回来了,一副失魂落魄的样子,眼睛肿得跟桃子一样。她总是这样,在每个月固定的日子,打扮得特别隆重地去省城。晚上回来,必定失魂落魄。每到此时,我爸大气都不敢出,生怕自己再惹到闫青禾,加重她的烦恼。

爸爸因车祸离世

2001年春节过后,闫青禾终于跟我爸离婚了。离家的那天,她过来想抱抱我,我一闪身躲开了,冷冷地看着她。她抹了下眼泪,带着自己不多的行李离开了。

自从她离开后,我爸就经常喝闷酒,喝醉了就哭,我的家变得不像家,我更恨她了。

2004年,我爸夜间出车,在高速上发生了车祸,当时就去世了。爸爸的葬礼上,亲友们个个痛陈闫青禾的罪行。是啊,如果不是闫青禾,我爸不会去开货车;如果不是离婚,我爸不会酗酒;如果不是闫青禾,我爸不会死。

我爸出殡那天,闫青禾来了,胸前还别着我爸给她买的那枚胸针。她一进来就扑倒在我爸的水晶棺上,一边哭一边喊:"文庭,你别恨我……"我和亲友们就冷眼看着她演戏。

此后,她隔段时间就会来奶奶家,我总是避而不见。

2006年的一天,闫青禾又来了。那天,我没避开。奶奶犹豫地对我说:"下个月你妈要结婚了。"我一听就崩溃了:"你还要脸吗?要不是你,我爸会出事吗……"闫青禾着急解释道:"不是,你听我说……"我很愤怒,拎着她的衣服领子将她推出了家门:"闫青禾,我不管你要嫁给谁,以后再敢回来骚扰我和奶奶,我决不饶你!"

我怨恨的人为我买了房

2009年高考,我考得一塌糊涂。闫青禾想让我去复读。她要我读书,我偏不读!于是,我独自一人去了深圳打工。在那里,我认识了女友张琼。

2014年春节前夕,我去拜见张琼的父母,商量婚事。然而,两位长辈却将我拒之门外:"方乐,我们对你很满意,但是你无父无母,市里也没房子,我们不能让闺女跟你吃苦……"我万分沮丧,回家后便抱着奶奶大哭了一场。奶奶急了:"谁说你没妈?你妈就在市里啊,她家要的条件咱家一定满足。"

没想到,几天后,闫青禾来了,一进门就从包里拿出一个房产证,上面是我的名字,一套130平方米的房子。

她说:"这房不是我买给你的,是你爸拿命换来的。那年你爸出车祸后,别人赔偿了一笔钱,我用那笔钱给你买了这套房子。"闫青禾又说道,"妈年轻时不配当妈也配不上你爸……乐乐,妈希望你记住,结婚,一定是因为两个人相爱……"说着,她竟然哽咽了。

闫青禾走后,奶奶告诉我:"市里这套房子,将近80万。除了你爸的赔偿款,你妈自己又掏了40多万。她买之前,带我去看了,那房子是真好。"

闫青禾的故事

2014年6月,奶奶骨折住院。我得知后,立即回到老家。奶奶跟我说:"乐啊,别再恨你妈了,她也不容易。奶奶走了,她就是你最亲的人了。"那天,奶奶向我讲述了闫青禾的故事。

闫青禾是家中老二,因为大女儿已出嫁,二老希望她能给他们招一个可靠能干的上门女婿。但闫青禾偏偏死心塌地地喜欢上了一穷二

白的洪峰。

有一天，闫青禾跟洪峰出去约会，有个小混混看她漂亮，就上前挑逗。洪峰年轻气盛，打了小混混。不料，小混混叫来了一群人。洪峰被围殴，奋起自卫，却失手将对方重伤致残。

洪峰被判防卫过当，入狱14年。原本就不喜欢洪峰的外公外婆，开始逼闫青禾频繁相亲。而闫青禾总在每个月探监那天，化着精致的妆容，穿着隆重，坐上拥挤不堪的大巴车去监狱看洪峰。

后来，闫青禾相亲遇上了我爸。我爸对她一见钟情。外公外婆也非常欢喜。唯独闫青禾不喜欢。

我8岁那年，洪峰因立功减刑，提前出狱。几个月后，洪峰突然闪婚了。闫青禾便终日泡在社区的文化站唱戏，咿咿呀呀，哭哭啼啼。

两年后，闫青禾得知洪峰离婚，就关上门跟我爸促膝长谈。然后，我爸终于同意离婚。

我和闫青禾冰释前嫌

2015年国庆，我举办婚礼。

那是我第一次见到洪峰。他略发福，但还是看得出来年轻时的帅气、儒雅。

婚礼上，他们被奶奶安排到主位上，坐在奶奶身旁。我和张琼敬酒时，闫青禾和奶奶一样，脸上笑得像朵花。

> "如今，我在社会上历练了多年，也明白了父辈们的爱恨情仇，终于懂得闫青禾也有权利追求她的爱情。

我举着酒杯，不知如何开口时，张琼对着闫青禾乖巧地喊了一声："妈！"我犹豫之下，也跟着叫了声妈，她响亮地"哎"了一声，接过那杯酒，一饮而尽，我看到她用手擦掉了眼泪。

那是我时隔多年后，第一次叫闫青禾"妈"。喊出来的那一刻，我如鲠在喉。

如今，我的儿子快要两岁了，会含糊不清地喊"奶奶"了。而闫青禾，也总是很响亮地答应一声："哎！"

小双摘自微信公众号知音真实故事
图：陈明贵

【编者的话】大眼睛奶奶带我们十八天环游世界，珍惜生命中的每一天；母亲的爱情给家庭带来伤害，但也让儿子明白了生活不只是黑白两色。也许这就是生活的意义，唯有很多的爱与珍惜才能让我们配得上它。

垃圾堆里捡来的孩子

@ 小丧怪

在城市郊区,某个夜晚,一个垃圾转运中心里。

两个智能仿生机器人坐在垃圾堆上,星星在他们头上闪耀,而他们的脚下,堆着山一样高的垃圾。

这些垃圾全部来自城里。

他俩一个黑色,一个红色,同样来自城里。但他们不该来这个垃圾转运中心,他们应该去机器人坟场进行强制报废。

"这里比坟场安保力度低很多,运气这么好,不跑掉真是太可惜了。"小黑站在垃圾堆上,手上捏着螺丝刀,很认真地摆弄着。

小红蹬直两条腿在地上趴着,一动不动。

她的机械脊椎坏掉了,现在整个人都动不了,只有头勉强可以转。

小红的表情充满绝望:"别费劲了,你赶紧走吧,帮我销毁掉记忆芯片,让我好好死掉。"

"不至于。"小黑安慰她,"我肯定能修好你。"

小红说:"能修好也别修了,我活够了,我活了这么多年,一直在主人家做家务。我特别不想干这个。但主人说,买你回来就为了做家务,你哪能不做呢。于是我就继续做很无聊的家务。"

小红扭过头问小黑:"我们活

3. 答案:土壤固体颗粒中最细小的微粒,也是物理性质和化学性质最活泼的部分。

得毫无意义,为什么还要活下去?"

"只缺一个核心熔炉,就能给整个脊椎供能。"小黑已经打开了小红的脊椎,检查了里面的创伤。伤得不重,很轻易就修好了。现在只要能替换一个还在工作的核心熔炉,小红就能重新站起来。

可此时此刻,他们在一个垃圾转运中心里。

小红把头埋在垃圾里,说出的话瓮声瓮气:"没用的,这地方没那玩意。"小黑也觉得没有。

这里都是生活垃圾,生活中的电子设备全用电池供能。

小红说:"你自己走吧,记得帮我销毁掉记忆芯片,我想要死掉。"小黑就说:"你看,其实我们这些机器人,全靠记忆活着。我们被人类制造,被人类奴役,没有自己的文化和历史。"小黑悄悄把手伸到背后,打开了自己的脊椎。

小黑说:"没有历史就显得很脆弱。一旦失去记忆,我们就不存在了,我们的一生成了泡沫,没有谁会记得谁。所以啊,如果你问,你为什么要活下去?"

小黑咬牙把自己的核心熔炉摘了下来,用最后的力气放进了小红体内。

小红猛地把头从垃圾堆里抬起来。她感受到了自己对身体的掌握。脊椎开始重新运行了。随即她看到了躺在垃圾上的小黑。

小黑笑着跟她说:"试着为了我活下去吧,我想活在你的记忆里,你就是我的历史。"小红难以置信:"为什么,你明明可以走的……不行……我不要拿你的。"

小红试着摸到自己的脊椎,想把核心熔炉还给他。

但小黑摇头说:"我的记忆芯片受伤了,活不了太久。好好活下去。带着关于我的回忆。"

小黑的目光黯淡了下去。他死掉了。但小红没有放弃他。

小红拿出了小黑的记忆芯片,走出了垃圾场。

她回到城市里,伪装成人类,并向一些工程师求救。最终芯片被重新激活,但智力只恢复到了五岁孩子的水平,记忆全丢失了。

于是小红给他搭建了一个孩子模样的身体。

"现在明白你是从哪来的了吗?"妈妈眼中充满关怀,对她的孩子说,"是我从垃圾堆里捡来的。"

菡苔摘自作者新浪微博

图:小黑孩

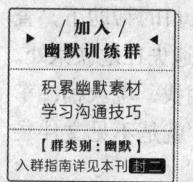

/ 加入 /
幽默训练群
积累幽默素材
学习沟通技巧
【群类别:幽默】
入群指南详见本刊封二

我与拾遗者智斗151个小时

@Bruce 口述 也卜 文

被讹上了

我的同事S那天带着公司的一些官方资料,包括公章、营业执照等材料外出办事,事了了,就直接回家了。回家后惊觉,装着文件的绿色文件袋不见了。

她回忆了一下,应该是遗失在地铁上了。

在地铁工作人员的帮助下,查找了监控,确认是遗失在地铁某处。经过几个小时的翻找,垃圾桶、车厢、失物招领处,就是不见文件袋的踪影。

S小姐一夜无眠。第二天早上打开手机,收到了一条短信,有人捡到文件了。

我看了短信以后,觉得这个语气和TVB电视剧里绑匪要赎金的感觉很像。

按照对方的要求,两人通了话,S跟他说了很多好话,用试探性的语气说给对方600元感谢费。结果对方什么都没说,就把电话挂了。

后来S小姐又用近乎恳求的语气让对方开价。对方称离心理价位太远,不予理会了。

"两千五,不还价"

这件事转交给我来处理。

我先打了一个电话过去,对方回答说,现在很忙,又匆匆挂断了。11点36分,他终于回了短信。

经过一番讨价还价后,我问他心理价位是多少,他直接回了六个字:两千五,不还价。

补办这些证件最多不过500元,所以我第一反应是觉得非常不合理。

我们同事、领导商量了一下,这件事必须先报警,同时我们也抱有一丝期待,也许警察可以出面,让他把东西还过来。

结果警察的反馈让我们很失望。

根据《物权法》,我们应当支付对方一定酬劳,至于酬劳多少,法律没有规定。

但这次报警也不算全无收获,警察告诉我们,如果对方喊价超过3000元,整个事情从定性上会不一样,可以出警解决了。

于是,我跟对方撂下一句话,我们决定补办了,你把那一堆文件撕掉,扔垃圾桶吧。

引蛇出洞

之所以补办一直不是我们的首选,是因为遗失的文件中包括我们公司的营业执照。按照程序,如果营业执照丢了,是需要登报备案的,这中间会增加更多的曲折。

经过一个礼拜的挣扎,周一下班前,我又给对方发了一条信息,试探下他的态度是否有所转变。

没想到他这次胃口更大了:最少3000块,又涨了500。

我找了个理由,跟他说,要给他一份失物清单,当面清点。

经过长达数小时的分析,我们最后策划出了三套方案:

方案A:制作出一份假的遗失清单,上面会多一份不在文件袋里的东西。见面核对文件时,可以以此为理由,缠住对方,再进行二次议价。

方案B:如果对方来的人不多,或者看起来不是很有威胁性,那我清点文件的时候,抓住就跑。他既然已经要价到3000元,那就构成犯罪了,我们在抢夺的时候,如果被警察看见了,对我们也是有利的。

方案C:如果前面两个方案都无法顺利进行,那就认栽算了。

我们约在第二天中午12点,在莘庄地铁站的北广场那里"交易"。

布局与破局

我和另外几个同事提前了一个半小时到达地铁站。去的第一件事,就是和地铁站里的民警打招呼,也把今天的"行动方案"和他说了。

民警非常支持我们,但前提是,我们必须把拾遗者引到地铁站里面,否则他们也无权执勤。

经历了漫长的等待后,对方终

于打来电话，我说你到哪儿了？他不停地说，快到了，快到了。

快到12点半的时候，他和我说，已经到了。我能感觉到电话那头他已经下到地铁里了，我习惯性地挥了挥右手。

就在此刻，对方突然挂掉电话。

后面我连续打了3个电话，他都没接，我不知道中间出了什么问题，非常焦灼。

等到他终于接了电话，他又说不在地铁站交易了，让我取好钱到地铁站外面，听他的指挥。

我心一下子凉了。

出站后，他在电话里指引我七拐八拐的，走了大约五六百米，走到一个餐厅的门口。

他看到我说的第一句话是："你还真是一个人来的？"我说："约好了在地铁站，你干吗跑呀？"

他和我说，他在地铁站里看到我做了挥手那个动作。因为我那段时间健身不慎，右手臂有些拉伤，会习惯性挥手。他做贼心虚，以为我在叫谁向前冲，于是立刻跑了。

然后他又说，文件袋不在他手上，在他老婆手上。

又过了15分钟，他老婆来了。

我们三个人就拿着我带来的"假清单"，在路边开始清点。

收网

装模作样地清点完文件后，我说："不对，少了一张个人银行卡，里面有十几万呢，是不是你们打开过这个袋子？"

对方突然察觉出有异样，他老婆立刻抢过我手里的文件袋，撒腿就跑，上了一辆出租车，逃走了。

我想去追他老婆，结果被他揪住衣领，还不断地推我。

但他体格太差，没推动，还把我的手机摔在了地上，也想跑。

说时迟那时快，他也上了一辆出租车的副驾驶，我紧跟着坐上后排，并跟司机说不要开车。

为了不让他逃走，我掏出取好的钱，又苦口婆心地劝他下车，并把他老婆找回来。

只要一谈钱，他的态度立刻就会软下来。我把一沓钱在他眼前甩了甩，他就下车了。

一下车，我就听到警车的声音，我的同事M带着警察赶到了，一下就把拾遗者给制服了。

至此，这场历时151个小时的"悬疑侦探大戏"终于落下帷幕。

彼岸花开 摘自

故事FM

图：黄煜博

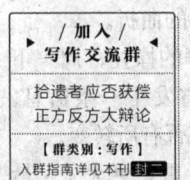

热议话题 尖锋论谈

关于生命de三个故事

@协和老万

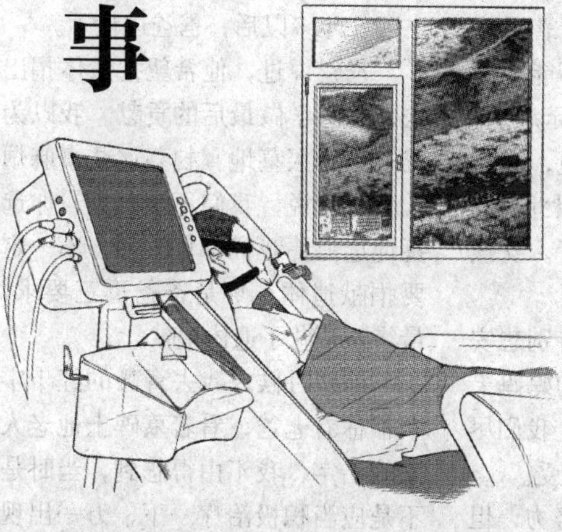

两位老医生的故事

《英国医学》杂志的前总编说,患癌而死是最好的死亡,因为这样的死亡会有一个过程,患者可以有计划地安排好余生,实现未竟的愿望,不像因心脑血管意外而死的患者,一切都来不及安排与进行。

我的导师吴葆桢大夫是著名的妇科肿瘤专家,是我们的偶像。有一天他突然嗓子哑了,胸片显示他的肺部有个很大的肿瘤。最好的医生给吴大夫做了手术,之后他基本上就不出病房门了,一方面是因为很痛苦,另一方面他觉得病容影响了自己的形象。

作为他的学生,我经常去陪他,目睹了一个精彩生命的逐渐凋落。最终,病魔吞噬了曾经鲜活的生命。

宋鸿钊院士是脑出血去世的,发病后就再也没有醒来,没有来得及做任何交代,开颅手术也没能挽回他的生命。

不知道两位老先生在另一个世界一起下棋的时候,会不会讨论起哪种告别才是更好的。

我很困惑。

一个女孩的故事

几个月前,一个女孩坐着轮椅进了我的国际门诊诊室。

女孩生下来就是脑瘫,还有严

重的糖尿病，父母艰难地将她养大，他们的言谈举止处处透露着生活的艰辛。女孩不久前开始肚子痛，后来发现有个盆腔大包块，伴有腹水，考虑为肿瘤。几经碰壁后，父母带着女孩来到了协和。

我建议他们等一下普通病房的床位，因为国际病房是单间，太贵了，但是女孩的妈妈不愿等待，执意要住国际部。

手术很困难，快速病理提示是卵巢癌，术后回到了ICU。从ICU出来后，我把女孩安排进了普通病房。我告诉女孩，现在可不能胡乱喊叫了，普通病房不是国际病房，会影响到其他病人。女孩说，我还是想住单间。我说，那里太贵了，你别把你父母的钱都花光了。女孩龇牙笑道，花光就花光呗。

后来女孩去世了，我特别想安慰她的父母，没想到女孩的妈妈笑了一下说，你不用安慰我，我们尽力了，这个结果我们能够接受。

这个过程，大家都很努力，但他们对结果真的满意吗？

我很困惑。

我父亲的故事

前些时候，中国台湾节目主持人傅达仁在儿子身边喝下药水，完

成了安乐死。我转发这段视频时想起了我的父亲，他是一名儿科医生，他在八十多岁的时候发现得了壶腹癌，身体情况无法承受手术、放疗、化疗。

我和爸爸开诚布公地讨论了病情与治疗，决定不采取激烈的治疗措施，也不做有创的抢救。

一年多以后，爸爸过世了。

爸爸说过，他希望把遗体捐出去，为医学做最后的贡献。我以为爸爸是怕买墓地、扫墓这些事麻烦儿女，就说，我们不嫌麻烦，你选墓地选海葬我们都尊重你，不一定要捐献遗体。可是爸爸再三要求，最终还是做了遗体捐献。

前些时候，我去青岛的红十字奉献林看老爸，看着墓碑上他老人家的名字，我不由得想到，当时是不是应当积极治疗一下，万一出现奇迹呢？是不是老爸捐遗体还是有怕给我们添麻烦的因素呢？

我很困惑。

林冬冬摘自新浪微博
协和老万 图：小柯

完美的生活

@〔日本〕星新一 王维幸 译

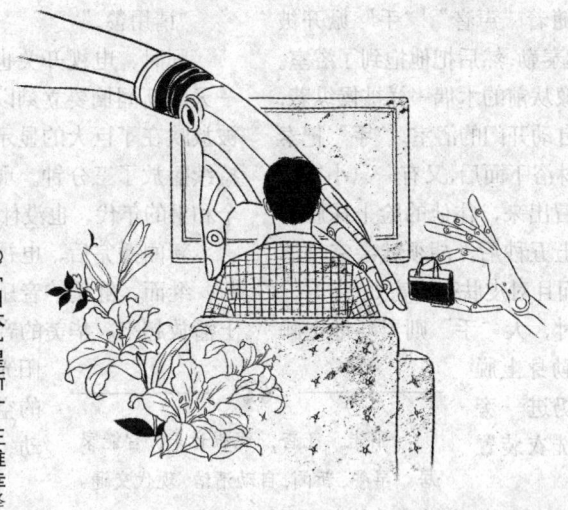

清晨。山的那边,夏季的太阳早已升到了白云间,把阳光洒向大地。阳光也同样被送进了眼前的这个房间里。这儿是一栋八十层公寓的第七十二层,躺在床上的这名男子便是这房间的主人——在宇宙旅行保险公司上班的泰勒。

在室内设备的作用下,室内的空气温度适宜,还带着丝丝的花香。室内的气温长年保持稳定,花香还会随季节和主人的喜好随时调整。现在是夏季,所以根据泰勒的个人喜好,室内的花香被调成了以百合花为主。现在,这花香正从房间一角的某设备上静静地被吐露出来。

墙上的钟表指向了八点,继而轻轻地发出了"当"的一声。接着,音乐声从一个大花瓣形的银色扬声器中响起,同时还有一个优雅的声音在喊:"喂,起床的时间到了,请起床哦……"

与钟表和所有设备连接在一起的录音磁带的"声音"重复了三遍。可是,由于泰勒并没有要起床的样子,声音便停了下来,取而代之的则是墙壁中齿轮微微切换的声音。

接着,一只"手"静静地从天花板上伸了下来。这种家家必备被人们称之为"手"的装置由软塑料做成,是一只巨大的机械手。

"您若不起床上班会迟到的。虽然您很困,可班还是要上的。"

伴随着"声音","手"掀开被子,抱起泰勒,然后把他抱到了浴室。泰勒就像从前的木偶一样被操纵着,送进了自动开门的浴室。"手"把泰勒抱到淋浴下面后,又有一只小"手"从墙上冒出来,往他的脸上抹脱毛膏。抹上五秒后,胡须就会完全溶解掉,而且对皮肤毫无害处。

同时,大"手"则灵巧地把睡衣从泰勒身上脱下来,扔进一旁的电子洗衣装置里。

> " 阳光,花香,优雅音乐,智能家居。早餐,新闻,自动清洁,现代交通。这完美的生活!这是完美的生活?

"下面给您洗淋浴。"

伴随着这"声音",温度适宜的洗澡水轻轻地喷洒下来。不久,就像阵雨骤停一样,洗澡水忽然减弱,然后停了下来。干燥的风则迫不及待地吹过来,用小旋风揉搓着泰勒的全身,不一会儿便把皮肤上残留的水滴全都消灭了。

吹干皮肤后,喷雾器轻轻地把花露水喷洒到泰勒身上。"手"接着帮他穿上干净洁白的衣服。

"早餐已备好,请往这边用餐。"

"手"配合着"声音",将泰勒领到餐厅,放到椅子上。餐桌上摆满了用传送带从厨房送来的早餐,飘溢着咖啡和牛奶的香气。

"请用餐。"

同时,电视开关也被打开。前一天的新闻摘要立刻以美丽的色彩被放映在了巨大的显示屏上。电视持续播放了三分钟。现在完全是一个和平的年代,也没什么大事。

新闻播完后,电视开关自动切断,继而,舒缓的音乐从三面墙壁上播放起来。华美的音乐在明媚的阳光中,在清新的空气中不断舞动。

不一会儿,音乐声变低,"声音"说道:"如果您已用餐完毕,下面该收拾餐桌了。"

所有一切都按照固定的时刻表在有条不紊地进行。由于泰勒并未按一旁的按钮,未置可否,传送带就自动动了起来。餐桌上的餐具在与陶器和金属的碰撞声中被送到了厨房。

音乐声再次变大,喷雾装置也动了起来,停在了泰勒面前。只要吸一点容器里的气雾剂,就能减缓头疼。不过,泰勒今早碰都没碰。

音乐变换着曲子,又响了一会儿。

时针指向了八点五十分,音乐

声再次变低,停了下来。"声音"则随之提醒起来:"喂,该出门了哦。"

"手"把泰勒拉起来,往房间的一角带去。随着逐渐靠近,房门也自动打开。门口有个坚固透明的塑料材质的卵形东西正等候在那儿。这便是所有人都在使用的交通工具。"手"把泰勒推到里面。

"请您高高兴兴地上班去。请放心,清扫和整理工作也会一如既往,会在您上班期间全做好的。"

伴随着"声音",卵形交通工具的门被关上,一旁的按钮也被按下。

随着"咔嚓"一声,在挤压空气的作用下,交通工具被吸进一个巨大的管子中。这种管子遍布在城市的大街小巷,能够到达大楼的任何房间,是在强大的空气压力下推进的,任何人都可以在短时间内到达任何目的地。

泰勒的交通工具也在管子里行进着。前端的小型装置不断发出无线电,管子接收到信号后,会在复杂的管路中将其准确无误地引领到目的地。

五分钟后,泰勒的交通工具出现在他公司的大门口,停了下来。

由于是上班时间,门口聚集了许多员工。其中一人还透过塑料层跟泰勒打招呼:"早上好,泰勒。怎么了,脸色怎么这么差?"

可是,泰勒似乎并没有要出来的意思。打招呼的同事刚要伸手把泰勒拽出来,却忽然大叫起来:"身体冰冷。喂,医生!"

不久,医生同样从管道中赶来。在大家的喊喳声中,医生检查着泰勒的身体。

"情况怎么样?"

"已经迟了。泰勒以前就心脏不好,看来是又发作了。"

"什么时候发作的?"

"这个嘛。死亡大约十小时了,所以应该是昨晚发作的。"

林冬冬摘自《梦之城》安徽少年儿童出版社

图:豆薇

笑点

当代80后育儿翻车
经验分享

@ 挂挂釉

一

我妈给我发了一条微信，问电烤箱的一个操作，我看到消息时已经过了一会儿，就直接把电话拨过去。电话接通，是我女儿的声音。

"你是谁？""我是你爸啊。""哦。我没看电视。我没吃糖。我哥写作业呢。他也没吃。""我打电话不是问这个。怎么是你接的呀？奶奶呢？""奶奶在厨房弄东西呢。""哦，那你帮爸爸一个忙，你去告诉奶奶，让她按那个烤箱的即时加热。记得住吗？""记得住。爸爸，那我能吃个糖吗？""可以啊。""太好了，拜拜。"她欢快挂掉电话。

小棉袄能帮大人忙了，真能耐。

几分钟后，我妈给我发了条微信，写着："你闺女让我把鸡屎加热一下是什么意思？"

二

跨年的时候跟孩子们聊天，各自猜一猜彼此的新年愿望。

我女儿说："爸爸，我不知道你的愿望，但是我知道我妈的愿望。"我很感动，问："那么妈妈的愿望是什么呢？"

我女儿很严肃："我妈妈想在家里当你爸爸！"我很慌张："闺女，有些话可不能乱说啊……那什么，你妈妈跟你说过这话？"

她说："嗯，我妈那天说，要是能在家里当个家庭祖父也不错。祖父是爷爷，爷爷是你爸，我懂。"

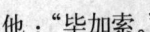

三

我认为孩子有时候听一听故事是很好的,可以学到很多东西。

比如有一些她这么大的孩子遇见家长让他们干不想干的事会说:"我不!""我不去!""我不睡!"一副混不吝的样子,让大人非常无奈。

我闺女平时爱听一些故事,她从中学了不少道理,就不会像那样说混话。

"闺女,起床。""你休想!""闺女,多吃点菜。""白日做梦!""闺女,该睡午觉了。""痴心妄想!"

她不会让人无奈,她是要把我活活气死。

四

最近特别流行拍一种三次元摆个姿势看垮叉变成二次元的视频,昨天我儿子跟我看了几个,乐了一会儿。我问他:"这要是你来你会模仿什么?"他说:"要我我就模仿名画什么的。"

我让他模仿一下。他走过来把手轻轻放在我的头上。嚯,还是个不止一个人物的画作。

我:"我呢?我怎么弄姿势?"

他:"爸你不用动。"

我:"这就完了?这谁画的?"

他:"毕加索。"

我内心响起赞叹。但我不能让他骄傲,平静地说:"呵呵,哪幅呢?""《牵狗的少年》。"

五

我一女性好友带自己女儿去亲子乐园玩,有一个蹦床跳海绵池的项目,她女儿不敢玩。于是她跟女儿说:"瞧妈妈的!"

她以一个完美的跳跃腾空,跳向海绵池,且标准且稳地以蹲姿入池。但她低估了海绵的蓬松度,海绵弹性十足把她双腿瞬间弹了回来,正好迎面,双膝撞脸。俩门牙磕歪了。她说那时她尚能保持冷静,满嘴喷血地跟女儿说:"闺女你看,就是这么简单!"女儿看见后嗷嗷哭嚎着转身跑了。

后来她感觉门牙晃晃悠悠中路大开说话都带着穿堂风音,才知道事情的严重性,赶紧跑医院挂口腔科急诊。医生看了看她问:"你这个牙怎么弄的?"

她嘴里漏着风回答:"医风,我是玩蹦床玩的。牙没份儿吧我?"

医生全程靠强大意志力抑制着身体抖动给她做了检查。

彼岸花开摘自微信公众号每日豆瓣
图:小黑孩

你永远不知道一张机票会带来什么

@ 汪星宇

所有付出，都会以另一种方式归来。

2016年初夏，我从纽约去华盛顿上一门关于外交学的暑期课程。我们每天课上与教授、同学聊的都是"中东""南海""朝核"等国际大事，课后却发现连一份有工资的实习或兼职都难以寻觅。

所以，那个时候暑课结束想回国的我，最着急的事儿就是找个活动，蹭张机票。

于是，在"假装"学术精英报名了一个田野调查营、又"伪装"成商界奇才申请了一个短期的MBA（工商管理硕士）项目后，我对免费机票的渴望，又帮我在一位主持人老师的朋友圈里发现了江苏卫视《一站到底》选手招募的机会。

其实，我之前并没怎么看过《一站到底》这档节目，对"2016世界名校争霸赛"这几个大字更是毫无感觉，吸引我全部注意的只是招募文案末尾的"提供往返机票"六个小字。于是，我迅速报了名，并很快把这件事儿抛在脑后，去准备另外两个项目的面试了。

三周之后，当我被田野调查营和MBA项目无情拒绝，正打算不甘心地自掏腰包买机票的时候，却收到了《一站到底》编导的视频面试邀请。

当时，我一口气连续探讨了"认识自己"与"认识世界"的两大命题——先讲了自己的经历，又回答了100道知识题。不用聊学术创新，不用聊商业模式，我极其放松地跟编导们倾诉了我希望讲好中国故事的远大理想和当前"地命海心"的悲惨遭遇——"吃着地沟油的命，操着中南海的心"。

或许是出于同情，或许是意犹未尽，编导们跟我聊着聊着就开始笑得合不拢嘴，让我有一种自己可以谐星出道的错觉。大概这就是网上说的，"我讲的都是人生，无奈你却听成了段子"。

而那100道知识题更是让我喜出望外，当年高三的时候，为了准备复旦自主招生"千分考"，我用了近三个月死记硬背了各种"冷知识"。"千分考"是复旦大学很有意思的自主招生考试，共考查10门课，有200道选择题，共计1000分。你要在三个小时的时间里，在不用计算器的情况下答对80%，以证明你有接受博雅通识教育的潜力。

再后来，为准备"国考"——国家公务员考试，我还有过一段被关在酒店的培训班里三个礼拜、每天不间断备考的经历。那三个礼拜，是我人生中第一次体验到极致"宅男"的生活，每天除了吃饭睡觉，就只剩下学习。但也是那三个礼拜，让我对公务员考试有关申论与行测的基础知识掌握得滚瓜烂熟。

谁能想到，当年为准备"千分考"和"国考"花费的时间，会在几年之后，在这100道知识题上派上用场。一个星期之后，我接到正式通知，确定可以参加《一站到底》节目的录制。终于，我顺利蹭到了纽约至上海的免费往返机票。

在《一站到底》上获得"世界名校争霸赛"的冠军后，我被问到最多的问题是："你怎么会想到参加《一站到底》？"

是的，就为了蹭一张机票。

过去，每次买完多次转机回国的折腾机票后，总有小伙伴眨着大眼睛问我为什么不直飞。

以前，我总会绞尽脑汁想一个冠冕堂皇的理由，比如想去看看哪儿哪儿的秋天，想去逛逛哪儿哪儿的免税店。以后，我一定淡然地笑笑，然后低头怼回一句："因为穷啊。"

丁强摘自《这一站，刚好遇见你》
湖南文艺出版社　图：小栗子

武松果真能把老虎打死吗

@陈 曦

老虎出场带风？不可能

在所有的打虎故事中，武松景阳冈打虎无疑是最著名一个。文中，武松几乎凭借着赤手空拳，活生生地将老虎打死。

小说中描写的情节，在现实中真的有可能吗？

如果要让动物学家对老虎来考察的话，恐怕这些专家会得出一个结论：

所谓武松打虎，只是小说家杜撰出的一派胡言而已，整个故事压根是不可能的……

在小说里面，老虎的出场很威风，但见"发起一阵狂风来……那一阵风过处，只听得乱树背后扑地一声响，跳出一只吊睛白额大虫来"。正是因为有这阵风，武松才略有所防备，没有在第一时间就被老虎搞定。

但这显然是不可能的，因为老虎出场才没这么声势浩大。作为一

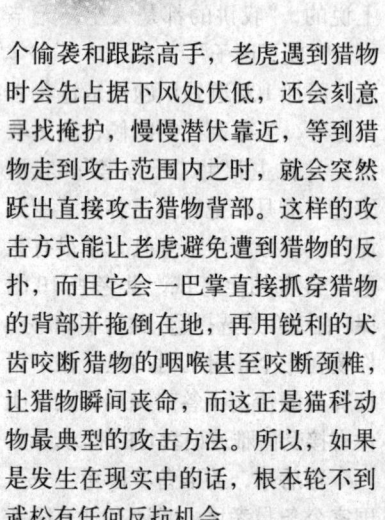

个偷袭和跟踪高手，老虎遇到猎物时会先占据下风处伏低，还会刻意寻找掩护，慢慢潜伏靠近，等到猎物走到攻击范围内之时，就会突然跃出直接攻击猎物背部。这样的攻击方式能让老虎避免遭到猎物的反扑，而且它会一巴掌直接抓穿猎物的背部并拖倒在地，再用锐利的犬齿咬断猎物的咽喉甚至咬断颈椎，让猎物瞬间丧命，而这正是猫科动物最典型的攻击方法。所以，如果是发生在现实中的话，根本轮不到武松有任何反抗机会。

和老虎对打?想多了

据测算一般老虎随意玩耍击打的力量都接近600公斤——这是什么概念?就是4个身强力壮的成年人捆绑在一起,对老虎来说也就是一巴掌的事情。

考古学家曾经发现一具死于斗兽场的老虎口下的角斗士遗骸,发现他的肩胛骨完全被贯穿,说明可能在搏斗时,他一瞬间就被老虎直接咬住肩膀拖倒在地。从贯穿骨头的伤势来看,几乎是在瞬间就丧失了战斗力。

动物学家的研究表明,老虎的速度1秒可达20米,而且只需0.4秒就可加速起来;咬合力也是在400~500公斤,咬穿人骨头不成问题;更要命的是,老虎虎爪很长,配合600公斤左右的击打力量,撕开皮肉跟玩一样。

别说皮肉了,就古代那种并不发达的冶金技术制造的防具,在老虎眼中恐怕和纸也没有什么两样;而且老虎爬树游泳也都不在话下——就这样一个高踞食物链顶端的动物,会被人用肉掌打死?你真的想太多了!

实际上,前世界拳王泰森就曾经养过一只叫作"肯亚"的白老虎。在2001年的某一天,肯亚突然将泰森扑翻在地,并用肥厚的肉掌踩着泰森的脑袋。

这个当时世界上最强壮的男人,是不是奋起反抗?当然没有,人家清楚得很,每顿以一整条马腿充饥的肯亚一掌拍下来,十个泰森的脑袋都经受不住,只能是以从未有过的温柔,不停地抚摩这头可怕宠物4个小时之久,最终才得以"虎口脱险"。

古人有可能打败老虎吗

在前面我们详细讨论了肉搏老虎的可能性,结论是完全不可能。那么人们真的就没有办法打败老虎了吗?从古籍中的记载来看,在有武器的情况下,运用一些战术,加上点运气,人类集团作战打败老虎,恐怕还是有可能的。

明代谢肇淛曾在《五杂俎》中记载了一种双人配合用弓箭射虎的方法,基本上就是说,两人骑马,仰仗人马一体的机动力对老虎进行远程夹击,才有可能搞死老虎。还有一种方法就是布置陷阱,不过这种方式能不能成功,就得看老虎上不上当了。

明代崔嘉祥在自己的《崔鸣吾纪事》中记载了一则老虎不发威,被人当病猫,结果老虎暴走伤人的

故事：

嘉靖年间，某地从海上来了一只老虎。城里人好奇地围着老虎各种指指点点围观，而老虎也似乎是累了，躺在那里不怎么动。结果这些人就蹬鼻子上脸，用石头打老虎玩——一个叫陆尧的人刚好打中了老虎的眼睛，这一下把老虎给惹毛了，冲入人群中抓了这人一把，当场血流成河，吓得这些"熊孩子"哭爹喊娘四散而逃。而城里人为此组织了一支好几十人的打虎队，把老虎逼到了石缝中进退不得，尾巴也垂下来不动，让人以为死了。一个姓褚的人想拿到虎皮，又以为老虎已死，就撬开了石头——刚一撬开，老虎就大吼跳出来，直接咬死了他，然后施施然向着北方跑了。

总而言之，对于古代人来说，老虎还是太可怕了，基本上是一种无敌的存在。

而那些打虎的传说，终究不过是艺术夸张居多罢了。

李云贵摘自《新传奇》 图：恒兰

创意写作征文：续写中国版人猿泰山的故事

由故事公司出品的国内最全"人猿泰山全译精编插画系列"已全部上市，引起读者关注。现《故事会》编辑部联合南瓜屋故事网络平台，开展"续写中国版人猿泰山故事"征文活动，具体要求如下：

一、从上海文艺出版社已出版的24本人猿泰山小说中，选取任何一种小说中的情节，生发开来，敷衍成文。篇幅不论，以3000至15000字左右的短、中篇故事为最佳。

二、故事背景必须是中国，或与中国有关联。历史或现实的题材均可。

三、故事主角可以是"泰山"，也可以是与"泰山"有关的某个人物，但所有人物中必须出现或提到"泰山"。正面人物要体现"泰山"的见义勇为、不畏强暴、敢于接受挑战，负面人物也不要脸谱化，一坏到底，而是恰如其分地体现其身份、个性。

四、创作基调为魔幻现实主义。要"奇幻"中见"现实"，即整个情节构架十分奇特，带有幻想色彩，但具体描述显得"真实"，如同发生在现实社会，发生在人们身边。

五、所征集"中国版人猿泰山故事"优秀作品将陆续刊于《故事会》杂志，并由上海《故事会》杂志和南瓜屋故事交由上海文艺出版社出版《人猿泰山中国版》（暂名）单行本。

扫码进入南瓜屋故事网络平台人猿泰山征文主题。

续写稿件可直接跟帖于征稿主题下。

7. 答案：生产和生活中丢弃的固体和泥状物质，包括从废水、废气中分离出的固体颗粒物。

失约的温暖

@美 丫

爱情的通行证

彼时,我读大二,正同他的儿子我的同学小陶恋爱。

最初,在彼此诸多的话题中,小陶最爱说起他,是儿子对父亲的一种敬爱和崇拜。说他不仅英俊潇洒,还饱读诗书,尤其唐诗宋词研究得透,思想也深刻,最不喜浅俗之人……听得出来,他是这个年轻人的榜样。

我见过他的照片,和小陶差不多的身高,面容也是相像,都属男人中算得上英俊的,四十七八岁的年纪,没有发福,戴眼镜,有些书卷气。但不知怎么,感觉他镜片后的眼神有些犀利,也有点傲气,并不太容易接近。

陶说,是吗?不是吧,老爸最好脾气。却又话头一转,不过,他对未来儿媳倒是挑剔的,屡屡告诫我,生怕我娶个花瓶回家。

他这样一说,我便有点紧张。我开始暗暗要求自己努力,一边做功课一边恋爱,一边还要去图书馆看唐诗宋词,查阅历史,翻看名著……原本,读书和写作皆是我的爱好。如今为了在他那里获得爱情的通行证,我更是格外努力。竟然有几篇情感文章,发在颇有影响力的两三份杂志上。

他让我赢了赌约

大二结束的暑假,我和小陶做了决定,回去和各自父母摊牌。为这次摊牌,小陶早早就交给我从家中带来的特产。我却选了两本书让他带回去。那两本书,我都已仔细读过,并认真写了读后感悟,夹在书中。礼貌地附言:那日同小陶在

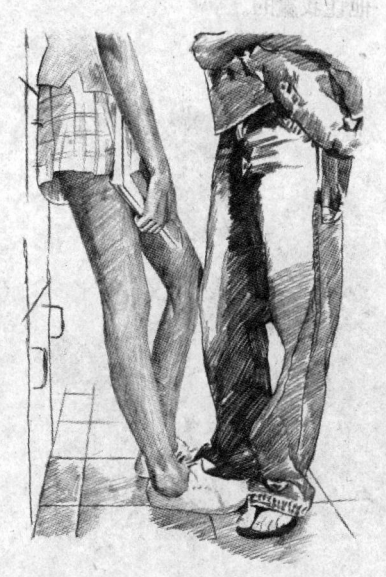

书店，看到这两本新版图书，想叔叔也许会喜欢。当时小陶说，那可不见得呢，我便同他打赌。我们赌谁输了，开学要去车站接对方。我相信我会赢，对吗叔叔……

有点讨好，有点讨巧，也有点女孩子的撒娇。

小陶的家在哈尔滨，自青岛回去，大约一天的时间。计算他到家，我有点惴惴不安，盯着电话发呆。

先是等来小陶到家的消息，两个小时后，小陶又打过来电话，口气，有掩不住的喜悦。将他的原话重复给我：将这样两本书读到通透的女孩，我如何会不接受呢？更难得网络年代，她还写得一手好字……

我悬着的一颗心放下来。

那个假期，每天同小陶通电话，没想那天，小陶说了两句，忽然说：爸要同你说话。不等我反应过来，他已将电话接了过去：姑娘你好。

他很善谈，先是对我和家人进行了寻常的问候，之后说起我们的学业，又说起我写的一些小文章。有认真的赞扬，也有中肯的建议，还有诚挚的希望，他想我能在文字中走得更远。要我多读书，读好书，厚积薄发……

这样的口吻，渐渐就像了父亲。

我就这样赢了同小陶的赌，是他让我赢的。

陶爸爸,生日快乐

11月初,他的生日,48岁,本命年。哈尔滨已经开始下雪,我早早给他准备了礼物,是一条手织的红色围巾,因为初学,拆拆织织的,一个多月才完成,完成后,依旧粗糙蹩脚。可还是决定赶在他生日前寄过去。并做了个漂亮的卡片,终于把对他的称呼写在了上面:陶爸爸,生日快乐!

他在生日前一天收到,激动得打电话过来,说这是他收到的最好的礼物。陶妈妈在电话里说,你陶爸爸美死了,见了谁都炫耀,同事、邻居,连街上卖粘豆包的,他都炫耀给人家看,说,看,我姑娘给我织的,漂亮吧。有知道他没有女儿的,反问他,哪来的姑娘?他神秘地呵呵笑,不回答,好像一个珍藏的幸福谜底,恐怕被别人分享了去。

后来陶妈妈说,那条围巾,他天天围着,晚上摘下时,要折叠起来收好……

那天起,我将手机中存储的陶叔叔三个字,换成了陶爸爸。心里觉得叔叔这个称谓,已经表达不了我和他之间的温暖熟悉。更因为当时觉得,日后,一定是要叫他爸爸的。

他似乎比我们更着急,对我说,我和你阿姨商议好了,等你们一毕业就结婚。不用来哈尔滨,就在青岛待着,你一个女孩子家家,离家太远了会想家的。小陶没有关系,男人四海为家。等你们安置好了,我们退休就过去……

我已经不再脸红他说这样的话,开始微笑回应,心里甜甜的。

相约在冬季

那年元旦,他寄了一张贺卡给我,上面只有两行好看的字,不是新年快乐之类的祝福,而是改了赵师秀《约客》中的后两句,他说:相约闲时住半月,闲敲棋子看雪花。

记得当时在寝室,上铺的女生也看到,探头来问:什么意思啊?

我只笑,不答。这是一个约定,他约了我,在落雪的季节去北方看雪。想窗外白雪皑皑,室内温暖如春,我和我叫作陶爸爸的男人,围着一张小桌子下棋,他的颈中,戴着我织的红围巾。我自然下不过他,悔棋,他不允,我撒娇,他只得顺了我……陶妈妈和小陶被拉来做观众……

太美好的一幕。

我应了约,和他约在大四的冬天,去哈尔滨看雪、看他。

却没有成行,大三下学期,我

同小陶的感情开始出现问题，渐渐冷落。在一起的时间慢慢少了。

那天，他忽然打了我的电话，此前，我们都是用小陶的手机通话。这是第一次，我看到手机显示屏上，"陶爸爸"三个字清晰跳跃。

心里一惊，因为和小陶的疏远，将他忽视了。他却没有忽视我，电话里，小心地问我：姑娘，是不是和小陶吵架了……

我不知如何作答，支吾着否认。

他也不再说话，又叹气，听得我心生酸楚，小声喊他：叔叔。

他顿了顿，却安慰起我来：没事，姑娘，没事。叔叔就是问问……

电话挂了。我站在那里，说不出有多难受。我几乎冲动着想跑去对小陶说：我们和好吧，以后不管怎样，都在一起。

失约的女儿

可是……爱情，真的无法勉强。大四开学后不久，我终于同小陶正式分手。小陶没有试图挽回，试图挽回我们的，却是他。4月初，他和陶妈妈一起从哈尔滨过来，订了周末去大连的船票。

从来不爱发信息的他，发了个信息给我：要是你愿意再给小陶一次机会，陶爸爸和陶妈妈在码头等着你。

那条信息，我只有勇气看了一遍，心里便生了密密的疼痛。不为和小陶的分手，只为对他的辜负。我知道，我不会去。

失约的黄昏，站在海边，掌心里握着他让小陶转送我的见面礼：一条紫色的水晶手链。紫水晶是我的幸运石。是一个近50岁的男人，为了讨好一个小女孩，才学着去了解这些和他们相离甚远的事情。

他在付出一个父亲能够付出的爱。

海风起，远处的船只渐行渐远，我不敢想象站在船头的他，此刻是怎样失望而失落的神情。

他曾说，是我让他享受到了拥有女儿的柔暖幸福。而我却是他今生失约的女儿，注定了走不到他身边，回报他的爱。我知道多年后，我会忘记一个叫小陶的男人和我有过的那段青涩爱情，但陶爸爸所给予我的爱和温暖，以及对我这样一个凡俗女子的赞美，永不敢忘。

永不忘。

水云间摘自
《人生与伴侣》

图：黄煜博

 图说世相 漫话天下

便宜的东西，只有付款那一刻是开心的

@ 林帝浣

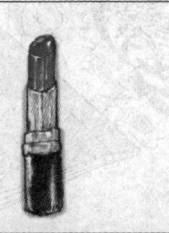

给女朋友买口红，
一定要买最好的，
毕竟她是外用你是内服。

去年那件"贵就贵吧，
还能穿好几年"的衣服，
今年打开衣柜，
你已经假装没看到它了。

便宜的东西，
只有付款那一刻
是开心的。

再丑的东西，
只要是名贵品牌，
都会发自内心越看越好看。

平平常常摘自《石家庄日报》

无支祁

@陆春祥

唐代贞元年间,在一个天气晴好的日子里,陇西旅行家李公佐,游了湘江,登了苍梧山,自是惬意无比。

傍晚时分,李公佐在湘江边碰到了老朋友——弘农人征南从事杨衡,他坐的小船,就停泊在湘江岸边。

夜幕中,明月下,江面宽阔无边,远处,渐有雾气升腾,小船旁,水中的明月随着小船的轻轻摇动而浮沉着,一会儿大,一会儿小,山与水与月与天,都成了整体。此刻正是聊"八卦"的好时光。

酒意正酣,杨衡就给李公佐讲了一个水怪的故事。

那一日,也是夜间,一个楚州渔夫去龟山下夜钓。哈,长线动了,啊,动得很厉害,收,收,可是,线却一点也不动。这深潭,他熟悉,不可能有他拖不动的大鱼,钓线一定是被什么东西钩住了。不怕,他水性超一流,在水里如履平地,三下两下,脱掉衣服,迅速钻入潭中。好深呀,水下五十丈深的地方,他发现了怪事,有一条大铁链,盘绕在龟山的山根处,他绕了一圈,但找不到铁链的尽端。

这么稀奇的事,州里有规定,一定要上报给主管领导。

楚州刺史李汤一大早就碰到了找他的渔夫,他判断,这老实的渔夫,不可能说谎话。这种事,听听都兴奋,立即搞清楚!深潭里的"铁链"事件,弄得人们很好奇,都到现场围观。几十位游泳高手,都跃跃欲试。李汤却很镇静,毕竟是一方大员,发生什么事都不大惊小怪。

渔夫带头钻入潭中,游泳健将们也鱼贯跃入。很快就找到那根铁链,大家一起抬,想将铁链抬起,可是,铁链纹丝不动。真是奇怪,这是什么铁链啊,如此沉重!

李汤一听汇报,又想了个办法,发动大家,找五十头力气大的牛来,系上粗麻绳,用牛来拉铁链。

几十位游泳高手,再次潜入潭中,粗麻绳的这一头,连接着五十头牛,大家一起用力,嗨哟、嗨哟、嗨哟。铁链出水了。铁链快到岸边时,深潭突然翻卷起大风大浪,浪头有房子那样高,观看的人吓得大喊大叫,终于,人们看到铁链的末端,系着一只怪物。

它看起来极像猴子,蹲坐在地上,有五丈多高,雪白的头发,长长的脊毛,两只眼睛没有张开。它在睡觉吗?怎么一动不动呢?然而,它的眼睛和鼻子里却像泉水一样一直流不断,嘴里淌下的涎水,腥臭难闻。

过了好久,那怪物才伸伸脖子,挺直身子,两眼忽然睁开,目光像闪电一样,四处张望看它的人,显示出非常愤怒和疯狂的状态,人们吓得一下子逃散开去。然后,那怪物竟然慢慢拖着铁链,拽着牛,回到水里,再也没出现了,那些牛被拉得哞哞乱叫,以为要发生什么大事。

李汤和楚州有名望的人士,被弄得稀里糊涂,不知道究竟是怎么一回事。

杨衡讲完这个故事,李公佐也是瞪大双眼,嚯,这是什么情况呀?

元和八年的一个冬日,在常州的一家旅店,一个叫孟简的官员要远行,一批朋友正给他举行小型饯行会呢。一伙人聚在一起,围炉而坐,吃酒谈天。

大家兴致极浓,一谈一个整夜。

轮到李公佐讲故事时,因为杨衡讲得太离奇了,李公佐就对大家伙重新讲了一遍。不过,李公佐是叙事高手,他添了不少油,加了不少醋,铁链怪物的故事被描绘得栩栩如生。

第二年春天,李公佐到了古东吴的属地湖南一带,跟着太守游览洞庭湖。他们登上包山,住在道士周焦君住的山洞里。这周道士,在此山洞修炼了若干年,他也是个爱读书的人,洞里藏有不少典籍。

吃完饭，闲坐没事，大家翻书聊天。突然，李公佐看到一本《古岳渎经》，书极古旧，里面的文字古老奇特，书中有的地方还被虫蛀，文字断断续续的，不太好理解。幸亏李公佐是高手，他和周道士一起研究了好半天，越读越兴奋，甚至连连拍案，那周道士和太守有点莫名其妙，不知道李公佐为什么这么兴奋。原来，这本书中的许多文字，都印证了杨衡给他讲的那个铁链怪物的故事。

《古岳渎经》记载的铁链怪物故事是这样的：

大禹治水时，三次经过桐柏山，每当大禹到达时，桐柏山就刮大风，响惊雷，刮得石头也在鸣，树也在叫，神怪五伯兴波作浪，天老起兵作乱。大禹于是召集各部落首领，要大家一起合力对付妖怪。夔和龙来了，桐柏山神也来了，但有几个部落首领临阵怯逃，大禹一怒之下，将他们都拿下，一调查，原来，这些人都包庇一个妖怪水神，那怪居住在淮河、涡水中，名字叫"无支祁"。

大禹眼中的无支祁是怎样的呢？

它善于回答别人的问话，能分辨长江、淮水的深浅和平原沼泽地带的远近，样子像猿猴，小鼻子，高额头，青色的身躯，白色的头发，眼露金光，牙齿雪白，但脖子伸出来有一百尺长，力气也大得惊人，九头大象也打不过它。此怪攻击、搏斗、腾跃，极其灵活，奔跑速度极快，身体轻灵飘忽，只是不能长久地听声音、看东西。

大禹将无支祁捉拿来，尝试着降服它。先用软的，命人奏好听的乐曲，想以此感动它，没用；大禹的随身跟班警卫也制服不了它；将它交给庚辰（西王母之女云华夫人身边的侍卫），上千鸥鸟、树精、水神、山妖、石怪，奔跑着号叫聚集在无支祁身旁，庚辰花了九牛二虎之力才赶跑了它们。

随后，大禹将无支祁的脖子锁上大铁链，鼻子穿上金铃，送到淮河南边的龟山脚下，让它永远不得见天日。

从此，大禹治淮成功，淮河水平安地流到海里。

李公佐拿着那卷《古岳渎经》，面对太守、周道士娓娓道来。讲完这个故事，他像完成了一个大型的考证，脸上露出舒心的微笑，以后再讲这个无支祁的故事，他会底气更足。

月亮狗摘自《袖中锦》广西师范大学出版社　图：小栗子

9.答案：工业污染源、农业污染源和生物污染源。

大千世界　时代之帆

【《珍珠》续写】在本期中，李方能否及时赶到，救回女友？请看两位作者的精彩续写。

泡沫

@ 李雪倩

扫描二维码，看《珍珠》原文

首发

女朋友听到门外的动静，迫不及待地打开门："我的珍珠奶茶呢？""给。"奶茶还是热的，女朋友喝了一口，露出了满足的神情。

"那么，人鱼小姐，你的生命保住了吧？"李方淡淡道。

"当然了！"女朋友笑笑。

"我很抱歉，瞒了你这么久，其实我从事古生物学研究多年，我的工作就是研究人鱼的存在与起源。感谢你的出现，这将给我们的研究提供重要证据，甚至很可能是人类社会历史上的一次重大发现。"李方一本正经地说，"你放心，我们绝不会伤害你，只是对你的身体进行研究，你将为人鱼研究事业做出巨大贡献！"

"什么……你……"女朋友发现李方正拿着针管向她走来："接下来要注射的是一种可以让你恢复原形的药剂，不要怕，很快就好了。"

女朋友没戴眼镜，眼前一片模糊，什么都看不清，依稀觉得身边有些明晃晃的东西，还有些许湿润的感觉。她立刻想起，这是泡沫，是她骗李方时的谎话，没想到竟然成真了！难道自己真的是人鱼，真的要变成泡沫飘回大海吗？或者变成李方他们的实验品，这样了此一生吗？在恐惧和迷惘中，她昏迷了。

李方见状，露出了意味深长的笑容。他将剩下的沐浴露泡沫清洗干净，将吓唬人用的针管放到一边。实际上，他只是个医生……

女朋友醒来，发现自己在家中的沙发上睡着了。她看看自己的手，又看看自己的脚，发现都在。她长舒了一口气，太好了，原来她不是人鱼……

这时，李方笑着端来一杯奶茶，奶茶里有很多珍珠，他温柔地说："你的珍珠奶茶。"

作者系山东潍坊寿光中学学生

指导老师：李维峰

使命

@ 杨颖琦

李方听完,嘴角不自主地流露出笑意:"说到底,你就是想喝奶茶。"

电话挂断后,女朋友静静地蜷缩在沙发上,她陷入了迷茫,一闭眼是自己的使命,一睁眼是李方的温柔。

李方排了很久的队,他不烦,他心里全是女朋友拿到奶茶后的甜蜜劲儿。

"亲爱的,奶茶来了!"李方兴冲冲地推门而入,女朋友飞速拭去眼角的泪水,双腿不自主地战栗起来,她只觉自己的心半是坚硬半是柔软,每喝一口奶茶心就紧紧收缩,血在心脏间蔓延开来……

女朋友其实是一条真正的美人鱼。李方是某企业负责管理工厂的Boss,人鱼和人类相爱,要么因为爱情,要么是因为利益。

污水排放是迄今污染江河湖泊的重要原因,女朋友所在的那片海也难以避免。作为公主,保卫家园在所不惜,是使命也是生命,促使她接近李方,她要报复人类,她数不清海底出现了多少的人鱼尸体。

如果李方没有带回那杯奶茶,也许女朋友会心狠手辣,一击致命——毁掉那家工厂。但人鱼的心总是那么柔软,她不愿辜负一个深深爱着她的人。

"公主,海里的食物愈发缺少——"

"公主,海里的氧气——咳咳——"

"公主——"

海面上全是塑料袋、易拉罐,无数死鱼漂浮上来。人类总说自己在保护环境,但一涉及金钱利益,又将自己的那一点点环保意识抛诸脑后,善良的人鱼傻傻地相信着人类,总以为水质会得到改善,但得到的结果……

"亲爱的,你在想什么呢?你看我们工厂正在进行的新项目,可以……"李方的话还没说完,女朋友就打断了他:"所以你们人类只

会污染环境?"

李方愣住了,女朋友眼里充满了怒火,你们人类?

"你知道你们人类为了钱杀害了多少生命吗?我们在海底经受了多少折磨!妻离子散,硝烟四起……

"为什么你们人类只在意那么点钱!你为什么要给我带奶茶!你就不能绝情一点!让我死心!让我彻底毁掉你!可是现在,你明明是我的敌人,我偏偏动了心。"女朋友在地上哭得声嘶力竭,李方紧紧地抱住她,不停地安慰:"会好的,会好的……"

这晚,李方久久不能入睡,想起之前的所作所为,悔恨的泪水涌出眼眶。迷迷糊糊中,女朋友正变为泡沫,缓慢消失,只留下哀怨的一瞥:"这一切都怪你……"

李方猛地惊醒,身旁的女友正睡得格外香甜,李方摸了摸她的额头,起身来到客厅,鱼缸里的鱼死了,泛出一圈又一圈的泡沫。

"喂?老板,我们工厂需要停工……"

作者系湖南武冈展辉学校羽丰文学社学生

指导老师:胡清琼

@史丽琼:评10月号《最酷的朋友》 看得泪流满面,想起了我的外公,外公还在的时候,也是一只梨花猫、一只小黄狗、一只八哥鸟为伴,有了这些小生灵做伴,外公才不孤单。

@温暖的小人物:评10月号《最酷的朋友》 最近我的一个亲人不幸去世了,在出殡的那天早上,他九十几岁高龄的老母亲仍然在为她的儿子哭泣。生离死别或许是人无法改变的。我们唯一能够做的就是珍爱每一天的生命,珍惜我们身边的每一个朋友、亲人。

扫码看原文

@小李子:评9月号《中国工程师非洲奇遇记》 听着这样的天方夜谭,再想着"生活不止眼前的苟且,还有诗和远方……"我想说,祖国祖国我爱你,做梦也不离开你。

@利剑中华:评9月号《中国工程师非洲奇遇记》 我在弗里敦就遇到过一次晚上持枪设路障拦车的,专拦中国人,有当地驾驶证都不管用。

扫码看原文

看海记

@天朝羽

盲点

(文中设置了十处差错,你能找出来吗?答案见文末)

宋人的一天可以过得多精彩

@吴 钧

如果生活在宋时杭州,每天清晨,我们会在响亮的报晓声中醒来。报晓的人是城市寺院的僧人,他们敲响铁板儿,沿街报晓。你听到清脆的铁板儿声响,便知道天快亮了,可以起床洗漱了。这些报晓的僧人,在报晓的同时还兼报天气:"若晴则曰'天色晴明';阴则曰'天色阴',晦雨则言'雨'。"这样,你躺在被窝里,不用起床开窗,便可以知道外面的天气如何。

起床后,你需要洗漱,请记住,要刷牙——宋朝市民有刷牙的习惯,而且跟我们一样,是用牙刷刷牙的。宋人用的牙刷,叫作"刷牙子",通常用木头制成,一头钻上若干小孔,插上马尾毛,形状跟今天的牙刷差不多。宋时杭州的"凌家刷牙铺""傅官人刷牙铺",是专门经营牙刷的铺子,沿街叫卖的货郎也有牙刷出售。显然,牙刷是宋时常见的居家日用品。

那么宋人刷牙是不是也用牙膏?也是用的。宋代官修医书《太平圣惠方》便记载有制作牙膏的方子:"柳枝、槐枝、桑枝煎水熬膏,入姜汁、细辛等,每用擦牙。"

洗漱完毕,你可以出门买一份新闻报纸,然后一边吃早餐,一边看报纸,了解最近几天的朝野时政消息——你没有听错,北宋末已出现了商品化的报纸,叫作"小报""新闻"。南宋时,杭州还设有专门的报摊,宋人笔记《西湖老人繁胜录》

格物致知 经世致用

与《武林旧事》记录的杭州各类小本买卖中,都有"卖朝报"一项,这里的"朝报"就是新闻报纸。

用过早餐之后,如果你不用上班,可以到茶坊饮饮上午茶。宋朝的城市,满大街都是茶坊、茶肆,就如今天城市中几乎每一个热闹处都会有咖啡厅。

到了午饭时间,你可以找间饭店吃个饭。宋朝的饭店服务非常周到,《东京梦华录》说,客人一进门,马上就有店小二招呼座位、写菜,想吃什么,请随便点。点菜后,很快就会上菜。

如果你不想在饭店用餐,也可以叫外卖——没错,宋代饮食店已经开始提供快餐、叫餐服务了,张择端的《清明上河图》就画有一个不知正往谁家送外卖的饭店伙计。宋代杭州市民也跟今日的城市白领一样,不习惯在家做饭,而是下馆子或叫外卖。

下午,你可以到瓦舍勾栏观看文娱表演。瓦舍勾栏是宋朝城市的娱乐中心,类似于今天的大型夜总会。瓦舍之内,设有勾栏、乐棚。勾栏中日夜表演杂剧、滑稽戏、讲史、歌舞、傀儡戏、皮影戏、磨术、杂技、蹴鞠、相扑等娱乐节目。

夜暮四和,吃过晚餐后,宋朝城市的夜生活开始了。你可以逛逛杭城的夜市。

不要小瞧这夜市。宋朝之前,夜市是不允许出现的,因为城市有宵禁的制度,所以盛唐时的长安城,白天很热闹,入夜后却冷清如鬼城。入宋,随着宵禁制的松解,夜晚才热闹起来,形成了繁花的夜市。所以,我要告戒现在的年轻人:如果你想穿越,不要穿到唐朝,应该穿到宋朝,因为现代人已习惯了夜生活。

宋人的生活,非常有现代气息,跟我们差不多。宋代也是一个富裕现代色彩的时代,无怪乎海外汉学者要将宋朝称为"现代的佛晓时辰"。

朱权利摘自《南都周刊》 图:小栗子

《宋人的一天可以过得多精彩》参考答案

1. 晴明——晴明
2. 磨术——魔术
3. 夜暮——夜幕
4. 四和——四合
5. 霄禁——宵禁
6. 松解——松懈
7. 繁花——繁华
8. 告戒——告诫
9. 富裕——富有
10. 佛晓——拂晓

砸琴

@ 张 炜

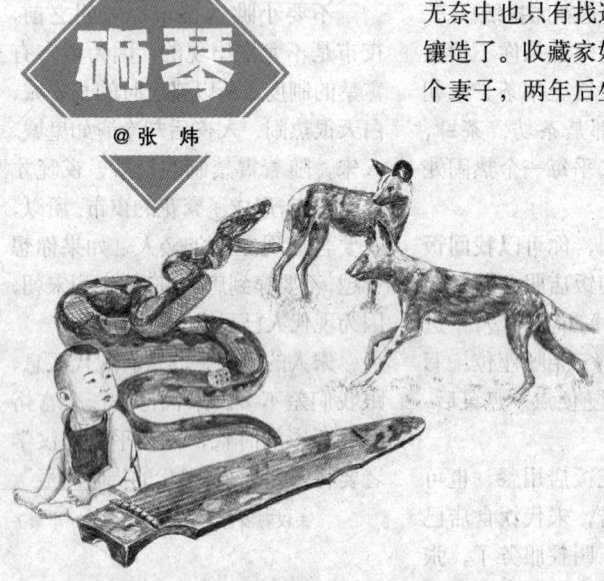

在古登州和莱州交界那儿有个临海的城镇,这里的人喜欢晴耕雨读。夜里读书的人多,弹琴作画的人多。

琴棋书画,琴是摆在第一位的。这里的人特别喜欢一种蟒皮制成的琴,因为它的声音仿佛来自海滩深处,听起来格外撩动人心。

那儿有一位有名的制琴师,出自他手的琴在方圆几百里都享有盛名;他会制作好几种琴,然而最有名的还是那种蟒皮琴。城镇的一户收藏世家存有一把上百年的古琴,一切保护良好,唯有蟒皮裂开了。无奈中也只有找这个制琴师傅重新镶造了。收藏家好大年纪才娶了一个妻子,两年后生子,老年得子疼爱得不得了。平时他和妻子与孩子是须臾不能分离的。

他的家住在城镇边缘,靠近一片林子,这里常常有一些野物跑出来玩,他与妻子从不伤害它们。有一天妻子正在家里灶上忙着,刚刚学会走路的孩子就出门去了,她一时也没在意。不知过了多久,突然不远处传来了尖叫声,她一听是自己孩子的声音,就不顾一切冲了出去。原来孩子只穿了个红肚兜,这会儿蜷在一个草垛旁边,不远处就有两只豺狗模样的东西,它们一纵一纵地围着孩子跳,只是不敢近前。她拿起柴棒驱赶它们,到了跟前一看,只见一条不大的蟒蛇用身子围住了孩子,高高探起的头颅四处盯视,身上满是鲜血和伤痕。她吓得不敢喘气,定下魂来才知道是这条蟒蛇刚才与两只豺狗搏斗,救下了孩子的一条性命!她呼叫孩子时,那条蟒蛇就用嘴巴摩挲着孩子的腮,孩子很快就不哭了。这时蟒蛇才把身子放开,在一旁看着她把孩子抱起,缓缓地爬回了林子里。她最后一眼记住的,就是这条蟒蛇脖子处有一块金黄色的大斑。

男人回来后听过了这场历险,特意去找过那条蟒蛇,但没有找到。这时他的宝贝古琴已经送到那个师傅手中许久了,对方回答说这种事急不得。大约又过去了一个月,制琴师傅终于把修复的古琴拿回来了。男人洗了脸洗了手,又换了衣服才去接那把琴。制琴师傅当即拨弄了那把琴,声音韵味真是好得不能再好了。这把价值千金的古琴就算重生了。

师傅走后,妻子凑近了正在低头抚琴的丈夫,抬头端量了一下,突然大声喊叫起来。她说她认得这蟒皮上的斑纹,这肯定是那条蟒蛇的皮。她这一叫,男人脸都白了。他赶紧放了琴,然后出门追赶制琴师傅。

他拦住那个人,开口就问蟒皮的来历。师傅说:要为这把古琴寻找合适的蟒皮就难了,所以才拖了这么久;家中贮存的所有原料都不合适,而自己又是个追求完美的人;这种琴需要配的是年纪合适的雌性蟒皮,还要是有"金环扣"的,就是脖子上长了一种奇怪金斑的,这样的蟒皮会发出一种"金声"。师傅长叹,然后一脸欣慰说,他为了这把古琴不得不四处寻觅那种蟒皮,几次都想作罢,巧的是本城一个老猎人告诉他,说海边林子里就发现过这种蟒,于是他约了好几个猎人,徘徊在林子中一个星期才得手。

男人一声不吭回去了。这时妻子已经把那把古琴归到了专门的屋子里,这里藏有几十把琴。男人脸上一点血色都没有,他对妻子点点头,然后操起一把锤子就进了藏琴的屋子。

他一口气砸毁了所有的古琴。

林冬冬摘自《听来的故事》中华书局
图:陈明贵

【名师有话说】读罢此文,让我想起了鲁迅的名作,双线结构的短篇小说《药》。《砸琴》也是采用双线结构,一条线写制琴师修琴,重点写捕这种蟒蛇的艰难;一条线写蟒蛇救小孩,重点写蟒蛇是怎样舍己救人的;文末,收藏家幡然醒悟,悔恨交加,果断砸琴,给读者强烈的震撼。

点评者:安徽省芜湖市螺百十八庄小学
高级教师、校长,省作协会员 周棠

笑点

丸子的朋友圈

哲学系二师兄

今天早点摊小哥说:"我找不到工作那会儿,家里人愁眉苦脸好像我摊上大事了,可现在呢?"铲子一挑,煎饼一翻,"我摊上大饼了!"
听君一席话,胜读十年书!

金融小王子刘思聪:茅塞顿开……
哲学系二师兄回复金融小王子刘思聪:我决定了,早上到地铁站旁摊煎饼,白天送外卖,晚上开滴滴,这就去学开车!

郭美眉

有时候你根本看不出来对方是什么人!
当面一套,背地一套!
北京一套,上海一套!
深圳一套,三亚一套!
杭州还有一套!!

大老板张富贵:我家大门常打开,开放怀抱等你……

王大脸真的不是女汉子

神啊,我们分手了,我想彻底忘记他却忘不掉,该怎么办?

丸子:你只要每天背诵六大厚本他的详细资料,每周摸底、每旬统考、每月模拟,持续三年,最后正式再考一次,答出关于他的每一个问题,然后一出考场就能把他彻底忘光了。
郭美眉:大脸你什么时候恋爱的?

就是爱科学(地球篇)12.环境质量评价类型有哪几种?

大老板张富贵

最近,我发现自己长胖了,但照镜子的时候,又发现自己皮肤变白了,所以总的来说,还不算糟糕。

> 郭美眉:富贵,你要小心啊,气球越大,颜色也越淡!

丸子

小时候,我妈跟我说隔夜的水不能喝。

我就问她:"早上6点烧的水,下午3点能喝吗?"她说可以。

我又问她:"晚上9点烧的水,早上6点能喝吗?"我妈说不能喝。

"同样几个小时的水,同样的储存环境,晚上低温更利于保存,为啥不能喝?"

你们猜她怎么说?

> 王大脸真的不是女汉子:怎么说?
> 丸子:我妈说,因为白天,家里的人都在活动,水壶里的白开水在人的观察范围内,壶内的系统因为观察扰动维持在稳定态,所以可以喝。晚上大家都睡觉了,没人观察,开水壶里的系统长时间处于不确定性的波态。所以隔夜的水不能喝。
> 哲学系二师兄:量子波动理论实锤!

金融小王子刘思聪

记得刚上大学时跟我的北漂老同学第一次见面聊理想。在我雄心壮志说了一通之后,我问他的理想是什么。他叹了一口气:"没啥理想,我认命了。"

我:"你不能就这么认命啊!"

他:"我是'富二代',这么好的命为啥不能认?"

> 丸子:我命由我不由天!
> 哲学系二师兄回复丸子:不管是哪吒还是敖丙,他都是官二代啊,没差!

快递员小马

真的搞不懂,都是信息泄露这么严重的年代了,还总有人打电话问我买不买房,买不买股票。我有多少钱,你们心里一点数都没有吗?

> 哲学系二师兄、金融小王子刘思聪、丸子、王大脸真的不是女汉子已点赞。

1960年的牛肉

@袁良才

1960年冬天,我们生产队发生了一件大事:一头老牛在山坡上吃草时,不小心跌落摔死了。

我爸当时是生产队队长,听说老牛摔死了,真比我爷爷奶奶先后饿死还要伤心。大伙儿却并未显出多少悲伤,反而掩饰不住心底往外冒的惊喜:"牛死不能复生,它只有这么长的阳寿,一切都是天意。秋队长,好在队里还有几条身强力壮的犍牛,不会耽搁'大跃进'。你看,这死牛怎么办?"

我爸咳嗽了一阵说:"还能怎么办?报告一下公社,叫老拐来,把牛皮剥了。"话音刚落地,围观的社员们禁不住发出一阵欢呼。我爸眼一瞪:"幸灾乐祸啊?看把你们这帮家伙馋的!"

很快,老拐便被人叫过来了,嘀里当啷地带着家伙什儿。老拐看到老牛尸身的那一刻,眼圈儿立马发红了,喉咙里咕噜噜好一阵,到底憋住没哭出来。他颤抖着手,先是抚了抚牛头,又摸了摸牛身子。

老拐猛地立起身子,满是黄牙的大嘴丫子里横噙着一把尖刀,大喝一声:"老牛老牛你莫怪,你也是人间一道菜!来世你投个好胎——"只见老拐单膝跪地,先敲掉老牛的四只蹄子,下刀霍霍

地剥开牛腿上的皮,接着从牛唇上下刀,掀开牛头上的皮,然后顺势先后犁开牛背和牛肚皮,弯腰拼尽全力扯了几扯,整个牛皮就被完好无损地揭下来了,带着淋漓的血污。

"好身手!"围观的人群齐声喝一阵彩,开始有说有笑起来。

"秋队长,回头我晾好牛皮,开春卖给供销社,也是生产队的一笔收入。"

我爸一直蹲在人群外面,闷声不响地一锅一锅吧嗒旱烟,这时才猛醒似的有气无力地搭话:"好嘞。老拐,杀牛,外带侍弄牛皮,队里给你记三个工,不让你吃亏。"我爸说着,终于立起身,挤进人群,瞭了瞭白光光的牛身子,咕哝道:"怕有小四百斤肉哩!杀好,就按人口来分肉,精肉搭下水,莫埋怨吃亏上算的。"

这天黄昏,我们生产队家家户户屋头上都冒起了迷人的炊烟,村头村尾都飘溢着牛肉诱人的香味儿,一时间真比过年还要喜庆。我家分到了六斤牛肉,我爸对我妈说:"我们留一半吧。另一半,让春儿送她大姨家,那个生产队更饿肚子哩!"

我姐望春用小竹篮拎着三斤牛肉,顶着漫天雪花,深一脚浅一脚地去了十里外的大姨家。直到天黑透,还不见我姐回来。妈急了,心神不定地说:"说好了等她回来吃牛肉。春儿不会有事吧?"我爸连啐几口,说道:"瞧你这乌鸦嘴,能有甚事儿?"但爸到底不放心,对妈说,"你先别忙着烧牛肉,我去迎迎春儿。"

我爸雪人似的一气跑到大姨家,大姨说:"春儿没来呀!"我爸心里咯噔一下,知道不好,又一路往回找。一路找,一路喊,凄厉的喊声震得天地间的雪花坠得愈急愈密了。我爸终于在一个陡坡下,发现了我姐望春几乎被白雪覆盖了的僵硬瘦小的身体,竹篮子被压扁了,歪倒在一边,只是那三斤牛肉不见了……

我们家那次没吃牛肉,从此我们家每个人都不吃牛肉,甚至尽量避免提起那个敏感的字眼。

没过几天,我爸就被县公安局抓走了,说是有人检举我爸故意害死了耕牛,最终,我爸被判处三年有期徒刑。

我姐望春的命案却成了无头案,我妈为此哭瞎了眼睛。

六年后我来到了这世上。后来爸对我讲起这段往事时还泣不成声。

林冬冬摘自《百花园》

图:宋书成

盲点

明武宗：万物皆可盘

@ 看鉴君

明武宗朱厚照15岁就登上帝位，坐拥万里江山。而且，由于他爹计划生育做得好，就养大了他这么一个儿子，使他轻松达到人生巅峰，他觉得历史赋予自己的唯一重任就是玩！

彼时京城动物园很发达，有虎城、象房、豹房、鹁鸽房、鹿场、鹰房。年轻的朱厚照看着这些稀奇古怪的动物，捋起袖子——我要盘它们！于是，这些动物遭了殃，什么孔雀毛、大象尾巴、老虎屁股、狮子围脖……都被他"盘"了个遍。

但还是有些不识抬举的"奇葩"存在。朱厚照看上了一头老虎，对饲养员说："把它放开，我要盘它！"但这头老虎在被放开的瞬间，就一巴掌把朱厚照拍蒙了，最后他只能乖乖地在床上"盘"了一个多月。

"盘"动物虽一时爽，但缺乏回味，朱厚照逐渐有点审美疲劳。这时，"干儿子"江彬说："要玩就玩大的，咱去关外射雕咋样？"朱厚照一拍大腿，就这么愉快地决定了。

朱厚照和江彬拍马赶往塞外，不过，第一站就"卡"在了居庸关。朱厚照在关前大喊："'总督军务威武大将军'朱寿要出关，赶紧开门！"巡关御史张钦眼一瞪，说："哪来的'总督军务威武大将军'，你是来搞笑的吧？"没办法，朱厚照又喊："我就是皇上，小子快开门，不然砍了你！"张钦拿着尚方宝剑坐在关门旁，说："皇上砍人的宝剑就在这儿，敢言开关者斩。"朱厚照的第一次出关行动就这么过早流产了！

后来，听闻蒙古伯颜小王子南

格物致知 经世致用

下打草谷,朱厚照立马两眼放光——终于可以好好玩一把了。这次,他冲破重重阻力,成功出关,抵达大同。同时命长城沿线驻军全线支援。伯颜小王子顿时傻了:我不就打个草谷嘛,至于这么激动?算了,不玩了。

朱厚照回京后跟老师杨廷和炫耀说:"我把蒙古人打尿了,还亲自杀了一个。"这就是应州大捷。

见皇帝这么荒唐,宁王坐不住了,扯旗造反。朱厚照一听乐开了花——终于又有了御驾亲征的机会。

按惯例,出师不能带内眷,朱厚照和宠爱的刘娘娘相约在潞河会面。刘娘娘相赠一簪,以为信物——这场面确实有点浪漫。谁知朱厚照路上把簪子弄丢了,全体人员找了三天都没找到,于是再次出发。朱厚照抵达涿州时,传来一个"坏"消息——南赣巡抚王阳明已把宁王揍趴下了!

既然不用打仗了,朱厚照就派人去接刘娘娘,刘娘娘却说:"不见簪,不信,不敢赴。"于是,他亲自乘船去接。

一路走走玩玩,终于抵达扬州。

> 朱厚照,明朝第十位皇帝。一个看似只会玩乐的昏庸皇帝,却能秒灭奸臣,赈灾免赋,御敌有功……

王阳明屡次请求献俘,朱厚照都不同意。八个月后,王阳明终于明白了:宁王不是我抓的,都是威武大将军朱寿的功劳。朱厚照这才勉为其难地接受了俘虏宁王,但还是觉得不过瘾,对宁王说了句连江彬都蒙的话:"你也太不争气了!不如放你回去,咱们再打一架,咋样?"

幸福来得太突然,宁王几乎要晕过去。不过,宁王刚恢复自由,就被一群锦衣卫敲锣打鼓地震晕在地,身着戎装的朱厚照顺利"生擒"宁王。

亲征的目的达到,朱厚照终于凯旋。过清江浦时,见鹰击长空、鱼翔浅底,他突然想到还没"盘"过鱼呢,于是亲驾小船去捕鱼。一网下去,居然重到拉不动,一不留神,他被拉到水里,几口水呛下来,得了肺炎,那时这病基本没得治。

1521年正月,朱厚照终于回到帝都,在新年钟声中主持了最后一次祭祀天地之礼,然后吐出一口老血,调侃道:"没想到长江里也有皇帝,我干不过他啊!"两个月后,朱厚照的人生落幕,年仅31岁。

一二三摘自微信公众号看鉴 图:小栗子

减肥王

@ 孙博

"肥仔明"的真名叫夏伟明。十年前,他来多伦多留学,香港同学就给他起了这个绰号,一直沿用至今。顾名思义,"肥仔"在粤语里就是胖子的意思,因为他实在太胖了。尽管加拿大对胖子没啥歧视,但185公斤的胖子找工作肯定会大打折扣。最终,肥仔明靠流利的中英文,在唐人街的"仁爱养老院"找到了一份差事。

肥仔明温和、诚实的性格十分招人喜欢,养老院的老华侨都爱叫他的绰号。工作数年,他爬上了副经理的位置。他早已年过35,但连找对象的勇气都没有,看样子一辈子要当钻石王老五了。

近年,他患上了"三高症",如果再不减肥,身体健康堪虞。他前后尝试了几次减肥,但都未能奏效,似乎失去了信心。归根结底,还是那张馋嘴不争气,一天依然要吃四五顿。

但是,两年前发生的事,一夜之间把他惊醒了!那个寒冷的冬天,正轮到肥仔明在养老院值班。半夜刚上床,405室突然着火了。他匆忙乘电梯上了四楼,一看熊熊大火在蔓延,马上要求大伙走楼梯疏散。他冒火闯进405室,见李阿伯已被浓烟熏得奄奄一息,他二话不说,使劲背起老人家就走。谁都没有料到,还有六七格楼梯就到一楼,他不慎滑了一跤,两人一起轰隆隆地滚到地面,而他沉重的身体恰好压在李阿伯腿上……幸亏消防车和救护车来得及时,火速把他俩送到医院。

经检查,李阿伯大腿骨折、小腿骨裂,肥仔明只是受了点皮外伤。此刻,他羞愧不已,责备自己的肥胖是罪魁祸首,让年过70的老人家打钢钉、绑石膏,受苦挨累,说不定还会留下后遗症。

为了不让同类悲剧在自己身上重演,肥仔明立志要减肥。没过几天,他就来到住处街角的"24小时健身中心"。巧的是,他那天碰到的女教练也是中国人,名叫马美芳,刚来这儿上班才半年。

马美芳30岁不到,是个体育能手,以前在南京当过好几年排球运动员,退役后只身来到多伦多留学,选读了健康与健身专科班。她听了肥仔明的情况后同情不已,一周后就给他精心制订了减肥方案:每天在跑步机上快速步行,时间从五分钟开始,逐渐增加到一个小时;采用低碳水化合物、高蛋白来控制饮食,只吃瘦肉、蔬菜和水果,限制热量摄取;不做手术也不吃药……

足足坚持了两年后,肥仔明成功甩掉了80公斤,连他自己都不敢相信。由于减肥幅度太大,他多了10公斤左右的皮肤。一个月前,专科医生为他做手术,摘除了多余的皮肤。如今他的体重变成95公斤,几乎减半,原来一个裤腿就可以把他现在的两条腿都塞进去了。他又暗自下决心,争取再减20公斤。他的内心也像明镜似的,如果没有马美芳的严厉督促,光靠自己的毅力简直是不可能完成的任务,所以对她心存感激。而他俩几乎天天碰头,两年下来早已成了无话不谈的好友。

为了庆祝减肥成功的大喜事,肥仔明今天特地宴请马美芳吃日本料理,这也是他首次请异性共餐。两人高兴碰杯后,见她有些愁眉不展,肥仔明忙问个究竟。原来,她的意大利裔老板年纪大了,打算尽快把健身中心转手,老两口子回罗马欢度晚年。这店开了20年,会员有500多人,明显是个赚钱的买卖,马美芳有意接下,但自己力不从心。

肥仔明近年也有创业念头,但苦于找不到合适的项目,这岂不是送上门的喜事吗?详细询问后,他果断决定合股买下这生意,但要求再加一块中文招牌:"肥仔明减肥中心"。马美芳一口答应,笑着说就拿他的减肥对比照当活广告。

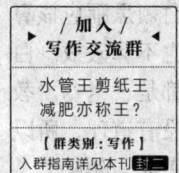

苺苺摘自
《林中凤凰》
图:恒兰

盲点

有一种"鹅",
曾经被归为海鲜

@ 红色皇后

1215年,第四次拉特朗公会议召开,会上讨论了许多关于宗教的重要事务。其中有一项是,教皇英诺森三世规定,鹅绝对不能算是海鲜。

这个规定听起来很"利维坦"。怎么会有人把鹅当成海鲜呢?历史上的很多事情,我们今天看来觉得荒唐,其实把这些事放到它们产生的时代背景里去看,都是有原因的。

天主教规定,周五是斋戒日,不准吃鸟兽肉,但可以吃水产品。有一种鸟,名叫白颊黑雁,是欧洲家鹅和中国家鹅的亲戚。

虽然它看上去更像家鹅,但在中世纪的欧洲,人们相信,白颊黑雁是从海上的浮木里长出来的。所以有的教徒认为,白颊黑雁应该算海鲜,在斋戒期吃它不算破戒。白颊黑雁无论怎么看都是一只鸟,教皇觉得把它当海鲜没有道理,所以就有了"鹅不能算海鲜"的规定。

德国数学家明斯特在1544年出版了一本书,名叫《宇宙学》,里面描述了白颊黑雁的"诞生"方法。他说,在苏格兰,有一种树,果实看上去像叶子团成的球。这些叶球落到水上,就会变成鸟,名叫"木鹅"。

另外一个关于白颊黑雁"诞生"的故事,来自《植物志》。它是英国医生和植物学家杰勒德写的一本书,在1597年出版。书里说,在英国的兰开夏郡有一个小岛,那里有许多失事海船留下的碎木片,这些木头上会长出贝壳,贝壳里孕育着活的小鸟,小鸟的嘴连在贝壳里,脚挂在外面。小鸟长成之后,就会从贝壳里脱落,长出羽毛,变成水鸟。这些鸟比野鸭大,比鹅小,黑白相间的羽毛像喜鹊。从杰勒德对鸟外形的描写可以看出,他所指的鸟,就是白颊黑雁。

为何人们会认为,一种鸟从树

格物致知 经世致用

上或者贝壳里长出来呢？也许是因为，欧洲人不清楚白颊黑雁来自哪里。它们在苏格兰、爱尔兰、英格兰沿岸等地过冬，但繁殖的时候，会飞到纬度更高的地方，比如格陵兰和挪威的斯瓦尔巴特，所以许多欧洲人见不到白颊黑雁生蛋育雏的样子。

不过，光是不知道白颊黑雁怎样繁殖，并不足以让人脑补出一大套"鸟从贝壳里长出来"的故事。杰勒德心目中，长在碎木头上，会变成鸟的神秘"贝壳"，可能源自另一类真实存在的动物。

1751年，英国博物学家希尔在伦敦皇家学会的刊物上，发表了一篇文章，批评学会的人过于无知，总是相信一些无稽之谈。他说，有个学会会员声称，白颊黑雁可以从贝壳里长出来。这个会员的证据是一根浮木，上面附着许多带壳的动物，其实呢，这些都是藤壶。藤壶的外壳里，会伸出一些细丝，希尔说，有人把细丝当成羽毛，这样，就产生了藤壶变成鸟的说法。

> 何谓利维坦？《利维坦》是托马斯·霍布斯1651年出版的近代西方第一部系统阐述国家学说的著作。"利维坦"指一种威力无比的海兽，霍布斯以此比喻君主专制政体的国家，人人为敌，荒诞而矛盾。

在分类学上，藤壶属于甲壳亚门颚足纲鞘甲亚纲，是虾和蟹的远亲。成年的藤壶包裹在甲壳里，固定在石头、木头上过日子，看上去像植物，也像贝类。但掀开它的壳，就可以发现一个像小虫一样的躯体。希尔说过，藤壶的甲壳里有羽毛状的细丝，那其实是它的脚。这些脚当然不能走路，但可以捞取水里的食物。

有些藤壶，比如一种叫茗荷的藤壶，长着白色的甲壳，固定在黑色的柄上，看上去有点像白颊黑雁的白色脑袋和黑色脖子。

直到今天，在英文里，白颊黑雁都被称为藤壶鹅，而一些有柄的藤壶，被叫作鹅颈藤壶，纪念着这段糊里糊涂的历史。

火箭熊摘自微信公众号濑尿虾的松鼠窝

别在深夜向我卡里转钱

@ 魏 伟

睡到半夜,一声清脆的短信铃声把我吵醒,拿起手机一看,××于0时59分向您的卡号转账344元。这个叫××的人与一个欠我钱的老乡同姓。我第一反应是:是不是他没有钱叫他老爸给我转点过来救急?一寻思,不对呀,老乡他欠我几万元,给我转个三百多也不顶用啊。

那会不会是稿费?细细一想也不对,杂志社拟采用文章一定会跟作者先联系,再说他们也没有我的卡号,所以也对不上。

最近几年生意不好做,我在寻找事业转型机会时,无意中被拉入了某某产品直销群,那帮整天打了鸡血似的中年妇女拼命催着你拿了高价的产品去找下线,说是要建立"财富管道",将来当了"经理"坐在金字塔顶躺在床上都能挣钱。我一看这不是骗人嘛,就跑了。

难道她们当初宣扬的"管道"现在开始见效了?肯定不是。要是能见着"回头钱"了,那她们从事的就不是骗局了,还不得吹破天,再说我也没有拉一个"下线"。此路不通。

还有一种可能:会不会是哪个人转账时摁错数字转错了?活了四十多岁这种好事以前一直没遇到过。344元,不多不多,给不了我惊喜。区区数百元派不上多大用场,与朋友在普通店里吃个饭还凑合。

对了,会不会是哪个下岗工人、困难群众打给上学孩子的生活费呢?尽管我去年做生意被骗后现在离困难群众也不远了,但这样的钱我可不能要。那我明天就还给他,真遇到实在困难的,我还能捐助他

开怀一笑 轻松悦读

两百。

寻思来估摸去,最后只有一种可能:国务院扶贫办向我伸出了援助之手。只是不知道这344元是按月给呢还是按天给。按月给有点少哇,一天三餐只够吃俩馒头;按天给可不得了,月薪过万了……附近学校的起床铃声都响了,我愣是一晚上没睡着……

第二天上班,我头昏脑涨的,把发给客户的运输报价单做错了,幸好发现及时,问题也不是很大,就是数字后少写了个0,可真要按这价钱结算,我们老板要亏得只剩裤头了。结果,我被扣除当月奖金300元。

中午接到一个400开头的电话:"魏先生您好,您上个月在我们网店选购的皮鞋仓库查无同款,昨晚已将钱款退还给您的银行卡,请查收。"我的乖乖,寻思了一晚,原来这么个情况啊!

郑重提醒一下各位,以后没事别深夜往我卡里转钱!

火箭熊摘自《羊城晚报》

图:小黑孩

谈古、说今、讲故事,期期精彩
真情、真知、真有趣,篇篇好看

《故事会》蓝版合订本,第1—13辑已经出版,1—4辑10元/本,第5—13辑15元/本。
您可以选择以下四种方式购买:

购买方式

1. 就近到各大实体书店购买;
2. 登录当当、京东、淘宝等网上图书商城购买;
3. 微信扫描右下角二维码购买;
4. 邮政汇款购买,地址:上海市黄浦区绍兴路74号,邮编:200020;
收款人:上海故事会文化传媒有限公司出版发行部。两册以上免收邮资。
咨询电话:021-64338113。

《故事会》蓝版合订本

当父母头顶不再有天 @耶雅亿

故事会陪我成长，祝你越办越好。

耶雅亿

孩子，你凭什么绑架我们

我是独生女，爹妈都是农民。

我生女儿的时候，他们破天荒地来城市里同住了一个礼拜。一个礼拜如同坐牢，爹妈一直拉肚子，对大城市印象很坏。

此外的相聚，都是我每年春节回去看他们。

我曾萌生过接二老同住的念头。得到老公同意之后，我将房子重新布置，把朝南带独立卫生间的次卧给他们，还在洗手间的淋浴房和马桶边装了把手。另外，我还在家附近找到一小块荒地，准备让"不做农活就全身难受"的他们练把手。

不料，爹妈住三天就闹着要回去。妈妈记挂着回去种瓜种豆，给外婆换洗衣服；爸爸抱怨说城里房子的天花板太低，住着压抑闷气。去城市里玩，他们兴致寡淡，唯独对外孙女宠爱有加，小公主才是他们唯一愿意来大城市看看的理由。

熬了一个礼拜之后，爹妈气呼呼地回去。

这次短暂同居的后遗症是他们"闻大城市色变"，还喊出"死也不做老漂族"的口号！

他们回家后就将村里的老屋整修一新，意思是将在那里养老，希望我们彻底断了"绑架"他们来大城市定居的念想。

父母也曾是别人的掌上明珠

接下来的几年中,我们陆续送走了外公、奶奶和外婆。

最令人难忘的是我外婆的离世。那段时间,妈妈一直在镇上的卫生院里陪床。有一天早晨,她失魂落魄地回来。我和爹对了个眼神就知道——与死神纠缠近一年的外婆真的走了。

整个葬礼,我多希望她能大呼大吼,哭到肝肠寸断,可她没有,她说过自己生前尽孝,死后要以安静体面的方式与外婆做最后的诀别。

葬礼后,我将爹妈接到大城市住了半个月。这一次,妈妈不再像从前那样所有物品都放在行李袋中,随时准备要回老家;她也不再批评大城市的各种缺点,甚至也不提自己住几天后回去。

妈妈一下子老了许多,过马路都要拉着我才走。

看着我女儿撒娇的嗲态,妈妈叹气说:"你外婆走后,我就没有爹妈了。没有老人们的这片天,我变得与墓碑面对面,以后要直接和死神打交道了。"

……

在那段时间,妈妈常跟我讲她小时候是如何备受宠爱、如何捉弄三个哥哥、如何被外婆打扮得花枝招展……

听着听着,我发现自己好像不认识她。她这辈子在我面前表现出的能干独立、强势固执,让我产生了思维定式——我以为她是个女汉子,既不需要呵护,也不需要温情,更不可能是需要大家照顾的对象……我忘了她出嫁前也曾是人家的掌上明珠,而不单单是我头上的一片天。

老人留下的珍宝是手足

奶奶、外公、外婆走后,我发现爹妈与自己的弟兄姐妹们之间的关系发生了微妙的改变。

一次,我淘到一个景泰蓝手镯,又在旁边的商场给爸爸买了双老北京布鞋。我将礼物寄回老家的时候,妈妈打电话来说:"布鞋你爸送给你小叔了,我能不能拿镯子转送给你大舅妈?"

其实,妈妈跟大舅家关系寡淡,我小时候她还跟大舅妈吵过嘴,多年几乎不往来。

大舅妈前年查出心脏病,住了好几次院。妈妈说:"你大舅妈最臭美啦,结婚时她想让我妈送她一个玉手镯呢,可惜当时家里太穷

了……我妈活着的时候,她老说她欠着她,这个景泰蓝手镯这么漂亮,她一定喜欢。让她开心开心吧,说不定你哪年回老家,她就不在了……"

我想起小时候经常去大舅家蹭饭,大舅妈总将肉夹到我的碗里……农村很多家庭的亲戚们都是这样,在一起别别扭扭斗来斗去,关键时刻却是打断骨头连着筋的亲密。

这一年的春节,我跟着爹妈把亲戚们都走访一遍。

病床上的大舅妈果真戴着那个景泰蓝的手镯,她看着六十多岁的我妈、三十多岁的我,忽然哭了起来。

岁月那双翻云覆雨的手

外婆走后,我们家唯一的老人就是爷爷。

爷爷是远近有名的杀猪匠,92岁仍在摆摊。一日,他一刀下去,丢肉秤上,围观者一阵叫好。爷爷像素常一样低头拿绳,却晕眩倒地……

爷爷走后,爹妈做了一个重大决定——迁入大城市与我们同住。

这一次,爹妈卖掉家里饲养的鸡鸭,转手农田给人耕种,并且将家里的钥匙给了舅舅,交代其经常来看看。

以主人公的姿态主动前来城市,的确非常不一样。

我妈一来,就带我把次卧重新布置,将二宝的婴儿床搬到自己床头。我爸每天骑车两个小时去郊外垦荒,将巴掌大的荒地变成了菜园子。

我妈参加小区大妈们的广场舞,交到新朋友,她学会智能手机的用法,每天给上班的我定时发送二宝的新动态。一辈子从不操持家务的我爸,自学科学育儿法,给二宝洗澡、喂奶、按摩、换尿布,俨然奶爸的架势。

如今,我们三世同堂。摩擦不断,却总能找到折中和妥协的办法,让大家其乐融融地生活下去。只是偶尔饭桌上,爹妈会怀念爷爷——他卖的猪肉从不缺斤短两,那土猪肉的味道怕是城里难找……我跟老公也会跟着怀念。怀念那一代生于乡村葬于黄土的祖辈,也感念这一代连根拔起的老漂父母。

【作者简介】耶雅亿,本名刘律廷,多年来创作大量青年一代的故事,并将海外青少年的故事带给中国读者。著书有《爱碰撞——陪你走过青春期》、原创绘本《奶奶的宝宝》。个人公众号"耶雅亿的后花园"。

我很清楚这一点

@崔立

【作者寄语】 写作微型小说，往往在于精神上的感受。我的写作，如同别人打牌、打游戏，或是别的爱好一样。没有功利心，只有平常心，没想过一定有多大的成就。一切，开心就好。

皮克有个从小青梅竹马的女朋友，叫舒菲，既漂亮又动人。

舒菲是个模特，她一直梦想能踏上模特界的最高殿堂：纽约。

为此，舒菲非常努力。皮克也一直在背后默默支持着舒菲。

多年不见的老朋友密斯、坎比、杜雷从别的城市出差过来找皮克聚聚，大家听说从小一起长大的舒菲成了皮克的女朋友，刚祝福完，又听说舒菲是个模特，先前高涨的热情顿时冷却下来。

密斯叹了口气说，皮克，舒菲是个好姑娘，但找模特做女朋友是不是不可靠啊？皮克却说，我相信舒菲，我很清楚这一点。

其实，我曾经也有一位做模特的女朋友。密斯叹了口气，在皮克的满脸诧异中拍了拍他的肩膀。我的女朋友叫雪丽，那时的我，也和你一样傻乎乎地盼望着她能去纽约，成为国内一流的名模。因为我爱她，我希望她能成功。最终，她成功了。从纽约归来，她就离开了我。在那里，她认识了一个贵族公子，很有钱。她觉得我配不上她。

密斯拉住皮克的手说，兄弟，当模特的做女朋友靠不住啊。

皮克颇有些落寞地说，我相信舒菲，我很清楚这一点。

而坐旁边的坎比居然也说，其实，我曾经也有个做模特的女朋友。

皮克惊讶地张大了嘴。

坎比却自顾自说着，她叫莱亚，我很爱她，也非常支持她，并且一直希望她能去纽约。最终她梦想成真了，她收到了来自纽约的邀请。临去前，她问我，愿不愿意让她去，我爱她，所以我不得不实话实说，我不想让她去。但她却因此离开了我,她说不支持她事业的男人不适合做她未来的丈夫……

皮克打断了坎比,说,我相信舒菲,我很清楚这一点。

但皮克的声音明显低沉了下来。

还有我,杜雷满脸肃然地看着皮克。

皮克哑然,说,你也曾经有一个做模特的女朋友?

杜雷居然点了点头。

杜雷说,她叫密菲,她最终也收到了来自纽约的邀请,她第一时间找到我,问我愿意让她去吗?

我爱她,所以我毫不犹豫就同意并告诉她永远支持她,可她的眼神却告诉我她的绝望,她居然认为我并不爱她。她说,她一辈子最大的心愿并不是成为一流的名模,她只希望能有一个全心全意爱她的男人。以前她一直认为我能行,可我的回答让她非常失望。她居然是希望我能非常坚决地让她留下。

天哪,我最爱的女人就这样离开了我。杜雷满脸是泪。

杜雷说,皮克,难道你还相信做模特的女朋友吗?

皮克没有回答。

手机,适时地响起。

是舒菲打来的,电话那端的她显得异常兴奋,很是高兴地告诉皮克,亲爱的,太好了,我收到来自纽约的邀请了……

但很可惜,舒菲已经听不到皮克祝福的声音了,皮克只近乎疯狂地咆哮着,滚,你给我滚……然后一把甩飞了手机。

密斯、坎比、杜雷看着瘫倒在地的皮克,相视苦笑,这个玩笑是不是开得大了些?

但很快,三个人都去夺那个还没挂断的手机。

都想告诉手机那端的那个人,我爱你。同样,他们每个人都相信,她也爱自己,他们都想说,我很清楚这一点。

自小时候起,他们就已经喜欢上了舒菲。

休闲好时光

@崔 立

名家经典 新锐先锋

朋友张三有一天打电话给我,说他开了个休闲场所,名字叫"休闲好时光"。张三邀请我,去他的休闲场所玩玩。

"休闲好时光"开在一个比较偏僻的地方,外面是一个很大的院子,走进院子,就发现,里面好大啊,而且什么都有,就如同一个大型的影视基地一样。怎么看都不像是个休闲场所啊。

我和张三谈了我的疑惑。

张三微笑着告诉我,他这里的休闲并不是一般意义上的休闲,但又可以比一般意义上的休闲更让人休闲。

顺着张三指的方向,我看见院子里足足可以停上百辆汽车的停车场此刻已经停得满满当当的。这足以证明这里的生意是非常之好。

在我还有些半信半疑时,张三带我进了一间正有客人休闲的房间。

房间很大,足有几十个人列成几排坐在下首,上面的主席台前坐着个油光满面的男人,正在台前大声斥责着什么。这就如同一个局里开大会,局长在台前大声布置着任务,而下面的人员全部唯唯诺诺、毕恭毕敬地听着,唯恐怠慢了领导一样。

看了一会儿,我和张三就退了出来。

我问,这就是休闲?

张三笑了,说,是啊,台前的那个人,做梦都想做局长。可到头来,局长没当上,钱倒是赚了一些,我就找了些群众演员,配合着让他做了回局长。

我有些懂了,说,明白了,这就是休闲。

正聊着,我隐约听见隔壁一个房间里传来一个男人骂女人的声音,男人骂得很凶,甚至有点过分,可那女人的脾气却是异常地好,随男人怎么去骂,始终不停地道着歉,反复说着是自己的不是。

我平生最见不得男人教训女人了,一个七尺男人,长着可不是欺负女人的。我正要敲门,去瞅个究竟,就看到张三脸上的微微笑意。

我忽有所悟,问张三,这也是休闲?

张三继续笑,说,是的,那男人娶了领导的女儿,在家里整天受着气却不敢吭声,就只好瞒着女人

来这里发泄下了。

我苦笑着摇头,看来这男人也不容易。

想着,张三腰间的电话就响了,张三接完电话,忽然问我,想不想当个群众演员,去一起演一场好戏呢?

于是我就跟着张三来到了一个摆得像路边马路样的房间,我被要求和十几个男男女女们一起穿上小贩的衣服,然后肩挑手拎着一些零碎东西来到那马路边装着摆摊的样子。

我还在疑惑的时候,不知道是谁大喊了一声,城管来了——

那些跟我一起摆着摊的人马上就撒开腿跑了起来,我反应慢了一些,还好我年富力壮,很快也跑了起来。

我边跑,边忍不住有些好奇地回过头,就看见在我身后,还真有一个穿着城管衣服的男人趾高气扬、耀武扬威、不急不缓地向我们追来。

那个人我看着似乎有些眼熟。

在我终于跑远时,我忽然想起那个人是谁了。

那个人,不就是常在我家楼下摆个地摊,每次都被城管追得落荒而逃的小贩阿三嘛。

摘自《天津文学》 图:点点

【作者简介】崔立,中国微型小说学会理事、上海微型小说学会副会长。迄今发表文学作品一千多篇,出版有《那年夏天的知了》《大嘴王大元》《春水漪心间》《一棵茁壮成长的树》等。

想象的艺术魅力

@ 顾建新

崔立是个很有想象力的青年作者,近些年发表了大量微型小说,并多次获奖。其作品特色来源于现实,通过大胆的联想,升华到一个新的境界,具有引人入胜的效果。

《我很清楚这一点》,是一篇想象的小说。四个年轻人,都有一个相同的经历:他们都深爱着自己的女朋友,却都被对方甩了。殊途同归的共同指向与变卦的原因都一样:去纽约,借"做模特"再不归来。小说激烈地抨击了当下社会一些年轻人的不良思想与作为。其特点有两个:一是写了好几个男青年的共同遭遇,而不是一个人,说明这是一个普遍的现象;二是听了同伴的叙述后,小说反复写皮克对自己女友的坚信,但同样难逃一样的下场。结尾又刻意写了意味深长的一笔:"自小时候起,他们就已经喜欢上了舒菲。"让人联想:他们相恋的,是不是同一个人?作者并不明说,只把无尽的想象留给读者,是"开放型结尾"小说一个显著的特点。

《休闲好时光》也是明显的虚构故事:作者设想了一个特殊的场所,在实际生活中达不到的目的,在这里可以得到一点满足,获得心理安慰。小说选了三种人,一辈子想当局长而不得的,在这里过一下"官瘾";受领导女儿气的,在这里可以放肆地宣泄;被城管管束的,在这里可以角色互换,当一回管理者。小说表面上看,是一个可笑的小品,实际上,折射着当前普通老百姓生活的艰难和心中的极度郁闷,是在一个看似荒诞令人发笑包裹下的心痛的现实。小说的笔调是幽默的、夸张的;但内涵是深邃的,发人深思。

小说给我们的启示是:必须来自现实生活,又回到现实。现在一些仅凭自己任意想象、天马行空式的小说,作者自己得意,读者看了起腻,是因为胡编乱造,脱离现实,和读者的情感、思想太远。一些作者缺乏深入生活、吃苦耐劳的能力,也没有细腻观察生活、敏锐发现新事物的硬功夫。没有丰厚的生活素材,于是在小屋中苦思冥想,企望编造出一些离奇的故事,吸引编辑与读者的眼球。须知,这是一种南辕北辙的创作方向。没有正道的写作,只能贻误终身!

(作者系中国矿业大学中文系教授、硕士生导师,微型小说研究学者。)

扫码进入中国微型小说学会官网公众号,更多精彩微型小说等您发现。

电子邮箱

编辑部	wenzhaiban@126.com
蔡美凤	836361585@qq.com
胡 捷	gxy1987@foxmail.com
吴 艳	976248344@qq.com
唐 祯	925372182@qq.com

啊,在那遥远的瓦国和苍蝇一起看火山

@毛利

你知道吧,五六岁的小男孩会突然痴迷起火山,每一个矿泉水瓶都被他塞满半瓶碎纸片,瓶口塞上一张揉皱的纸,妈妈,看,火山喷发!

不瞒各位,我去年大概看了一百多次矿泉水瓶,内心不禁有点蠢蠢欲动,真正的火山爆发到底是什么样?

南太平洋小岛兜一圈,诸君可能会被祖国的强大吓死,这些上帝不小心扔的珍珠、宝石、玛瑙里,全是勤劳勇敢做小生意的中国人。飞维拉港的航班,半个飞机坐着同胞,我谨慎地咨询了一下前座带着电饭煲的大叔:瓦努阿图,安全不?

大叔忙不迭点点头:这地方挺好,很安全,我们在这开了个快餐店,就在机场附近的大市场后边,有空来吃啊。

当时我还没搞懂,为什么要在这里开快餐店?当天晚上,小陈和儿子在入住的酒店吃晚餐,发现一盘炸鱼薯条,标价3200瓦努阿图币,差不多200块人民币。他们一人一盘炸鱼薯条,加上果汁和可乐,结账正好是酒店一晚的房费。当时我正在房间码字,听到前方传来的情报后,毅然打开了一袋饼干。

酒店本身非常现代化,唯一的漏洞是蚊子很多,蚊子在暗处,我在明处,一晚上我裸露的双腿被叮了七八个包。老公小孩吃完饭回来,听说这件事后,第一时间感谢我:多亏你,看来今晚我俩没事了。

隔天早上,我去餐厅吃早餐,瞥见切面包的台子上,无数只蚂蚁像进入早高峰一样忙着搬运食物,已经不会一惊一乍。

我们来了就是倾盆大雨,路上的水坑看样子能摔死一头大象,我心情忐忑,唯恐大雨浇灭了火山上的火苗,这还能看火山吗?

酒店工作人员笑眯眯地保证:火山离我们隔着一座山呢,这里雨很大,那里可能是晴天。

这个岛上的酒店,基本都是茅草屋。到晚上,我在茅草屋房梁外面的灯上,看到了一生之中数量最多一次的飞蛾,成百上千只飞蛾在屋顶下盘旋啊盘旋,就像今年开春A股开市后的场景。

儿子发现酒店里每一只藏在草丛里的路灯上,都趴着两三只胖胖的壁虎。小孩把手熟练地伸进灯罩,转手就要弄出一只。

第二天依然大雨滂沱,我们去餐厅吃早饭,自助餐台上所有食物都罩着罩子,等我们拿好几块面包、一点黄油,坐在面朝大海的桌子旁,刚想赞叹这壮丽的景色时,我仿佛听到空中某只盘旋的苍蝇"嗡嗡"了一声:兄弟们,上班了。

苍蝇一只接一只飞过来,它们一点都不怕生,小孩和老公发现挥手无效后,两个人纷纷一边摇头一边吃面包。苍蝇们前仆后继,任何食物最好五秒内迅速塞到嘴巴里。

吃到一半,我大感不好,体内五谷轮回,伴着低沉怒吼。几乎以狂奔的速度跑回茅草房,屁股刚坐到马桶上,已经开始轰鸣巨响。响了一半,发现小孩也狂奔回来:妈妈,我要上厕所,我忍不住了。

再给我一分钟。

不行,只能给你30秒。

小孩在马桶旁当即开始倒数:29,28,27……

当我从马桶上站起来的时候,我就想明白了一个道理:将来晚年一定不能托付给儿子。

一家三口在马桶上消磨完整个上午,静静等待着火山行时,昨天那个笑容满面的工作人员站在门口,依然满脸堆着笑:火山恐怕去不了了。下了一晚上的暴雨。去火山需要经过一条河,现在那条河越野车根本过不去,水有一人多高呢。

这天剩下的时间,我和儿子一直泡在旅馆淡蓝色的泳池里,水里,可能是塔纳岛唯一没苍蝇的地方。儿子在泳池玩一种捞飞蛾的游戏,被大雨打下来的飞蛾,在水中扑腾着,有些活着,有些死了。每救活一只,小孩就欢呼一下:活了,

它飞走了。死的,他摊摊手:不行,这个已经死了。

他的冷峻让我刮目相看。

24小时后,整个塔纳岛天气晴朗,火山终于成行。

火山trip是先送到山脚下某个村子里,看当地人跳一番土著舞,又被献上一脑袋花,最后开着吉普车扶摇直上,离火山口大约一百米远,才放下来。

走上去,大概花五分钟吧。

向导说:今天风向不错,不然我们可能会被火山喷发的硫呛到,大家要小心喔。

我这才发现,跟着一起上来的白人,都戴着防毒面具,有三个中国游客,从头到脚捂得严严实实,说喷发的时候可能乱石飞舞,打到人身上,可疼了。

小孩穿着短袖衬衫,坐在火山口,期待着爆发的那一幕。

据说曾有人从火山口滑落下去,丢了性命,我在山上全力以赴,看着不时在边缘找火山石的儿子。

同时注意到,即便是像月球表面一样的火山上,苍蝇依然在飞舞,它们在火山口像微型无人机一样,盘旋着,飞舞着。

从下午等到天黑,爆发终于频繁又清晰起来,隔几分钟一阵火星喷上来,像上帝在抽烟,有时一口小的,有时一口大的。

等到快7点,此时每个人身上都是一身火山灰,火山喷发依然还不如过年村口放的烟花。向导说:好了朋友们,看最后一次喷发,然后我们回去吧。

小孩脸色沉重起来:不等真正的大喷发了吗?爸爸说喷完这些小的,会有一次大的!

大喷发的话,我们可就没命逃下去了。

火山不如想象中壮烈,但那也是火山啊。站在火山口边上,也能感受到,人类的渺小不值一提,我们跟苍蝇并没有多大的区别,它们在盘旋,我们也在盘旋。它们没放弃,我们也一样。

临走上飞机前,我跟儿子说:这是一生只看一次的火山啊。

儿子问:什么意思?

就是活一辈子只能看一次。

他大概还不懂一辈子是什么意思,还是反口问了我一句:为什么?我想一年来看好几次。

不行。

为什么?

苍蝇实在太多了。

心香一瓣摘自微信公众号和毛利午餐

图:小黑孩

外路女人

@李靳

他被他爹逼了两晌，才极不情愿地随着姑父去外村相媳妇。

这么好的事，为啥他还不愿意呢？原来他嫌给他介绍的媳妇是外路人。一般在冀南农村，寻不上本地的才寻外路人。可他长得高大帅气，又有文化，一般姑娘他还看不上，只是家里几经变故，家徒四壁，住的还是六七十年代盖的蓝砖瓦房。一个穷字压低了他的价码，错过了最佳婚配年龄。

他的姑父在路上对他说，这批来了五六个女人，媒人先让咱挑，看不上眼，下次再说。

他心里一阵苦笑，这哪里是去相媳妇，分明是去集上买牲口呀。

到了相亲的地方，他进屋一看，有六七个年轻女人，或坐或躺，见他进来，一下子全站了起来。他迅速扫描了下这些南国佳丽，可都未入他眼。他有一种想走的冲动，但最后从炕上坐起来一个女子，使他眼前一亮。

她叫凤香，二十三四岁，不善言辞，很害羞。说话时，眉宇间罩了层淡淡的忧伤。她说，家住南方山区，是个天无三日晴、地无三尺平的地方。山高石头多，出门就爬坡，农活全靠肩挑背扛，常年吃玉米红薯。来带我们的人说，那地方属华北大平原，住在那地方可享福了，一年四季吃白馍，去地里干活骑自行车，拉苗送肥有拖拉机，还天天能看到大太阳。我还以为骗我们呢，原来真是这样。你们这儿比我们那儿强多了。

几天后,凤香就融入了这个家庭。她将被子棉衣拆洗重做,打扫室内卫生,抹桌、扫地、擦窗户,非常殷勤。爷俩收工回来,饭熟菜香。家里有了女人,才有了家的韵味,小日子过得挺美。

一次午歇,他躺在里间床上。听见来了个客人,是凤香同伙人,嫁在邻村。凤香进里间看他睡着了没有,他立刻闭上眼。凤香出去时用心关好了里间门,才问那女子,啥事?

那女子是来借避孕药的,她对凤香说,要是不小心怀孕了,回家我那口子还不把我屁股打烂。

他听后,浑身打个激灵,怎么?她们都是有夫之妇,来这骗婚骗钱来了。

凤香确实是个有夫之妇,不但她是,和她一起来的几个女人都有家,有丈夫,有孩子。农闲时,就结伙来北方,借口找婆家,要彩礼。住上一段时间,想法跑路,有的还将这家里现金、首饰,洗劫一空。

次日,他姑父来了,挺神秘地将他叫到一边,说,那拨来的女子已跑了两个,男方找到媒人家理论,媒人也没给他们好听话:交钱领人,你若在集上买个牲口丢了,还去找卖家再要一头吗?所以叫他以后多操点心,看紧点,不要让她也跑了。

他对姑父说,看!怎么看?是头猪,咱圈住,是只羊,咱拴住,可这是个大活人,比猪羊精多了,总不能一直锁在屋里吧。愿跑就跑,随便吧!

> 婚姻的游戏规则像蒙着彩绸的生铁块一样,看着华丽喜人,其实又硬又冷。他的彩绸下面,会是什么?

这天夜里,窗外淅淅沥沥下起了小雨。他打了个寒战,拉亮了灯,拿条被单堵好窗户,却不再睡,两眼直勾勾地望着凤香。看得她心里直发毛。

她这两天察言观色,觉得他怀疑她了。但她也有说不出的苦衷。她在老家的丈夫,实在不是她的所爱。他爱喝酒,爱赌钱,无论赌输了或喝醉了,都拿她当出气筒,连骂带打。她对他伤透了心,几次想离婚,离不成。想自尽,死不了。后来有了个女儿,女儿越长越乖巧可爱,像缕阳光温暖了她冰凉的心。她这次来这儿,女儿就问,妈妈,你去哪儿?我也去。

她只有骗女儿,妈妈出去打工挣钱,回来给俺闺女扯身花衣裳。

要不是女儿这根线在心上扯着,还有家里一个多病的老娘,她真不想再回那令人心寒的家了。想着想着,两行热泪顺着脸颊爬下来了。

你怎么了,身上不舒服吗?他看见后,关切地问。

对着丈夫的询问,她只好撒谎说,我的肚子有点疼。她一说肚子疼,还真疼起来了,一阵连着一阵,像把刀在肚里搅,疼得她捂肚屈腿,脸上冒汗。阵阵呻吟声唤醒了丈夫,丈夫一见,急忙起床。

天已半夜,风寒雨冷,离镇医院有三里土路。他换上雨鞋,给她披上雨衣,背起她,一出门,满夜秋风秋雨,满路凉水凉泥,路上又滑,没少摔了跟头。等到了医院值班室,整个成了两个泥人。医生查了后说,是急性盲肠炎,先打上点滴,天亮再做手术。

住院期间,他侍候她吃喝拉撒,变着花样给她买好吃的,感动得她脸上一直泪道不干。出院后,她终于对他交了底。

我给你说实话吧,我是来这儿骗婚的。看你人这么好,家里又不富裕,我真不忍再骗你,我将你给的彩礼钱退给你。你对我的情义和恩情,我只有下辈子还。只怨我命太苦。要不是我家中还有个多病的老娘和才四岁的女儿,我真不想再回去了。

他说,你千里迢迢来这也不容易,那彩礼钱你拿走吧,咱俩做这两月露水夫妻,足够我幸福一辈子。如有来世,咱来世再做长久夫妻吧。

次日,他骑着自行车将凤香送到车站。凤香临上车时说,我回家后就跟我那口子离婚,离婚后,我领着女儿带着老娘来找你。

送走凤香这事,在附近几个村成了头号新闻。

三个月后,他等来了她的一封信。大意是说,她与丈夫离婚了,她母亲病了两个月,没治好,家里欠了几百元药费、丧葬费。让他给邮去几百元,她和女儿一同回来。

他去筹借这笔款时,亲戚和朋友都不看好,认为到这地步了,还来骗钱。只有他相信,凭直觉认为她一定会回来,所以不顾众人反对,还是将钱汇去了。

那天,他正在栏内喂羊,忽然进来了个小姑娘,看见他后,向门外说,妈妈,家里有人。他朝门口一看,只见凤香身着朴素,头戴白花,挟着个花布包袱,满面春风地向他走来。

菡苕摘自作者新浪博客　图:宋书成

如果周杰伦生活在唐代

@ 六神磊磊 洁 弘

公元712年,大唐先天元年。周杰伦出生了,在一个岁月静好的小小的城市。

他开开心心地长大了,尽管个头不高,相貌也平平无奇。

他从小就喜欢写歌,十几岁的时候,他听着山上的风,忽然一阵灵感涌上心头,写出了一首歌——《龙卷风》。他拿着稿纸,开心地跑来跑去。我做到了!我写出来了!母亲也很开心,帮他到处去投稿。

如果这一年他被吴宗宪发现了,那他就是王勃。王勃也写过一首名篇《咏风》:

去来固无际,动息如有情。

日落山水静,为君起松声。

王勃就是十几岁便成名的,被誉为神童,名动一时。不巧的是,唐代没有人赏识《龙卷风》。歌被退回来了。他没有变成王勃。

十八岁的周杰伦没有气馁,他拿着退回的稿纸,反复琢磨,思考自己的不足,继续创作。"妈妈,我一定可以的!"

二十多岁那一年,他又写出了《一路向北》。妈妈说写得好,朋友们听了也说写得真好。

如果他那时被人发现了,那他就是王维。王维就是二十多岁成名的,誉满京师。并且王维也有一首

"一路向北"，叫作《使至塞上》：

大漠孤烟直，长河落日圆。
萧关逢候骑，都护在燕然。

可惜，二十多岁的唐代周杰伦还是没有被发现。这一次，他把自己关在房间里整整三天。妈妈很担心，怕他太难过。可三天后他开门出来，妈妈发现房间里没有满地空酒瓶、烟头、泡面盒，也没有一片狼藉和凌乱，反而满桌都是《楚辞》《文选》《诗经》。

"我会继续用功！"他的目光里满是雄心，穿透云雾，直到远方。

老大不小了，周杰伦开始准备科举考试。第一关通过了，考上了唐代淡江中学第一届音乐班。可是后来进士两次不中，考唐代台北大学音乐系都没被录取。周杰伦不能再待家里啃老了，出来打工，一边继续写歌。

光阴易逝，母亲的鬓边有了白发，周杰伦也开始娶妻、生子。这一年，已经三十多岁的他写出了《夜曲》。

如果这一年他被人欣赏、发现了的话，他会成为李白。李白就是在这个年纪被贺知章发现的。作为乐坛权威，贺知章读着李白写的夜曲——《乌栖曲》，惊为天人：

姑苏台上乌栖时，
吴王宫里醉西施。
吴歌楚舞欢未毕，
青山已衔半边日。

贺知章激动得双手颤抖："天才啊！这样的歌诗，简直可以泣鬼神！"

可是，而立之年的周杰伦没有碰到贺知章。

日子渐渐艰辛起来，他到处搬家，经常温饱都难顾。那架钢琴也老旧了，但还是可以弹，每一次搬家他都带着。

家人很理解他。妻子代替了母亲，继续扮演着支持者的角色。她对他说："我相信你的才华！你写的歌，绝不逊色于排行榜上的那些明星。这个世道是公平的，一定会有赏识你的人出现！"

周杰伦写出了《红磨坊》：

就算我站在山顶，也只不过是个平民老百姓。但我的肩膀会有两块空地，那就是勇气与毅力。我要做音乐上的皇帝。

换句话说就是：

会当凌绝顶，一览众山小。

这首歌写出来，只有寥寥几个朋友是听众。大家一起唱着，逸兴飞扬，不觉都喝得大醉。

他写出了《刀马旦》：

昔有佳人公孙氏，
一舞剑器动四方……

盲点

他写出了《七里香》：

两个黄鹂鸣翠柳，

一行白鹭上青天……

他写了好多好多，稿纸越来越厚。

光阴飞逝，四十岁、五十岁……他的腰开始疼了，视力也下降。可他还是年复一年勤奋地写。会有人发现我的！会有人认可我的！

从南到北，周杰伦走了大唐许多地方，看到了许多不一样的风物人情，亲眼见证了世人的欢笑和眼泪。他的歌越来越深邃，胸怀越来越阔大，境界越来越深沉。

在好的时节，赶上春雨倾注时，他写出了《不能说的秘密》：

好雨知时节，当春乃发生。

随风潜入夜，润物细无声。

最美的不是下雨天，而是与你一起躲过雨的屋檐。

在目睹了一场场战争的残酷之后，他又写出了《止战之殇》：

夜深经战场，寒月照白骨。

苟能制侵陵，岂在多杀伤？

那一年，他病骨支离，登上了高处。秋风吹来，周杰伦感到汗毛倒竖，后背都是寒意。他吟唱出了《发如雪》：

万里悲秋常作客，

百年多病独登台。

艰难苦恨繁霜鬓，

潦倒新停浊酒杯。

不知不觉，少年的白发已经如雪了。

终于，在江水上，在故乡千里之外，一艘孤舟里，五十八岁的周杰伦默默斜倚着。月光如轮，照在琴上，无声黑白。已然苍老的手指朝琴键按落，一响铿然，随风远逝。

没有世人的赞许，没有无数的拥趸和掌声，终生相伴的只有一架旧琴、数箱稿纸。他内心无比遗憾，但不知道为什么，却又有着一种充实和满足。

妈妈，抱歉。我一直听你的话，努力创作。太太，对不起。一壶好酒一碗热粥我都挣不到。还有那些支持我的朋友们，我尽力了。

那艘小船上，他热泪潸然，却又带着微笑。

其实他就是杜甫。

这个生于唐代的没有际遇、没有知音、颠沛流离，直到发如雪也未等来东风破的周杰伦，就是杜甫。

他曾经写过一首歌，叫作《说好不哭》。歌词只有两联：

文章千古事，得失寸心知。

百年歌自苦，未见有知音。

菡苕摘自微信公众号六神磊磊读唐诗

图：小栗子

当动物有了人的智商

@ 甲村图书馆

1. 大熊猫："都退下吧，朕今天有些乏了。"

2. "老哥你这个距离我就赚个起步费啊。"身下的马嘟囔了几句还是出发了。

3. "同学们鼓掌欢迎！今天的历史课请龟教授给大家讲讲他年轻时候的故事。"

4. 谨防诈骗！近日有市民报警称自己被一条蟒蛇诈骗8000块钱。

"他说自己是清朝龙王的后代，差8000块钱就能赎回他族人的法宝，等变龙后满足我三个愿望。"被骗的小孙心痛不已，表示自己等了一个月还没见蟒蛇回来，意识到自己确实被骗。

5. "请问你这次去印度的主要目的是什么？"

"主要是去旅……旅旅游吧，就去玩几天。"

"不好意思，我怀疑你有移民倾向！"

"凭什么？！"（牛先生的印度之旅很不顺利。）

6. 小张排了两个小时队，终于等到客服向他发起视频请求：

"充Q币吗？"视频那头的企鹅问道。

7. "前面的大哥麻烦让一下，美女帮我们打下卡吧，谢谢！"

在公交上，两个大妈窃窃私语："你说他干这行挣多少钱啊？""挣得可不少，人家是公务员，国家还给补贴的！"

拉布拉多把头稍稍往这里倾斜了一下，偷听完又赶紧转回来，因为他知道现在是工作时间，还要当男孩的眼睛呢！

8. 蛇颈龙先生接受采访时表示，自己在尼斯湖生活了这么多年也没有看见过水怪，谣言止于智者，请旅客不要再打扰它的晚年生活。

月亮狗摘自知乎网

夜路

@琴月晓

车子徐徐驶进一条林荫路。我心里默默祈祷,希望运气能稍好一些。

就在这时,前方路边出现了一个穿着暴露的女人,她似乎受了伤,衣服被染红了,看见灯光,便转过身来,伸手截停了我的车。

我想起来不久前的一个传言:有人因为接到女鬼乘客而出车祸身亡,只留下一部拍下女鬼的摄像机。虽然不知道那传言的可信度,我还是冒险让女人上了车,要说为什么,或许是因为我的妹妹,当初就在这条路上,因为过路人的漠视,丢了性命。

那次,妹妹和她的朋友们来树林玩,不巧遇上了藏匿在附近的歹徒。朋友们自顾自地跑了,彻底抛下了落在后面的她。

眼看着歹徒抓住自己要施暴,妹妹捡起地上的石块砸向了他,利用对方疼痛倒地的空隙,跑出了树林,到路边招手求助。

当时一辆车正好路过,也看见了妹妹,却没有理会,反而绕开她径直驶走了。后来妹妹被歹徒追上,凌辱了一番,满身伤痕。

歹徒虽然抓到了,但妹妹因为受不住耻辱和打击,割腕自杀了。

女人一声痛苦的低吟打断了我的回忆。她微微呻吟着,虚弱地举起手指,让我在前方从右路拐向医院。

我的心"咯噔"一下,视线下

移确定她有双脚,一边开车,一边问她为什么这个时候会在附近出现。

她说,她和闺密的男友在树林幽会,没想到闺密早就发现了他们的奸情,提前等在了树林。就在两人准备亲热的时候,闺密毫无预兆地冲了出来,竟然挥刀就砍,誓要杀她泄愤。眼看要出人命,闺密的男友赶紧出手拖延,让她蹿上马路截车逃跑。

分岔路就在前面,女人再次提醒我,得拐向右边,只要到医院治好伤势,自然会好好"答谢"我。

听见她的诱惑,我还是迟迟没有打转向灯,因为那条通往医院的捷径,沿途经常有抢劫犯出现。

我犹豫再三,又看了看女人破碎的衣服和露出的光滑肌肤,最终选择了往右拐。开了一段,女人的伤势好像突然加重了一般,她捂着肚子上的伤口处,弯腰惨叫起来。我一个急刹车,赶紧查看状况。没想到,驾驶座旁边的玻璃瞬间被打爆,一个手持棒球棍的男人强行打开车门,把我揪了出去,扔在了地上。

一切都如我所料,从女人上车的时候,身为医生的我就知道她身上的大小伤痕和血迹都是伪造的。她的作用只是在适当的时候分散我的注意力,让前面埋伏的同伙有机可乘。

附近要数这条岔路树木比较茂密,容易藏身,树林后方也有多条逃走的路线,是伏击的最佳地点。可是我依然选择了这条路,就是为了等他们出现。

祈祷起效了,今天的运气确实不错。

半小时前,我找到了当初抛下妹妹离开、间接害死了她的那名冷血司机,用一块板砖给妹妹报了仇。现在那具尸体就藏在车子的后备厢里,就连车子本身,也是司机本人的。

我只需乖乖交出身上的财物,让劫匪把车开走,一切就结束了,劫匪会因抢劫杀人而被逮捕。没有证据证明他们遇见过我,为了保险,我还悉心伪装了一番。

男女劫匪都站在了我身前,表情怪异地盯着我,我赶紧交出了所有的现金:"车和钱都给你们,别伤害我。"

男人狂笑一阵,对女人说:"他竟然以为我们是劫匪。"继而又转向我:"我们只想玩得开心……"

失策了,没想到这条万恶的夜路,还有杀人狂。我最后看到的,是棒球棍朝我挥来的景象。

菡萏摘自《小小说月刊》

图:恒兰

听说黄蓉跟杨康更配

@叶无双

> 每一个人生活在世上,都是在不断寻找自己的同类项而已。

杨康到底爱不爱穆念慈

这几天,深圳阴雨沉沉。在公车上,赵蓉蓉刷着手机看娱乐新闻,看到以网剧的形式登场的新版《射雕英雄传》收视不俗。新闻后面跟了诸多评论。其中有一条评论,问杨康到底爱不爱穆念慈。一个回复说:"聪明的一般都喜欢笨点的,如果两个人都聪明机灵,那人生简直就要变成智力比赛了。杨康一定讨厌黄蓉这种心有十七八窍的任性姑娘,而喜欢穆念慈这种温柔软弱好欺负的,而且穆念慈跟他母亲包惜弱一样,妇人之仁,有东郭先生的体质。而黄蓉,谁不想跟最亲爱的人轻轻松松地待着啊,所以她就爱上傻乎乎的郭靖了。这样一想细思恐极,那我们这种喜欢聪明的人岂不是……"

赵蓉蓉手一滑,给这个人点赞了。

排骨、番茄炒蛋和青菜

周一的中午,赵蓉蓉跟着大伙从会议室里出来的时候,发现自己的桌面上已经放了一个饭盒。

"有人给你准备了爱心饭盒，羡慕！"坐在她前面的同事小苏啃着饼干笑眯眯调侃她，"话说，你吃了那么多人家的东西，难道还不应该以身相许？"

饭盒有排骨、番茄炒蛋与青菜，荤素搭配非常合理，该是中菜品种不多的公司食堂里最好的配搭了。赵蓉蓉盯着这个饭盒，兴致却不大。

食堂设在二楼，公司所有的人都在这里用餐。过去，赵蓉蓉很随性，想吃什么就吃什么，才不考虑有没有营养价值。

可自从跟郭明宇"在一起"以后，吃什么几乎没得选了——"炸鸡翅会上火""寿司太生冷""汉堡包没营养"，连炒粉和汤面都有了罪，赵蓉蓉只能跟着郭明宇乖乖地打一份米饭，合理搭配荤素菜，然后默默地吃。

郭明宇提倡"食不言寝不语"，吃饭的时候，不能玩手机，不要说话，专心吃饭。他天然的严肃容易让赵蓉蓉生畏，她只好改变了自己过去的习惯来迁就他。何况郭明宇也说了："你的这个坏习惯不怎么好，最好得改。"

"'最好改'还是'得改'？"赵蓉蓉曾经俏皮地反问他。可他一副无法宽容的态度，让赵蓉蓉只好尴尬地转了话题。

某种程度上的大侠

说实话，如果让赵蓉蓉自己来给郭明宇打分的话，她绝对不会给他打高分。只给60，顶多60.5分。

可是她的父母跟姑妈给他打了100分呀！总之他的综合分值还是蛮高的，所以她还得跟他继续"交往"一段时间，持续观察。

郭明宇是赵蓉蓉姑丈的远房侄儿，比赵蓉蓉大七八岁，跟她没有什么血缘关系。对方的家境与脾性姑妈掌握得一清二楚，在询问过刚成为他同事不久的赵蓉蓉关于他的职业前景后，之前仅仅为同事的两个人就这样被"撮合"在一起了。

这天晚上，他们俩去看了电影。在电影院，郭明宇的静音屏幕亮了，有电话进来，只见他蹑手蹑脚猫着身走出去接。回来时，电影刚好在精彩片段，他就退在角落等，一直等到那段镜头过了，才又猫着身回座位坐下。

这一切赵蓉蓉看在眼里。其实，他并不是一个不好的人，认真且稳重，为人处世、举手投足某种程度上甚至有种大侠的风范，比一般的毛头小伙子还是有不少优势的。我和他之间，需要的是更多的磨合吧？

他带给她的轻松

从 KD 公司出来的时候已是下午。赵蓉蓉精心准备了大半个月的方案在这家公司的推介大会上被对方领导批得体无完肤。她像一只蔫掉的公鸡,垂头丧气地离开了。

郑康从后面追出来,说要请她吃饭。郑康是 KD 公司营业部的人,负责跟赵蓉蓉的公司对接,两人认识已经有一段时间了。

赵蓉蓉停下,朝他礼貌地笑笑。

"幸好你还懂得笑。笑是你的强项,你一笑就能骗过很多人,让人觉得你还是正常的。"郑康的眼睛小小的,薄薄的单眼皮下闪烁着狡黠的光,"请你吃东西。吃什么随你。"

赵蓉蓉毫不客气地说要去吃全家桶,他爽快地应允了。其实吃什么都是其次的,重要的是,眼前这个人真的浑身散发出幽默的气息,跟他相处,可以无限放松。

聊得正欢,郑康忽然把她的头按了下来,自己也低下头,外人看来,姿势就像亲密耳语。他小声说:"先趴下,待会儿跟你说原因。"赵蓉蓉半个脑袋伏在他的下巴以下,小心脏咚咚咚地跳动。

侧着头的赵蓉蓉,看见一位三十多岁的漂亮贵妇从 K 记的后门经过,手里挽着一位二三十岁的年轻英俊男子。年轻男子轻轻摩挲着她的手背,两人不时深情地对望,直至一起走进电梯。

让皇上更生气的事

当郑康和赵蓉蓉在座位重新坐直的时候,赵蓉蓉发现自己的手心全湿了,脸色绯红,郑康也有一点不自然。

原来那位脸熟的漂亮贵妇是 KD 公司老董事长新娶的夫人,那位男子,楼上的星级酒店……嗯哼。

过了一会儿,郑康率先打破了沉默:"呃……怎么办?"

赵蓉蓉知道他是在问他该咋办。KD 公司复杂的人事关系她还是知道一些的,老董事长是郑康父亲的恩师。

"呃,要不我先讲个故事吧。从前有个小太监,无意中发现了妃跟大臣有染。想起皇上对自己恩

> 《射雕英雄传》是金庸先生 1957—1959 年的连载作品,60 年后,我们重新解读《射雕》,请您投票,不是黄蓉,不会武功,也可以选择郭靖或杨康!

重如山,小太监思前想后,决定向皇上告密……第二天,小太监就被发现死在了后花园的枯井里……"赵蓉蓉一字一顿假装认真地说。

"因为比起戴绿帽子,皇上更生气的是让人知道他戴绿帽子,对不对?"

"知道为啥小明奶奶能活到100岁么?因为她从来不多管闲事。"

"道理一样!"

两个人终于忍不住,哈哈大笑起来。

寻找同类型

郭明宇不明白,为何赵蓉蓉开始拒绝和他去食堂共进午餐,也拒绝了上下班时他的接送。但他是一个识时务的男人,很快就明白了当中的原因,于是渐渐放手了。

赵蓉蓉慢慢恢复了跟小姐妹们去食堂吃炸鸡翅和寿司的日子,嘻嘻哈哈地吃饭,美美地自拍。每一次她发朋友圈,郑康总是第一个点赞。

一个机智聪慧跟我合得来、却只能一起吃大排档的人,一个成熟稳重与隔了一条大海沟、却愿意天天请我吃法国鹅肝的人,我大概会选前者。当然,这也许也是我至今还没吃过法国鹅肝的原因。赵蓉蓉想。

每一个人生活在世上,都是在不断寻找自己的同类项而已。

撇开虚构故事里所设定的民族大义不计,如果黄蓉生活在现世,她未必真的会喜欢木头郭靖,而是会选择跟她相似的杨康。

因为,没有人能抗拒来自同类项的天然的吸引。

图:豆薇

盲点

走近国外高校的创意课堂

@ 林小鱼

墓地里的采访课

琼斯教授给我们上第一课时，所有同学整整齐齐地坐在教室里，笔记本电脑屏幕闪亮。

"把东西收拾好，我们去外面上课。"琼斯教授如是说。所有同学深一脚浅一脚地在小雨中步行了15分钟后，教授带我们走进一处墓地。阴沉的天空，潮湿的空气，加上墓园中随处可见的长了苔藓的石碑和墓志铭，略显阴森的氛围让我们几个女生心中忐忑。

直到走到墓园中央，教授才让我们停下来，指着一座墓碑对我们说："第一课，请大家分为两组，找出这块墓碑主人是否真正埋骨于此的证据。"

墓碑上只有主人的姓名：约瑟夫·豪，还有生卒年月：1804年12月13日至1873年6月1日。

分好组后，所有人开始找线索和证据。比如这座墓碑很高大，墓地面积不小，墓主人很有可能比较富有或有一定社会地位。有人迅速搜索了这个名字，发现约瑟夫·豪是一位政治家，甚至能找到印有他头像的邮票，印证了这是一位"大人物"的猜测。

考虑到人物年代，我们认为只有档案馆或者图书馆能够找到相关资料。小组人员立刻从不同角度入手，有人找到他的家族谱系，有人找到逝者的医疗记录、死亡记录，还有同学找到墓地缴费底本。一位幸运的同学在此时找到了他的传记，书中引用了旧报纸内容，是一位记者参加葬礼、目睹约瑟夫·豪盖棺下葬的过程。抽丝剥茧地从档案馆的微缩胶片找到当日报纸和报道原文后，这位同学终于拿到了教授要的证据，赢得了课堂奖励：一大盒当地特色甜品。

你"审问"过教授吗

琼斯教授曾复印了几百页的警方审讯记录。这些记录通过向警方申请公开而获得，审讯对象是加拿大臭名昭著的连环杀手罗素·威廉姆斯。威廉姆斯非常狡猾，我们要从记录中分析嫌疑人用哪些方式回避警方问题，说了哪些谎话，警方又是如何巧妙提问戳破谎言的。

学完技巧之后，我们的下一个课堂任务就是采访琼斯教授。在采访之前，我们分别搜集他的个人资料，有的同学从他的社交媒体入手，翻阅媒体对他的成就的报道，查找他做记者时写过的报道。也有同学拿到他的妻子和朋友的联系方式，预先做了外围访问。每个人在课堂上对着摄像机"质问"琼斯教授，这些问题大到他所做的项目的公正性，小到他是不是周末偷吃了家里用来烤饼干的面团，严肃或恶搞，无所不包。不论是什么问题，教授都会不停地躲闪、撒谎，直到学生找到突破口、挖出真正的答案才算过关。

上课也能玩手机

在智能手机成为学校"公敌"的时代，美国贝勒大学教师凯文·多尔蒂却一直鼓励学生在自己所教授的社会学概论课上好好用手机。他在社交媒体上建立了讨论小组，把所有学生拉进组内。经过两年半的研究，他认为，允许学生课上使用手机讨论小组功能可以对学生学习表现产生积极影响。积极参与群内讨论的学生更有归属感，成绩也更好。

他认为，讨论组的形式把250个坐在同一间教室但很陌生的学生变成了集体，更好地促进了课堂讨论。为了更好地发挥讨论组的功能，多尔蒂还让一位助教专门担当社交媒体管理员的角色，负责监测讨论组内的对话，更新组内的图片、视频以及当日思考问题。根据学生所发内容收到的点赞数，学生可以赢得一些小奖品，比如咖啡店礼品券等。

海棠无香摘自《北京日报》
图：小柯

牛大姐家乐事多

主要人物：牛大姐（妈妈） 牛大哥（爸爸） 牛小美（女儿） 牛小宝（儿子）
钱多多（牛小美的男朋友） 刘姥姥（牛小美的外婆）

※ 今天师傅来装空调，刘姥姥一再提醒他小心，安全第一。

他说："老人家，您也太谨慎了吧！放心，出了事绝不找您麻烦！"

刚说完，他就从阳台上滑下来，一下子坐在刘姥姥养了5年的仙人球上。那一刻，15层楼的声控灯全亮了！

※ 便利店门口，牛大姐问："老板，称一次体重要花多少钱呀？"

老板上下打量她，说："可能2元，也可能600元。"

牛大姐问："为什么？"

老板说："称一次2元，如果把秤压坏了是600元。"

※ 高速公路服务区，牛大哥问工作人员："兄弟，这哪儿有卖玫瑰花的？"

工作人员："这么浪漫啊！去见老婆吗？"

牛大哥："是啊！我老婆被我忘在上个服务区了……"

工作人员："这样啊，出门右转那个便利店，除了卖玫瑰花还卖常用的跌打药油……"

※ 钱多多常跟牛小美说，遇事惊慌的时候喝口水就会镇静下来。

有一天他俩一起去郊游，钱多多失足落水，牛小美看见钱多多慌张的样子便喊："别慌！快喝口水！"

※ 牛大哥早上起床后高兴地对牛大姐说："老婆我做了个梦，梦见捡到200块钱！"

牛大姐说:"你今天小心啦,梦是反的。"

牛大哥:"那你说我今天要丢200块啦?"

牛大姐迟疑片刻说:"你钱包里这200块钱我没收了,省得你丢了。"

※ 牛大哥的零用钱总是被牛大姐克扣。这天,他向钱多多开口了:"你能借我一点儿钱吗?"

钱多多谨慎地问道:"一点儿是多少?"

牛大哥脱口而出:"一点儿就是万一我忘了,你也不好意思提醒我的金额。"

※ 牛大姐为新装修的房子买画,她挑来挑去,挑中了一幅静物画,画上有一束花、一碟火腿和一个面包圈。

牛大姐问:"这幅要卖多少钱?"

"50块,这可是非常便宜的了。"

"可是,我前两天看见的一幅画,几乎和这幅一模一样,才卖25块。"

"那它一定画得不如这幅好。"老板很内行地说。

"不,我觉得它比这幅好。"

"为什么?"

"它那幅画的小碟子里的火腿要比这一幅多一些。"

※ 牛小宝戴上了不锈钢牙箍接受牙齿矫正手术。

有一天,老师问他:"你爸妈现在花了很多钱替你矫正牙齿,将来爸妈老了,你就要花钱替他们镶假牙,这种情况叫什么?"

牛小宝答道:"以牙还牙。"

※ 牛大姐:"自从生了儿子后,我越来越像小龙女了。"

牛大哥:"媳妇儿你越变越漂亮了。"

牛大姐:"睡觉的地儿快成一根绳大小了。"

※ 牛小美和牛小宝聊天。

牛小宝说:"刚才外面下雨了!"

牛小美随口一问:"大不大?"

牛小宝居然回:"满天都是。"

※ 牛大哥躺在床上玩手机,查了下保时捷911的参数,牛大姐过来瞟了一眼说:"估计你这辈子跟这车都没关系了。"

牛大哥:"你这句话要是在我昨天刚到别人车之前说,我还信!"

我和我的哑巴父亲

@涂云黑蝉

卖豆腐的哑巴父亲

辽宁北部有一个中等城市,铁岭,在铁岭工人街街头,几乎每天清晨或傍晚,你都可以看到一个老头儿推着豆腐车慢慢走着,车上的蓄电池喇叭发出清脆的女声:"卖豆腐,正宗的卤水豆腐!豆腐咧……"

那声音是我的。那个老头儿,是我的父亲。父亲是个哑巴。直到长到二十几岁的今天,我才有勇气把自己的声音放在父亲的豆腐车上,替换下他手里摇了几十年的铜铃铛。

两三岁时我就懂得了有一个哑巴父亲是多么屈辱,因此我从小就恨他。当我看到有的小孩儿被大人使唤着过来买豆腐,不给钱就跑,父亲伸直脖子也喊不出声的时候,我不会像大哥一样追上那孩子揍两拳,我伤心地看着那情景,不吱一声,我不恨那孩子,只恨父亲是个哑巴。尽管我的两个哥哥每次帮我梳头都疼得我咧嘴,我也坚持不让父亲给我扎小辫儿了。我一直冷冷地拒绝着我的父亲。母亲去世的时候没有留下大幅遗像,只有她出嫁前和邻居阿姨的一张合影,黑白的二寸照片儿,父亲被我冷淡的时候就翻过支架方镜的背面看母亲的照片,直看到必须做活儿了,才默默地离开。

我要好好念书,上大学,离开这个人人都知道我父亲是哑巴的小村子!这是当时我最大的愿望。我不知道哥哥们是如何相继成了家,不知道父亲的豆腐坊里又换了几根新磨杆,不知道冬来夏至那磨得没了沿锋的铜铃铛响过多少村村寨寨,只知道仇恨般地对待自己,发疯地读书。

父亲供我上大学

我终于考上了大学,父亲特地穿上了一件新缝制的蓝褂子,坐在傍晚的灯下,表情喜悦而郑重地把一堆还残留着豆腐味儿的钞票送到我手上,嘴里"哇啦哇啦"地不停地"说"着。我茫然地听着他的热切和骄傲,茫然地看他带着满足的笑容去"通知"亲戚、邻居。当我看到他领着二叔和哥哥们把他精心饲养了两年的大肥猪拉出来宰杀掉,请遍父老乡亲庆贺我上大学的时候,不知道是什么碰到了我坚硬的心弦,我哭了。吃饭的时候,我当着大伙儿的面给父亲夹上几块猪肉,我流着眼泪叫着:"爸,爸,您吃肉。"父亲眼睛里放出从未有过的光亮,泪水和着高粱酒大口地喝下。要知道,十八年啊,他见过几次我对着他喊"爸爸"的口型?

父亲继续辛苦地做着豆腐,用带着淡淡豆腐味儿的钞票供我读完大学。四年后,我毕业分配回到了距我乡下老家四十华里的铁岭。

安顿好一切以后,我去接一直单独生活的父亲来城里享受女儿迟来的亲情,可就在坐着出租车回乡的途中,我遭遇了车祸。

父亲救了我的命

出事后的一切是大嫂告诉我的……

过路的人中有人认出我是老涂家的三丫头,于是腿脚麻利的大哥二哥大嫂二嫂都来了,看着浑身是血不省人事的我哭成一团,乱了阵脚。最后赶来的父亲拨开人群,抱起已经被人们断定必死无疑的我,拦住路旁一辆大汽车,他用肩扛着我的身体,腾出手来从衣袋里摸出一大把卖豆腐的零钱塞到司机手里,然后不停地画着十字,请司机把我送到医院抢救。

在认真清理完伤口之后,医生让我转院,并暗示大哥二哥,准备后事吧。

父亲扯碎了大哥绝望之间为我买来的寿衣,指着自己的眼睛,伸出大拇指,比画着自己的太阳穴,又伸出大拇指,摇摇手,闭闭眼。父亲的意思是说:"你们不要哭,我都没有哭,你们更不要哭。你妹妹不会死的,她才二十多岁呀,她

一定行的,我们一定能救活她!"

医生说:"这姑娘没救了,即使要救,也要花很多的钱,就算花了很多钱,也不一定能行。"

父亲一下子跪在地上,又马上站起来,指指我,高高扬扬手,再做着种地、喂猪、割草、推磨杆的姿势,然后掏出已经掏空的衣袋,再伸出两只手反反正正地比画着,那意思是说:"求求你们了,救救我女儿,我女儿有出息,了不起,你们一定要救她。我会挣钱交药费的,我会种地、喂猪、做豆腐,我有钱,我现在就有四千块钱。"

医生表示四千块钱是远远不够的。父亲急了,他指指哥哥嫂子,紧紧握起拳头,表示:"我还有他们,我们一起努力,我们能做到。"见医生不语他又指屋顶,低头跺跺脚,把双手合起放在头右侧,闭上眼,表示:"我有房子,可以卖,我可以睡在地上,就算是倾家荡产,我也要我的女儿活过来。"又指指医生的心口,把双手放平,表示:"医生请您放心,我们不会赖账的。钱,我们会想办法。"

伟大的父爱,不仅支撑着我的生命,也支撑起医生抢救我的信心和决心。我被推上了手术台。

父亲守在手术室外,他不安地在走廊里来回走动,竟然磨穿了鞋底!他没有掉一滴眼泪,却在守候的十几个小时里起了满嘴大泡!他不停地混乱地做出拜佛、祈求天主的动作,恳求上苍给女儿生命!

重拾父女情

天也动容!我活了下来。但半个月的时间里,我昏迷着,对父亲的爱没有任何感应。面对已经成"植物人"的我,人们都失去了信心,只有父亲,他守在我的床边,坚持地等我醒来!

他粗糙的手小

心地为我按摩着,他不会发音的嗓子一个劲儿地对着我"哇啦哇啦"地呼唤着,他是在叫:"云丫头,你醒醒,云丫头,爸爸在等你喝豆浆!"

为了让医生护士们对我好,他趁哥哥换他陪床的空当,做了一大盘热腾腾的水豆腐,几乎送遍了外科所有医护人员。尽管医院有规定不准收病人的东西,但面对如此质朴而真诚的表达和请求,他们轻轻接过去。父亲对他们比画着说:"你们是大好人,我相信你们一定能治好我的女儿!"

这期间,为了筹齐医疗费,父亲走遍了他卖豆腐的每个村子,乡亲们纷纷拿出钱来,而父亲也毫不马虎,用记豆腐账的铅笔歪歪扭扭却认认真真地记下来:张三柱,20元;李刚,100元;王大嫂,65元……

半个月后的一个清晨,我终于睁开眼睛,我看到一个瘦得脱了型的老头儿,他张大嘴巴,因为看到我醒来而惊喜地"哇啦哇啦"大声叫着,满头白发很快被激动的汗水弄湿。父亲,我那半个月前还黑着头发的父亲,半个月,好像老去二十年!

我剃光的头发慢慢长出来了,父亲抚摸着我的头,慈祥地笑着。

等到半年后我的头发勉勉强强能扎成小辫子的时候,我牵过父亲的手,让他为我梳头,父亲变得笨拙了,他一丝一缕地梳着,却半天也梳不出他满意的样子来。我就扎着乱乱的小辫子坐上父亲的豆腐车改成的小推车上街去。

有一次父亲停下来,转到我面前,做出抱我的姿势,又做个抛的动作,然后捻手指表示在点钱,原来他要把我当豆腐卖喽!我故意捂住脸哭,父亲就无声地笑起来,隔着手指缝看他,他笑得蹲在地上。这个游戏,一直玩到我能够站起来走路为止。

现在,除了偶尔的头疼外,我看上去十分健康。父亲因此得意不已!我们一起努力还完了欠债,父亲也搬到城里和我一起住了,只是他勤劳一生,实在闲不下来,我就在附近为他租了一间小棚屋做豆腐坊。父亲做的豆腐,香香嫩嫩的,块儿又大,大家都愿意吃。我给他的豆腐车装上蓄电池的喇叭,尽管父亲听不到我清脆的叫卖声,但他一定是知道的,因为每当他按下按钮,他就会昂起头来,露出满脸的幸福和知足。

秋水长天摘自《农家之友》
图:陈明贵

自拍神器

@ 蔚 蓝

"医生,我要整容。"

这个城市不大,整容医生在这里的生意并不好做。白烨目不转睛地看着眼前这个局促不安的女孩,说:"好啊,你要整成什么样子?"

"就这……这个样子。"

女孩递上来一个手机,里面有一张照片,照片上的女孩皮肤白皙,眉清目秀,笑起来非常迷人。白烨拿着手机看了一会儿,犹豫道:"这个人……是谁?"

女孩笑得有些苦涩:"这个人是我,是我用自拍神器拍的……我可以整成这个样子吗?"白烨在真人和照片之间比对了一会儿,忍不住咂舌,现在科技这么发达,一部美颜相机就能把一个人变成需要几个大大小小的手术之后的样子。

"差不多,不过你要一模一样吗?一模一样的话需要动很多个地方……"

"一模一样的。"

"好吧。"白烨的手在女孩的脸上比画着,"眉毛文一下;然后眼角这里开一下;鼻梁这里需要植入假体;额头需要打玻尿酸;照片上的皮肤白皙清透,需要用果酸换肤;嘴角也要动刀子……"

白烨一边说着,一边按着心里的那个计算器,噼里啪啦一串下来,是一笔不小的利润。出合同,签字,交款,一切顺利到出乎白烨的想象。白烨像往常一样把手术风险一一和女孩讲明,女孩听着一堆骇人听闻的描述,依然没有动摇,拿着单子就去交钱了。

整容手术分成了前期、中期、

后期三个部分，难度逐渐加大，算上恢复期，多少也要一年的时间。白烨以为女孩听到这个时长会感觉有些失望，结果女孩的表现又出乎了白烨的预料。

"一年啊，时间刚刚好，他正好还要学习一年才回来。"

"他？"

"他是我喜欢的人。"一提到这个人，女孩情不自禁地脸红起来，"我们是在社交网站上认识的，他很帅气，也很风趣，谈吐优雅，知识渊博，他现在在法国留学，一年后回来，我希望他回来的时候，能看到已经变漂亮的我。"

你可真傻。这句话在白烨嘴里兜兜转转了几圈还是没有说出来。他佯装微笑，伸手去拿试敏针，刚要扎进她的皮肤里，女孩喊道："等一下，我拍张照片。"女孩拿出自拍神器，焦点对着即将扎进皮肤的针头，调了调光，然后满意地把照片发到了社交网站。"小病，不用在意哦，我是最坚强的。"

手术按部就班地进行，经过一段时间的相处，白烨已经对女孩知根知底了。

有一天，白烨问女孩："真的可以爱一个人爱到愿意为了他改变容貌吗，更何况你们两个还没有见过面？"女孩笑了笑说："自从有了自拍神器，改变容貌是我一直想做的事情。"

"你完全可以不用自拍神器拍照啊。"白烨忍不住插嘴。

"你不用，你身边的人会用。她们把照片发到网上，精致的五官，细白无瑕的皮肤。你们的长相明明一开始难分伯仲，这种突如其来的落差感会让你不甘心。从前我展现在众人眼中的美丽容颜都靠着自拍神器，而我现在希望现实生活中的我也这么好看。"

"好吧。"

手术很成功，女孩已经和照片里的人有八成像了，走在街上绝对会被人多瞧几眼，只是因为好多地方都动过刀子，表情有些僵硬。不知道为什么，女孩望着镜子中的自己，还是有些失望地皱了皱眉头。

"你不能再动你的脸了，"白烨为那微小的差异做出解释，"现在已经是你的脸所能承受的极限了，再动刀子的话会造成无法弥补的伤害，这太危险了。"

"你的意思是修养一段时间后我的脸可以再次动手术？"女孩仍不死心。

"嗯，看情况吧。"白烨把话说得很含糊。

后来女孩来找白烨的时候,他居然觉得这是意料之中的事情。"医生,你看整成这样可以吗?"

她依然举起手机,里面依然是一张照片,白烨仔细地看了看,发现照片里女孩的脸更小了,眼睛更大了。

"这是?"

"自拍神器出新款了。"女孩从包里掏出一个新机器,"美颜效果升级了。"

"你不会是想……"

"嗯,我想变成照片里的样子。"

因为手术存在更高的风险,白烨收了更多的钱,当然,女孩交款的时候也是一副心甘情愿的样子。出院时,女孩对着白烨笑了笑,只是这笑容已经十分僵硬了。

"医生,我希望以后可以不要见到你了。"

白烨没有说话,他握了握兜里的手机,和女孩挥手作别。

晚上回到公寓,白烨拿出手机,刷了刷今天的朋友圈,里面又是各种各样的自拍,他盯着一张标题为"出院,希望不要再回去啦!"的自拍看了很久,随后点进了这个人的头像。

白烨一条一条地看过去,女孩的主页里多是自拍,近一年来的照片,女孩五官的变化越来越大,在白烨眼里,这张脸上哪里曾经存在过疤痕,他都知道得一清二楚。

女孩朋友圈的倒数第二张难得不是自拍照,图片上是女孩今天还给白烨看过的新款自拍神器。

"亲爱的特意邮寄过来的礼物,爱你哦,在大洋彼岸也要注意身体。"

白烨看到自己的账号在下面回复说:"喜欢就好。"

"亲爱的,你什么时候才回来啊?你当时明明说一年就回国。"

"公司又派我去美国了,大概还要过一阵子吧。"

女孩的脸已经超负荷了,不能再动刀了,白烨一边想,一边把这个人拉进了黑名单。

差不多该换一个人了吧,白烨想了想,点进了另外一个人的头像。

"照片上的你真美!"

林冬冬摘自《我最喜欢他了》中信出版社
图:恒兰

【请您续写】白衣天使的口罩背后却有一副邪恶的面容。请您为下一位无辜的姑娘续写精彩的反杀复仇故事,投稿请发送至:836361585@qq.com,请注明"续写"字样。

半世纪等儿抓药归

@ 小 余

他是在从镇上回来的路上被一大群荷枪实弹的军人抓走的,然后糊里糊涂地随船来到了一个他之前从不知道的地方。他想家,流着泪想回到母亲的身边。能给他温暖和触摸的东西很少,除了他怀中的那个用纸包起来的包裹,那是他从老家带来的唯一的东西。

他整整练习了4年的游泳,在一个漆黑的夜里,他带着一个废旧的轮胎,下到海里——他要游过眼前的那道长长海峡,去见自己的母亲。可不幸的是,刚游了几海里,他便被发现了,巡逻队立即将他强行从海水中捞了上来。他被判15年监禁,出来后,多次还想继续泅水偷渡,但由于监管森严,每次都无法成行。直到20世纪90年代,他才获得了一个探亲的难得机会。

他不敢奢望自己还能够见到母亲,也许母亲早已作古了。但让他万分欣喜的是,他居然真的找到了她。虽然母亲早已头发花白、耳也聋了,眼也花了。

他双膝跪倒在母亲的面前,将那个多年来一直寸步不离带在身上的包裹,双手捧送到母亲的面前。里面竟是一包早已朽成粉末、变了颜色和味道的中草药。"娘,儿子把药给您抓回来了。"他号啕大哭,泪如雨下。

当年,他是在替母亲抓药回来的路上被人抓走的。

母亲当时得的是肺痨,在那个缺医少药的年代,此病"十痨九死",可母亲却意外地活了下来。"儿呀,娘这些年,一直忍着不死,就是为等你的这包药呀。"母亲颤巍巍地双手将他扶起。

李云贵摘自《华商》

故事会 2020.1 文摘版 总第65期

社长、主编：夏一鸣
副社长：张凯
副主编：高健
本期责任编辑：胡捷
发稿编辑：高健 蔡美凤 吴艳 唐祯
美术编辑：孙娌
电话：021-64668742
　　　021-54561119
邮编：200020
地址：上海市绍兴路74号
主管：上海文艺出版总社
主办：上海文艺出版总社
出版单位：《故事会》编辑部
发行范围：公开

出版、发行电话：021-64313938
发行业务：021-64313938
发行经理：钮颖
媒介合作：021-64338113
广告业务：021-64334376
新媒体广告：021-64450660
广告经营许可证：
沪工商广字 3100320080016号

国外发行：中国图书贸易总公司
印刷：上海四维数字图文有限公司
发行：上海邮政报刊发行局
邮发代号：4-900
国外代号：MO9178
定价：6.00元

卷首

半世纪等儿抓药归 / 小余　　01

焦点

那些在城里带孩子的父亲母亲 / 南在南方　　04
有儿在国外 / 曾宪涛　　07
归家 / 钟意你　　10

盲点

如何科学地摊出一张煎饼果子 / 张君燕　　13
唐朝高考出题老师，都是一身的文艺细菌 / 六神磊磊　　18
爱按门铃的劳尤什太太 / 阿心　　38
美国人求婚记 / 盛林　　75
古人的偷懒，很高明 / 莫笑君　　79
第一部人体解剖书的诞生 / 梁衡　　81
杯酒释兵权的真相 / 张晓珉　　89

看点

奔跑的鱼头豆腐 / 薛长登　　15
你两只手不方便 / 忆君　　21
审哑贼 / 戴民　　33
多了一只羊 / 仇钧　　62
摘掉一个胆囊，卷走一颗心 / 蔚新敏　　66
一个号码，一个故事 / 董改正　　87

泪点

余生多怀念 / 虫小扁　　23

观点

一个女孩背后站着300位债主 / 张海林　　25

侃点

卖惨哭穷，奇葩兄妹仨看病致富记 / 不老的树　29

笑点

剑客 / 小衷怪　36
那些年爸妈为你吹过的牛 / 二兀　41
丸子的朋友圈　48
牛大姐家乐事多　60
绝望的故事 / 马伯庸　64
第九条发财鱼 / 百合花开　73
老外女婿要上门 / 语末　77
妈妈的幽默语录 / 柏邦妮　85

零点

看我 / 蔡必贵　43
整容 / 谢昕梅　91

亮点

弹花匠和他的女人 / 赵淑萍　50
客轿 / 赵淑萍　52
轻描淡写细节，栩栩如生人物 / 袁龙　54
拳王阿珍 / 欧阳乾　68

视点

北京人已被气疯 / GQ实验室　56

56个民族的故事

桑拉与丹都 / 二千独玛讲述　贺进搜集整理　93

评点

编者说 & 读者说　96

故事会 文摘版欢迎投稿

稿件要求：来自最新的报刊、书籍或网络，故事性强，文字明快，主题健康，视野开放，纪实或虚构均可，体现"新、知、情、趣"的特点，同时欢迎第一手的翻译作品。推荐作品须注明原文出处、原作者姓名，确保转载不存在侵害版权的行为，并请留下推荐者真实姓名及通信地址。作品一经采用，即致推荐者50至200元推荐费，并向作品著作权人支付稿酬。

故事会文摘版 投稿信箱
wenzhaiban@126.com

故事中国网：www.storychina.cn

故事会公众号　故事会App下载二维码

本刊所付作者的稿酬，已包括以纸质形态出版的**故事会**文摘版、汇编出版、音像制品及相关内容数字化传播的费用。部分作者因各种原因未能联系到，请通过邮件或电话与我刊联系稿酬及相关事宜。

本刊未署名图片均由视觉中国提供

那些在城里带孩子的父亲母亲

@ 南在南方

谁去汉口

接到电话之后,父亲就开始训练母亲,训练内容很简单:红灯停,绿灯行。还老念叨着一句话:过马路左右看,要走人行横道线。

母亲走着走着就走神了,这让父亲很生气。父亲说,你晓得啥是车祸不?你不顾惜自个,回头你还要接送孙子哩。

父亲这样一说,母亲就打起了精神,训练了一星期,没出啥差错,父亲开心地说,这下你能进城啦。

那时候,还是十月,儿子打电话说,等过完年想接他们来汉口,东东要上幼儿园了,要人帮着照看,再说他们辛苦了一辈子也该清闲了。

地里的庄稼,家里的猫狗,村里的人情往来,没有一样是能撒手不管的,这决定了两人一同去汉口不可行,最后决定让母亲去。儿子不知道这个电话,让心平气和的父亲母亲慌张起来,倒计时一样地数着日子。

父亲没有想到,儿子一家回来过完年,上汉口的人选变了。改变人选的是孙子东东,原因很简单,因为爷爷会做木手枪会做竹子水枪,另外还能把小板凳翻过来当滑板车,这在东东眼里像是变魔术,爷爷太神奇了。临走那天夜里,东东哭着要爷爷去,怎么哄也不行。

母亲说,那你就去嘛。父亲张了张嘴想说,他又不会做饭,不会洗衣服,可啥也没说,抱起孙子东东说,爷跟你去。

那天夜里,父亲母亲没睡着,好像有说不完的话。天快亮时,父亲幽了一默，说咱俩就像原来生产队的耕牛农具，包产到户时，让人给分啦。母亲也笑了，你成了抢手货啦……

在汉口的第一个晚上，父亲没能睡着，虽然书房里很安静，可是他依然听得见很多的声音，就像墙壁上有耳朵一样。虽然垫着电热毯，可还是觉得脚头冷。其实不是冷，而是身边少了母亲温热的躯体。

老妻、老狗和钱

每天，父亲都想跟母亲打电话，打了几回之后，母亲说，太费钱了。父亲说，那你打过来啊，这有点撒娇的语气让母亲笑了，要他啥也不要操心，安安心心待在大汉口享福。

父亲会用煤气灶了，会用洗衣机了，特别是会做饭了。他想切土豆丝结果切成了土豆棍儿，于是放在锅里一炸，东东激动地喊起来，比麦当劳的薯条好吃。他想煮稀饭，结果太干了，他放点面条放点青菜，竟然做成了老家常吃的米儿面，东东也喜欢得不得了。儿子儿媳也喜欢，因为东东吃饭，一直是个难题。

这让父亲觉得自己还是有些用处的。可有一回还是犯了错，洗衣服没发现有件衣服褪色，结果把洗衣机里的衣服都染了，虽然儿媳没说什么，可他内疚了很久。

母亲终于打来了一个电话，说是买了二十只外地的小鸡，清一色的白，听说能长成大个子。雨水不错，苞谷苗子出得齐整。黄狗子逮了个兔子。然后母亲说，你也不打电话回来……

父亲说，你不是说打电话费钱？母亲说，那你不会在儿子打电话时接过来说几句话？他扭捏了一下说，我就是怕娃觉着我……他笑说，有个美国总统说老妻、老狗和钱，是这世上最忠实的三个朋友，我就是差点钱啦。

说完这句话，父亲灵光一闪，他想他可以搞点副业了。于是，他在幼儿园门口捡起了第一个瓶子，从此一发不可收。

父亲坐在公用电话房里跟母亲打电话时神气极了，一五一十跟母亲汇了报，说一分钟的话只要两角钱，两个瓶子就够啦。母亲夸了他，要他过马路左右看，要走人行横道线。又说，那群小鸡长得快，她给它们起了名字，都叫老白。

父亲哈哈笑了起来。

世上所有的爹娘都要睡在一起

父亲没有想着捡破烂时会遇到亲家母，当下都有些尴尬。年轻的

亲家母没有停下来，只是点了一下头。那时父亲正用一个小棍儿在垃圾筒里翻，他的脸热了一下。

父亲以为晚上儿媳会跟他说点什么，可是没有。等他睡下了，儿子坐在他床边问他，是不是一个人在家里太闷了？他说，好着呢。儿子也没多说什么，给他床头放了四百块钱，拍拍他的背就走了。父亲一下就难过了，想着儿子在老家给他争了光，他却跑到城里给儿子丢了脸。转念又想，破烂也得有人捡嘛，又没偷没抢。

这样一想，父亲决定明天还去捡，好像跟亲家母对着干似的。亲家母还在上班，洋气得很，有时会过来跟他聊天，老说乡下空气好，城里没啥好处。又说，老年人跟年轻人住一起受罪。话是大实话，可他却听出了弦外之音，他不知道这是她的想法，还是儿媳的想法……

父亲接着又捡了几天破烂，最后不得不停下。因为幼儿园的小朋友跟东东说，他爷爷是个捡破烂的。东东很生气，后果很严重。

在饭桌上，儿媳请求父亲不要再捡了。父亲说，再也不捡啦，我这是有福不会享，农村话就叫狗子坐轿子不服人抬嘛。他的自嘲，惹得东东笑了起来。

父亲把那些零钱一张一张理好，他给东东买了一个变形金刚。又过了一阵子，悄悄地给母亲买了礼物。

那天给东东分床，他哭得惊天动地，大声喊着，为什么我一个小孩儿一个人睡，你们大人却要两个人睡？他妈妈说，因为世上所有的爸爸妈妈都睡一起啊。没想着这句引来更大声的抗议：那为什么我爷爷就没跟奶奶睡在一起？

这句话让他们都愣住了，谁也没有说话。东东也哭累了，睡着了。

儿子决定送父亲回家。

虽然电话上已经说了，可父亲突然回来还是让母亲有点不安。儿子给母亲准备了很多礼物，父亲从包里掏出一条被包得严实的裙子说，你这辈子还没穿过哪……

夜里，母亲问父亲，你是不是讨人嫌才给送回来的？父亲说，也不是，世上所有的爹娘都要睡在一起……清晨，母亲放鸡，二十只云朵似的鸡亦步亦趋地跟在母亲身后，母亲给它们喂食时说，老白，你们别抢，慢着吃啊。

这让儿子忽然眼热，因为母亲一直叫父亲，老白。

摘自微信公众号南在南方me

图：陈明贵

特别策划 强势围观

有儿在国外

自己要是老到不能动了,能有这个福气吗?

@曾宪涛

老李退休后养成了习惯,每早天不亮就起床去公园锻炼。公园附近有个七岔路口,七岔路口边有家七来风早点铺,七来风的包子辣汤全市有名。老李每天锻炼回来,都要到七来风吃包子,喝辣汤。

这天夜里降温,一早起来,西北风嗖嗖的,刀子一般。老李又要出门,老伴拦住他说,天太冷,今儿就甭去锻炼了。老李看了看天说,公园就不去了,等会儿去七来风吃早点,不去七来风吃包子喝辣汤,一天都过不舒坦。

老李顶着风出门了,来到七来风,里面已经坐满了人。他找个位子坐下,要了两个包子,一碗辣汤,边吃边和旁边的一个熟人聊起来。

早点铺的门是敞开的,就见一个蹬三轮的小伙子,车上载着一位老人,全身上下围得严严实实,面前还摆放一张小桌。

小伙子在早点铺门外把车停好,下车进店,买了一盘包子、一碗辣汤,端到老人面前。老人就坐在三轮车上吃包子,喝辣汤。小伙子在一旁看着,等老人慢慢吃好,

拿出餐巾纸给老人擦净围好,蹬上三轮车,沿来路回去了。

老李看呆了,不由道,这孩子真孝顺呀!旁边的熟人说,你要是每天这个时间来,天天都能见到这爷俩,如今这样孝顺的不多了。

老李没想到还有跟自己一样,离不开七来风包子辣汤的,可人家有福气,有个孝顺儿子天天带他来,自己要是老到不能动了,能有这个福气吗?

老李就想到了自己的儿子。他就一个儿子,从小学习好,大学毕业去了外国留学,后来就留在了国外,还成了家。儿子收入很高,经常给老李寄钱寄东西回来。老李并不缺钱,但心里高兴,还有意让儿子寄到单位,因为传达室爱把汇寄消息写在小黑板上。那时单位里的人都羡慕死老李,说老李有个好儿子,教育自己孩子时,也都拿老李儿子做榜样。老李脸上特别有光彩,见人就想炫耀国外的儿子。不过自打退休后,老李的心情就变了,特别是身体有病有恙时,就更感觉孩子还是在身边好,再遇到有人羡慕他时,就会说句儿子算是白养了。

吃早点回来,老李心里就打了结,心情不好了,耷拉着脑袋无精打采。老伴见了,问他咋啦?摸他的头,说,天冷不叫你出门,你偏不听,感冒了吧!

我心里不舒坦。

不吃七来风的包子辣汤,你说一天都不舒坦,这吃了包子辣汤,咋还不舒服?

老李就把在早点铺遇到的事,跟老伴

特别策划 强势围观

说了,说得老伴也心情不好起来。

晚上,手机视频振铃响了。老李用手机视频,还是邻居孩子教会的。老李跟儿子视频说着说着,就说到今早遇到的事,先夸那个小伙子,然后说,真羡慕那个老头,等哪天我跟你妈不能动了咋办?

儿子在视频里沉默了,半响才说,爸,我会给家里多寄些钱,你们就请个保姆吧。

听了儿子的话,老李叹口气,我和你妈现在还用不着。

一连几天,每早去七来风,都能见到那对父子。听着人家对小伙子的夸赞,老李就想到国外的儿子。

天气好转,老李又去公园锻炼了。没承想有天锻炼时心不在焉,竟把脚扭伤了。躺在床上,老李嘴馋七来风的包子辣汤,就想到了那个孝顺的小伙子,心里好生委屈。老伴安慰他说,去家政公司请个人推你去,就用儿子寄来的钱,全当是儿子尽孝道了。

老李苦笑了笑,同意了。老伴去家政公司,带回一个小伙子,老李一看愣了,竟是那个"孝顺的儿子"。

咋是你?

小伙子解答了老李的疑问:那老人是我们公司的客户,他儿子在国外,一直找我照顾他,他有个多年的习惯,每早都要去七来风吃包子辣汤,说买回来吃就没味了。就在前天,他被儿子接去了国外,我才空闲下来。说罢又担忧道,就不知老人家吃不上七来风的包子辣汤,能不能受得了?

原来是这样,老李竟释然了。

疗伤期间,小伙子每早准时来推老李去七来风,有顾客指点着,啧啧,这才叫孝道!老人好福气。

老李听了好不开心!他在心里道,可不能学那个老头跟儿子去国外,吃不上七来风的包子辣汤,我可受不了。

可开心过后,还是有那么一点挥之不去的怅惘……

朱权利摘自《羊城晚报》
图:豆薇

···

【编者的话】那些在城里带孩子的父亲母亲,即便心里打着胆怯的小鼓,仍勇敢地告别老伴,只为了支援分身乏术的儿女;有一些父母,与儿女分隔大洋两岸,虽时常有钱与物品寄送回国算作尽孝,但仍有一丝惆怅;也有的父母,从一意孤行到幡然醒悟,一个家才从破碎回归圆满。无论如何,希望所有的父母都能睡在同一张床上;希望所有的儿女,都能承欢膝下;希望所有的家庭,都能在大年三十的日子里,一家团圆。

焦点

归家

@钟意你

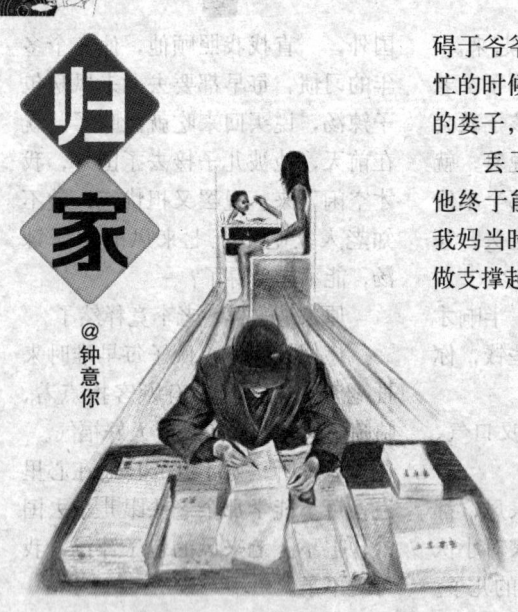

我叫谢知梦,名字取自我爸最喜欢的一句诗"醉后不知天在水,满船清梦压星河"。

我爸爱读书,尤其爱读诗,梦想是成为一个作家。我妈当年也是小有名气的才女,两个人视对方为灵魂伴侣,很快就走到了一起。

我爸觉得这个世界上没有比文学更重要的事情,他从来不会操心柴米油盐酱醋茶,这些世俗之物在梦想面前不值一提。

结婚之后爷爷把我爸安排进了棉纺厂当会计,我爸整天醉心写他的小说,账目做得惨不忍睹,领导碍于爷爷的面子不好发作。年底最忙的时候,他捅了个领导也兜不住的娄子,就这样成了失业青年。

丢了工作,我爸比谁都开心,他终于能一门心思扑在写小说上。我妈当时爱他爱到盲目,心甘情愿做支撑起整个家庭重担的人。

他们结婚三年之后有了我,全家人都以为有了孩子,我爸会承担起一个父亲的责任。

事实证明,我爸对我最上心的表现,就是给我起了个名字。

我妈让他照顾我,他看书入迷,听不见我的哭声,等到晚上我妈回来,我已经饿到快没了声响,更别提他连尿布也不给我换,整个床上一片狼藉。

我爸的小说写了一本又一本,投出去要么石沉大海,要么等了几个月收到一封退稿信。这么多年,他一直郁郁不得志,说自己没有遇到伯乐。

即使爱得再盲目,也总有清醒的一天,我妈终于忍受不了这种压得人喘不过气的生活。她和我爸提了离婚,两个人在家里大吵了一架。我不知道他们到底有没有离婚,我妈最后还是离开了家。

我爸消沉了很长一段时间,但他还是没有放弃成为作家的梦想,于是我被接到爷爷奶奶家生活。

他偶尔会来看我,有一段时间他变得反常,发誓要做个好爸爸,我云里雾里地度过了一段自以为快乐的幸福时光,突然有一天他的态度再一次冷了下去。后来我才知道,他以我为原型写了一个四万字左右的故事投给杂志社,原本以为能拿到一笔可观的稿费,谁知道杂志社嫌稿子太长,强行删减了大半,到手的稿费也缩了水。

那时候我十一岁,敏感又脆弱。在我搞清楚这件事情的前因后果之后,我对爸爸的最后一丝期望也破灭了。

我走上了一条处处和他对着干的成长之路。高考失利,他让我复读,我偏不。我只想早点出去工作,早日摆脱他。我们在家里大吵了一架,我像我妈当年一样,头也不回地离开了家。

有天我去陪酒。晚上两个熟客喝多了酒,非要我送他们,一直很照顾我的经理当天不值班,没人护着我,我只能硬着头皮叫车送他们。

我叫到了我爸的车。

一路上我低着头一句话也不说,生怕他认出我。行驶到一半,和我一起坐在后排的男人闹着要上厕所,没办法只能半路停车。副驾驶上稍微清醒一点的男人下车,扶着他两个人一起往路边的林子里走。

我坐在车上等他们,车子突然被发动,凌晨的马路静谧空旷,司机开始飙车。

他把我带回家,握着我的手把我拖上去。他进厨房给我煮了碗面,我坐在客厅里发呆。

茶几上有一沓厚厚的寻人启事,上面有我的照片和基本信息。

我离家出走的第二天,我爸把他写小说的东西通通封了起来。他开始做网约车司机,一是挣钱,二是可以满大街跑,找到我的概率大很多。

如果今晚约到的司机不是我爸,我根本不敢想会发生什么。

我爸有些局促地搓搓手,他咬咬牙,开始直面自己的失败。

"爸爸也是第一次做人,爸爸也年轻过,年轻的时候谁没有恢宏远大的理想?我就是不甘心,想再试一把,我不想有遗憾。我错就错在把追梦的成本强行转移到你和妈妈身上。"

我们最后达成和解,我离开会所,他不再沉迷写作,我们一起经营一家牛肉面馆。我爸煮面,我招呼客人、收拾桌子。

他问我还要不要回去上学,我思考了很久觉得我确实不是个读书的料。他没有强求,只是告诉我如果改变了想法,他会尊重我的决定。

等到年底的时候,面馆的盈利已经非常稳定。我寻思着送爸爸一份新年礼物,我在箱子里找到他以前的手稿,整理出来五份。我拜托打印店的朋友帮忙,给这五本书设计一个简易的封面,然后装帧打印成册。

大年三十的晚上我们守在暖炉前面跨年,李谷一老师《难忘今宵》的歌声响起,爸爸跑进屋子里拿出一个盒子递给我。我打开之后发现里面是某个大牌的一套口红。

"我看别的小姑娘都有,你应该也喜欢。肯定不是假货,我在官网上订的。"

我边哭边嚎,手上动作却一点也不含糊,把那几本书抱出来塞进我爸怀里,哭到山崩地裂的人从我变成了我爸。但我刚刚是象征性的假哭,哪个女孩子不爱口红,可我爸不是,他是真情实感的哭,哭到我有些不知所措。

我只能在旁边不停地给他抽纸,在他哭到打嗝的时候拍拍他的背。

家里的门突然被打开,进来的人是我妈。他们当年并没有离婚,她去了省会打工,每年都会偷摸来看我。她还会给爷爷奶奶寄钱,暗地里接济我爸。她暗中观察了我和我爸很长一段时间,确定我俩洗心革面重新做人之后,她辞掉了工作选择回家。

在听到妈妈要回家之后,我立马加入了号啕大哭的队伍,跟着我爸一起真情实感地哭。

过完年就变成我们一家三口经营面馆,爸爸煮面妈妈浇汤我招呼客人。

我们一家人,绕了一个大圈,终于又走到了一起。

水云间摘自微信公众号storybook

图:黄煜博

格物致知 经世致用

如何科学地摊出一张煎饼果子

@ 张君燕

煎饼果子是许多人最爱的美食之一,每个摊煎饼的大妈都是神一般的存在。大妈两分钟就可以摊出一张漂亮的煎饼果子,但你自己上手去做,多半会发现:咦,怎么不是圆的?怎么翻个面,皮就破了?

那么,怎样才能摊出一张完美的煎饼果子呢?

这个问题同样困扰着外国人。为了能摊出完美的煎饼果子,法国巴黎综合理工学院的爱德华·布卓和新西兰坎特伯雷大学的马修·塞利尔仔细研究了一番,终于找到了其中的奥义。无论是煎饼果子还是可丽饼,一张完美的煎饼都应该具备以下三点:形状正圆、厚薄均匀、没有破洞。比较专业的摊煎饼果子的方法是用推子之类的工具把面糊快速推开,对于非专业人士来说,最易上手的方法就是转动平底锅让面糊自己摊开。

塞利尔和布卓选择采用第二种方法展开研究。

尝试过摊煎饼果子的人都知道,如果在面糊刚刚下锅的时候没有及时把它摊平,面糊很快就会凝固,无法再摊平,但是动作太快,又容易把煎饼弄破。这是因为在加热的过程中,面糊中的水分逐渐流失,黏度增加。

作为流体力学领域的科学家,塞利尔和布卓决心从其物理特性入

手,利用数学建模计算,模拟已经成型的煎饼果子与还在流动的残余面糊在受热容器中的相互作用。塞利尔和布卓尝试了两种方法,第一种是将面糊表面运动采用参数化的谐波方程描述,并采用蒙特卡洛方法"暴力求解",找出最优的参数组合。这里要考虑的参数有十个,包括面糊黏度、密度、锅的倾斜角、半径、面糊初始厚度等。这种方法能够将摊煎饼的均匀性提升大约40%。可是,相较于背后的海量计算工作,这个方法显得有点得不偿失。

于是,塞利尔和布卓又尝试了另一种方法。这是一种叫作伴随优化的数学算法:将面糊的最终形态作为目标函数,对面糊施加作用力而导致的运动描述为一系列偏微分方程,以提供约束条件,在此基础上对目标函数进行优化,寻找能使面糊均匀平摊的最优路径和方法。经过多次的调整和模拟,他们终于找到了制作的最佳方法,能让摊煎饼的均匀程度提升83%。

总而言之,在充分比较了非控制组、蒙特卡洛解法及伴随优化求解法的最终结果后,塞利尔和布卓找到了一个实用的摊煎饼果子的方法:将摊一张煎饼所需的面糊一次性倒入平底锅,然后迅速将锅倾斜一个角度,面糊会流向锅的边缘。接着,顺时针或逆时针将锅转动一到两圈,使未凝固的面糊自然流动、成形。根据伴随优化算法,随着面糊逐渐受热凝固,平底锅的倾角应该逐渐减小,转动速度也要放慢。在理想情况下,当倾角减小到零,也就是锅处于水平位置的时候,面糊刚好完全覆盖锅底。需要注意的是,一定要始终沿着同一个方向转动锅,切忌在转动过程中变换方向。

这种方法有个酷炫的名字——重力驱动液态膜的最优控制。这一技术不仅能用来做早餐,还能应用于巧克力制作、涂层工艺和弹性薄壳制造等领域,而弹性薄壳在航空航天、船舶制造等方面也都具有重要应用。

没想到,每个摊煎饼果子的大妈都是隐藏的流体力学专家。

朱权利摘自《知识窗》

图:恒兰

大千世界 时代之帆

奔跑的鱼头豆腐

@薛长登

我骑着电瓶车拐进一条巷子,在一扇锈迹斑斑的铁门前停了下来。

"郝大爷在家吗?"我冲屋里喊。

"门没锁。"一个沙哑的声音从屋里传来。

我推开门,拎着包进了屋。屋里光线昏暗,在靠右墙的旧沙发上窝着一个老人。

"您饿了吧?"我带着几分歉意说,"半路上车子轮胎破了。"

"没关系。是肉吗?我闻到了,还有什么?"老人从沙发上站了起来。

我从包里拿出一个打包盒,老人装了一碗米饭,像往常一样念叨起来:"要是有一碗鱼头豆腐就好了。"

我又拿出一个保温桶,放到他面前,他说:"我没叫这么多菜啊,我每天只要10元的菜啊。"

"这道菜是免费的,是店里赠送给老客户的。"我说。

他打开保温桶的盖子,惊呼:"鱼头豆腐!"他眼睛闪着光,一瘸一拐跳向厨房,拿来一个大碗,颤抖着手把鱼头豆腐连汤一起倒进大碗里。

我转身要走,他示意我坐下。他第一次邀请我坐下。

"你多大了?"他喝了一口汤后问。

"17岁。"我说。

"你没上学?"

"没。"我局促不安起来。

"怎么不上学呢?"他目光如炬地望着我。我避开他的目光,沉默不语。

"你瞧,我这屋子要拆迁,几年前就要拆了,我不等那钱用,我有钱。"他岔开话题,"儿子在上海工作,两口子一年七八十万,催促我很多回了。我不去,那地方没有我的玩友,还有她,你看。"

他指着墙上的一个相框,里头是一个慈眉善目的老太太。"我最喜欢吃她做的菜,特别是鱼头豆腐。这饭店的鱼头豆腐可以,但没有她做的那味道。"他眯着眼品着汤,"她走后,我就没那口福了,腿脚又不灵便,自己还不会做菜,就这么将就着过。你家里还有谁?"

"我还有……我爸。"我嗫嚅着说。我不愿告诉他我是弃婴,被父亲收养,我更不愿告诉他父亲今年66岁,每天还在建筑工地做小工挣钱。我赶忙起身,说:"我得走了,我还得回店里做杂活。"

以后,每逢节日或月底,我都会带上装着鲜美鱼头豆腐的保温桶,总以店里搞活动为由,带给郝大爷一份惊喜。

这天,看到他低头品味鱼汤时,那半头白发在我眼前晃,我想起父亲,忍不住对他说:"我能用一下你家的电话吗?"

他先是一愣,然后指着摆在大桌子上的电话机,笑呵呵地说:"怎么不能,你想用随时用。"

我拨打了一个电话,低声说:"爸,昨天我从邮局给你汇了1200元钱,注意查收。还有你不要太省了,中午也买点肉菜……"我看到通话时间近三分钟了,连忙说再见,挂了电话。

"打给你爸的电话?"郝大爷看我走过来,关切地问。我点点头。

"吃了鱼头豆腐,别的人都说我显年轻了,下午我得去把头发染黑了,哈哈,再年轻一回。"郝大爷满面红光地说。

看到郝大爷开心的样子,我头脑里不断闪现出父亲经常只吃着干饭,喝着白开水的情形。于是我做了一个重要的决定。

我另外买了一个大的保温桶,专门用来装鱼头豆腐。我在每个周日送外卖时,顺便送十几份鱼头豆腐出去。扫路工人、大学生、鞋匠、出租车司机和路人,我都给他们提供过热热的鱼头豆腐,当他们疑惑时,我会说:"这是店里搞的爱心活动。"

这天,我回到店里,店里的老板对我说:"来一下我的办公室。"我红着脸,局促不安地跟着老板进了他的办公室,他从抽屉里取出一沓钱,说:"这里是3000元。"

"老板,我没做对不起店里的事情,您不能解雇我。"我着急地说。

"这不是你的工资。郝大爷来过了,你这孩子,工资不高,做了好事,还不让后厨师傅说。这钱是奖给你的,你为店里带来了生意,郝大爷为咱店介绍了不少客户,许多人家中午不做菜,就订咱们店里的菜。从今天开始,咱们店每个周日免费提供鱼头豆腐50份,打包盒没法用,就用定制的保温桶,这50份鱼头豆腐就由你送出去。"

我鼻子一酸没忍住,泪水在眼眶里打转,连声说谢谢。

老板递给我一个手机,说:"这是郝大爷送你的,他说让你多给家里打电话。"

九月份第一天,我要离开饭店,到饭店几里外的一所技校念书,是郝大爷为我找的学校,我的吃住费用都由郝大爷承担,他只有一个条件,让我周末带一份鱼头豆腐给他。

"你周日还得来啊,50份鱼头豆腐还得由你送。"临别时,老板叮嘱我。

我对老板深深鞠了一躬。

"你挺懂事的。"他拍了一下我的肩膀,"我得感谢你啊,你为咱们店带来了好运。"

"是您做了善事。还有,昨天我爸来电话了,说每周村里的老人都能吃到一份肉菜,有鱼头豆腐或鱼香肉丝,每周都换花样,都是别人送的。几个老人还聚到一起,猜测这个周日会送来什么呢。"

"了不起,真是了不起。"老板感叹道。

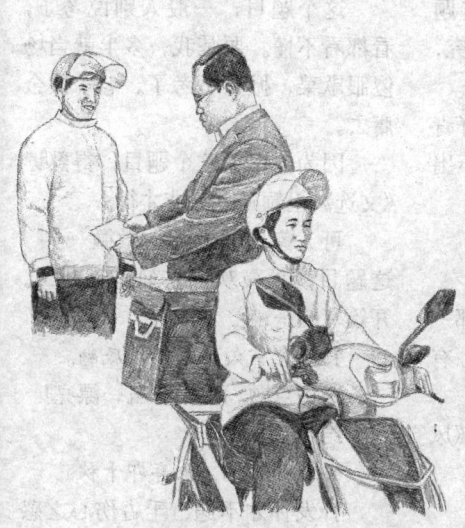

朱权利摘自《微型小说选刊》

图:陈明贵

盲点

唐朝高考出题老师，都是一身的 文艺细菌

@ 六神磊磊

你知道在唐朝，"高考"的诗歌题目是什么样，有多美吗？

今天来简单讲一下。

当时要想当进士，基本都要考诗歌，尤其是开元后。

你不会写诗就去高考？那多半当不了进士，只能称你一声壮士。

现在去看唐朝人的高考诗题目，你一定会感叹：出得真讲究，真文艺！

类似于"浅谈如何做大唐好青年"这样的题目，基本上是出不出来的。

二

比如，唐德宗贞元九年。那一年的考生人才济济，有刘禹锡，有柳宗元。

那一年考诗的题目，叫作《风光草际浮》。

是不是很美很文艺？

刘禹锡、柳宗元都发挥很好，双双考上进士。不写好一点，对不起浪漫的出题老师啊！

几年后，贞元十六年，白居易去高考。

出题老师在文艺的路上越走越远，题目更唯美了，叫《玉水记方流》。

这个题目，一般人别说考了，看都看不懂。要是我，多半就当场傻眼歇菜，掀桌不考了。老子读金庸去。

因为要审清这个题目，得熟读《文选》里颜延之的诗才行。

可人家白居易呢，微微一笑：这题目，我喜欢！立刻提笔开工。

开篇写的是：

良璞含章久，寒泉彻底幽。

凌厉点题，水中有玉，漂亮！

结尾写：

玉人如不见，沦弃即千秋。

抒发怀才不遇、千古伤心之感

4. 答案：在有世界"花园城市"之称的瑞士洛桑。

慨，余味无穷。那一年，白居易进士及第。

白居易柳宗元们遇到的题目，不是偶然的。来列举一些，大家感受一下唐朝的出题老师们多么文艺：

《夜雨滴空阶》，简直可以当琼瑶小说名字了。

《早春残雪》，满满的80年代爱情电影既视感。

《七月流火》，用诗经里的句子出的题。

上面这些是礼部省试的题，或者是国子监的题。这些地方的老师偏文艺、感性一点，还好理解。

可是再看州府试，差不多等于是地方高考选拔赛，题目一样文艺得要死：

《秋夕闻新雁》；

《窗中列远岫》，这也是白居易之前选秀时写过的。

还有：

《水始冰》；

《月中桂》；

《风雨闻鸡》；

《残月如新月》。

看看最后这个题目，这是哪个文艺细菌过量的老师出的题啊？

那么，人家唐朝的考生怎么作答的呢？

来看诗人郑谷交上去的《残月如新月》：

荣落何相似，初终却一般。

犹疑和夕照，谁信堕朝寒。

水木辉华别，诗家比象难。

佳人应误拜，栖鸟反求安。

……

美不美？

唐朝，每一个考霸的背后，都有一个文艺的出题老师。

比如王维。他参加选拔赛，遇到的题目是《清如玉壶冰》。

王维一挥而就，得解元。

还有一个大考霸，叫作祖咏的。

这哥们开元十二年去考试，拿到的题目又是文艺得要死的《望终南余雪》。

估计老师出题的时候正坐在长安办公室里，抬头一看，咦，终南山上还有雪！于是就出了这么个题。

换到今天，北京绝不会出个题：香山余雪。没可能的。

就在这一场考试里，祖咏写出了咏雪的传世名篇：

终南阴岭秀，积雪浮云端。

林表明霁色,城中增暮寒。

本来规定要写十二句,他写了四句就交卷。老师问原因,他还耍酷,说了两个字:"意尽!"

意思是,四句正好,我已经表达完了,不写了!老师居然让他过了,给他进士。

后来我到西安,虽然是夏天,却忍不住总想尝试望一望终南山余雪,还被误会成要看小龙女。

唐朝最大的一只考霸,叫作钱起。

天宝十载,他参加高考,又碰到文艺病发作的出题老师。

卷子发下来,题目居然是爱情故事——《湘灵鼓瑟》。

这是从屈原的诗里来的,还涉及到一个爱情悲剧,是说舜帝的夫人娥皇、女英寻夫不遇,在湘水为神,鼓瑟玩音乐,想老公。

你能想象,今天任何考试的作文题是个爱情故事吗?

文艺的钱起拿到了这个文艺的题目,不愿错过机会。他狠狠发挥了一把,写出了有史以来最梦幻的考试诗之一。

最经典的是结尾:

曲终人不见,江上数峰青。

当然,唐朝也有马屁肉麻的考题的。

大历十三年吏部考试,卷子发下来,考生们一看,诗题是《元日望含元殿御扇开合》。

什么?御扇开合,也要大家来表扬?

考生们当然不能说:我不干,我要写《残月如新月》!我要写《湘灵鼓瑟》!那会被打的。你只能老老实实表扬御扇开合。

于是大家就写:

"万国来朝岁,千年觐圣君。"

"影动承朝日,花攒似庆云。"

当然也就没有什么好作品。

大家别误会,并不是说吏部考试就都很肉麻。这里仍然有很多文艺情怀满满的出题老师。

比如《沉珠于泉》。

是不是也很美?像是一首古曲的名字。

还有一年,老师放飞自我,卷子发下来,题目居然是《冬日可爱诗》。

可不可爱?要我是考生,一定写上:

冬天好可爱,老师萌萌哒!

摘自微信公众号六神磊磊读唐诗

你两只手不方便

@忆君

楼下住户跑来说我家的卫生间漏水,搞得她家卫生间一塌糊涂,下去一看果真如此。我没有半点犹豫,答应赶紧找人来修。

我在奶箱里找到一张广告名片,打电话过去。不一会儿,门铃响了。我打开门,站在门前的人让我感觉很是异样:他大概30来岁,身子单薄瘦小不说,左手袖子居然空荡荡的。只有一只手的他能做这样的事吗?但人家既然来了,我还是让他进了门。他先是到卫生间看了看,又跑下去敲开了楼下住户的门。再回来后,他说:"可能是水管接头的塑料管坏了。"为谨慎起见,他叮嘱我这一两天都接水冲厕所,不要开阀闸,如果楼下住户不漏的话,就是这个问题了。我按他说的去做,楼下果然不漏水了。我打电话问他应该怎么换水管,工程大不大。他说:"很简单的,只要挖起两小块地板砖就可以了。""要多少钱?"我又问。他说:"50块钱!"我心里觉得这个人蛮实在的,嘴上却没忘记讨价还价。最后,我跟他还到40块钱,他很爽快地答应了。

第二天上午他来了,手里提着一个小蛇皮袋,里面装着他的工具,还周到地帮我捎带了点水泥和沙。还有,他居然找到了和我家地砖花色几乎相同的地砖。要知道,这种地砖市场上很难买到。撬地砖时,他告诉我说,为买这两块地砖,他转了不少地方。因为怕旁边的地砖松动,他一点儿一点儿地敲着地砖,小心得像捧着一件瓷器。我怕他一只手不方便,有好几次让老公进去问要不要帮忙,都被他谢绝了。

忙乎了大半天,他把坏了的塑料管取了出来,有些得意地说:"瞧,果真是这儿破了才渗水。"他把一截新水管换上去,然后用铜丝固定好,又用水泥砂浆把新地砖铺好,

这才算大功告成。他做起事来有板有眼,细致而又麻利,我几乎忘记了他只有一只手!

地砖铺好了,他又向我要垃圾袋装垃圾。我说:"不用了,我自己来就可以了。"他说:"没关系的,反正我的手弄脏了,免得你又去把手弄脏。"然后,他用唯一的一只手把脏污的沙石抓进袋子里,又把卫生间的地板冲洗得干干净净,才算完事。

在他忙碌的时候,他的电话一直响个不停,两个小时不到,他就接了十来通电话。他歉意地朝我笑笑说:"我在这儿做五六年了,电话都没变,亏得他们还记得我的电话,找到我给他们做事。"我当时就想:你做事这么麻利细心,谁能不惦记你的好呢?

修卫生间的事情过去大半年后,我又打了他的电话叫他来,这次是因为我家洗脸池的水龙头断裂了。他说住得远,龙头断裂又特别难弄,开价15元。我说15块贵了,10块钱吧。他想了一会儿,说:"行。"依旧是很爽快的语气。

他来了,一进门就问:"卫生间没见渗水了吧?"我说:"没有。所以,这次水龙头坏了,我才又想到了你。"他得意地一笑,说:"我的回头生意都是这么来的。"他一边忙活,一边和我聊天。从聊天中,我知道,他来自几百里地外的一个小县城,打小自学了一手修理活儿,二十刚出头便一个人来到南昌找活计。因为他活干得好,又一点儿都不刁钻,口碑极佳。人们口口相传,他的活一年四季都断不了。更让他开心的是,凭着他的吃苦和诚实劲儿,一个让他可心的女孩爱上了他,和他成了家。有了小孩后,一个好心的雇主还主动帮他联系了城区最好的幼儿园。

可能是听他说话入了神吧,靠在卫生间玻璃钢门上的我居然不小心把准备给他完工后洗手的新买的香皂掉到了便池洞里。他见我捡也不是,不捡也不是,便笑出一口好看的白牙,说:"你两只手不方便,我一只手来帮帮你。"然后,他整个身子都匍匐在地上,手一伸,便迅速爬起。他把香皂放在水龙头下一冲,塞到我手上:"香皂还是香皂,掉进便池里也还是香的。"

这样的场景,这样的话语,这样的时刻,生命的健全和不健全,竟然完全倒了个儿!我摸摸自己的脸,竟然有些烫手……

田龙华摘自《阅读与作文·初中版》

图:小柯

余生多怀念

@ 虫小扁

外公去世三年,我和家人的日常生活中,已经极少提及他了,偶尔会想起他的音容笑貌,仍是深刻,但远没有之前的刻骨铭心。逢年过节仍会在饭桌上给他满上一小杯米酒,道一声"外公吃饭",也就仅此罢了。

外公还在世的时候,他和外婆的关系并不好,听说从年轻时就积了怨,每次见面他们总是有吵不完的架。逐渐地,外婆年纪大了,有些耳背,很长一段时间里,不管外公跟她说什么,她都"充耳不闻",我行我素地坚持着自己的想法和意见,大有"不管你说什么,说得再有道理都是我对,都得听我的"的意思,气得外公在客厅跺脚,大声嚷嚷:"这个婆娘就是故意的。"

外婆也觉得无所谓,反正她也听不见。

两人吵吵闹闹了大半辈子,七十岁的时候还闹着去离婚,但总是一到关键时候就"忘了证在哪儿"。

其实外公把结婚证藏得很好,我有幸看过一眼,奖状般大小,没贴照片,名字还是手写上去的,这么多年了,名字也有些糊了,但整体保管得还不错,能看得出持有者的用心。可他嘴上总要不服输地回一句嘴:"去去去,明天就去民政局!"

我们都懒得掺和了——观众也会腻的好吗?

只是有时候吵得太凶,我妈和我姨还是会轮着劝他们"家和万事兴,一人少一句",但外公总摆出一副"我不管,不吵架人生没意思"的表情,至于外婆,无论劝什么,她都是听不进的。

外公的病来得很急,去医院的时候精神头还不错,但检查结果一出来,当天就住进了医院,家里人都措手不及。

人总说"老小老小",意思是人年纪越大,会越活越回去,越像个孩子。

入院之前,外公也会嚷嚷着哪里不舒服,但我们心里都清楚,他大概又缺钱花了,给个三两百就一副"哎呀,我病好了"的得意劲儿,外婆便又有了跟他争吵的理由。

外婆以为这次也是如此,几个儿女在家讨论外公的后续治疗问题时,她说:"得了,别折腾了,那糟老头子八成又在装病。前两天还中气十足,老虎都能打死,光糊弄你们给他花冤枉钱。"

我妈给她解释病情,外婆一如既往地听不清,自顾自絮叨着,只是事后也不知道听进去多少,会时不时往窗外张望。

我以为,那是医院的方向。

从发病到去世,外公只坚持了不到半个月。

外婆先前还在跟他斗气,不愿去看他,又像是在害怕着什么事,直到她真的去医院的那天,外公已然要靠着呼吸机才能维持生命。他虚弱地躺在那里,闭着眼睛。外婆戴好久不用的助听器,静静地在他床边坐了许久,等外公醒来抬眼看向她的时候,两个人再也吵不出什么了,一眼深藏万语,我隐约听到他张口说了什么,而回家后的外婆眼眶红红的。

我妈说,外公说了"谢谢"。

谢什么?谢谢外婆来看他?还是谢谢她给他生了几个儿女,并含辛茹苦地抚养长大?

后来,外公就走了,临了也没给我们留下什么话,我妈说他吊着一口气就是为了看看外婆。

我以为他们的关系并不好。

外婆还是如从前一样,在几个儿女的家里轮流住着。不一样的是,没了吵架的人,她沉默了许多,即便开口,也对她的糟老头子只字不提。

可给外公满的那杯米酒,都是她亲手斟的。

外公的遗物我们大多留给了外婆,我偶尔会看见她翻出那张结婚证书,似有所思地摸摸外公的名字,眼眶红红的。

他们争了一辈子,吵了一辈子,却极少坐下来好好聊聊。

我想,总归有彼此珍视、相互扶持的时候吧?

只是都晚了,仅余下遗憾与想念。

"他的声音,我是想听,也听不见了。"

水云间摘自《花火·彩版B》 图:宋书成

独树一帜 感悟人生

一个女孩背后站着300位债主

@ 张海林

2015年6月12日,我接到父亲从老家打来的电话。他告诉我,他的卡车撞了人,那个人似乎不行了。那时,我还没有意识到一场重大的危机,已经砸到了家里。

事故突然降临,所有人都傻了。两个月前,妈妈突发脑出血住进ICU,差点离开人世。当时,她正在恢复期,我们全家竭力向她隐瞒这个秘密。

我强迫自己冷静下来,第一时间做了三件事:一、询问律师朋友,他告诉我,这类事故通常会根据当地的人均收入水平赔款;二、询问车管所的朋友,父亲的卡车有一些手续并不齐全,我问他这种情况一般怎么处理;三、打听父亲撞到的人是谁,我知道他住在附近某个村庄,希望能找到我们两家都认识的人,从中调解这件事。

最大的问题是钱。估算下来,需要30万,家中的积蓄不够。27岁的我没有存款,工资不高,但我在心里做了决定:我不想这场事故毁掉未来一切好的可能性,我希望这个家还能照常运转,弟弟可以按计划结婚,父母能安享晚年。

我知道自己需要钱,我不能对一个人负债太多。我在心里算了一笔账:30万,300个1000元。如果我能找到300个人,每个人借1000元,每个月还5个人,5年可以把债还清……但我能承受这么久的负债吗?我问了自己很多遍。

我拿出纸笔,算着这一组很简单的数字,掉着眼泪。我花15分钟写了一篇文章,配了一张眼泪图,公开借钱,时间是2015年6月14

观点

日 23：08。

我需要30万，我寻找300位朋友，每个人借我1000元，多了拒收，少了也拒收，只接受微信转账，我会清楚地备注和记得，我欠300个人，每人1000元。按照我目前的薪水，不过度影响我生活的情况下，我每月可以还5个人，需要还5年，这当中不排除我工资不断上升以后，会加快还款的速度。每一个1000元，我会在以后的某一天还回去。

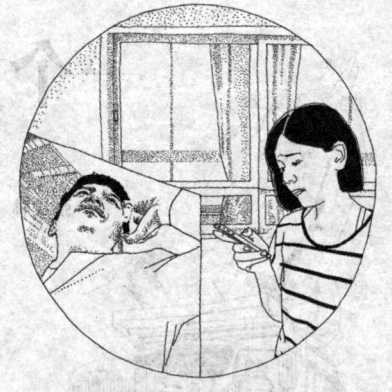

关于我自己，我不介绍了，不做背书。信任我这个27岁姑娘人品和性格的人，给我一份帮助，此后数月经年，我做一个感恩的人。

落款处，我写上了自己的姓名和联系电话，并承诺，还款期间永不换号。

文章发出后，我转到朋友圈，询问汹涌而来。确认情况属实后，这篇文章开始在我的朋友圈刷屏。

大鱼是第一个给我微信转账的朋友，在文章发出9分钟后。他说：我能做的不多，一切都会好起来。还有一位朋友不断帮我转发到各种群，后来他说这是自己唯一一次转发各种群，"因为这不是公益，是朋友救急，以有尊严的方式"。

微信上，消息与好友申请纷至沓来。几百条信息里重复出现这样的祝福：一切都会好起来的。木子鹏说：我在创业中，不算富裕，还款的时候请尽量把我往前排吧。李董说：我这份不用还。刚在北京工作，还未攒下什么钱的樊瑞说：我愿意成为你的三百分之一个朋友。小拍儿说：我虽然不认识你，但我会希望大家都信任你。

我不断地回复"拥抱"的表情，对他们说谢谢。每收下一笔钱，就按照收款顺序为对方打上标签。第二天早上，我筹到了30万的款项，300个人找到了。

2015年7月7日，我第一次还款，还了5个人——序号1大鱼、序号2梵意和优先还款的三个人——正在创业的木子鹏，还在念

独树一帜 感悟人生

书的星空愿语和公益项目里年龄最小的俊俊。

长达3年的还债过程里,发生了很多有意思的事。

晓夜曾托我们共同的朋友来问我还款进度,他说:于我而言,你在继续做着这件事情,比还我钱珍贵得多。他觉得这是件神奇的事情,很想知道自己排在多少号,我告诉他是160号。

有些人主动找我还钱,但觉得特别不好意思,我劝慰说,真的没关系,我早晚都要还,只是调整序号而已。2015年11月,一位朋友说:我最近特别紧张,如果你方便的话,我的1000元不知是否可以提前还。她的序号是53,因她而加我的朋友,我数了数有10个人。

还有一位印象深刻的朋友,她的微信名叫"环保清哥",是深圳的一位环保义工。她会不时地问候我。我主动询问她经济压力大吗?需不需要我提前还?她说不用。她排在我的第251号。怕她有难言之隐,2016年3月4日,我还是提前将钱还给了她。收到转账后,清哥激动地说:虽然我们不曾见面,也有朋友当初劝我不要借,但我还是想证明一次世上还有可以信任的事情,现在可以证明我的信任是对的。

2016年7月23日,一位朋友找到我说:你是公开募集,事后情况、进度也应该告知大家,我认为参与的人没有谁会催促你还钱的,但你曾经是志愿者,更应该明白捐和借都应有后续动作,透明更重要。

我理解他提醒里的善意,谢了他,并在朋友圈公布了进度。

他提醒我的时候,是我最艰难的一年。年初,母亲第二次脑出血,抢救过来后,半身瘫痪,我和父亲请三姨照顾母亲,每个月我需要给家里5000元,包括三姨的2500元工资。这种情况持续了一年,母亲的病情一直没有起色。同时,年底房租到期,公司又出现解散变故。

还债的3年里我换了6份工作,每个工作之间切换,休息最多不超过10天。如果眼下的工作无法提升自己的能力,我就会果断地跳到下一个工作里。

收入和生活渐渐稳定之后,我加快了还款进度。

有些人把我删了,我又加回来,解释原因。印象最深刻的是2018年2月12日,我给薛永刚转1000元,问他还记得我吗?他说不记得了。我发给他最早的聊天记录截图

和自己借钱的文章链接,他终于想起来了,说:感谢你给我意外惊喜啊,我一点记忆都没了,这1000块我替你捐了。我还给他的钱,他全部捐给了一家儿童福利院。

还有一些人拒收。王玮说:不用还了,当是我的一点心意。叶世明说:现在你应该是比较吃紧的,当我投资你啦,等你以后千亿身家的时候记得打我一个亿,那时候我不会客气的。

我标注了没有收的人,计划帮他们把这笔钱再捐出去。我捐给一对凉山艾滋孤儿姐妹1000元,一个内蒙古单亲癫痫儿童500元,一个脑瘤盲女500元。剩下的钱我参加了一个公益月捐项目,帮助贫困山区的孩子买大病保险。

2018年7月20日,我还完了300位朋友的欠款,提前完成了与300位朋友的5年之约。尽管一路走来很艰辛,但能力在提升,我对人生困难的认识也发生了改变。

困境让我加速奔跑,很多事其实也没那么难,只是需要扛过某些节点。

我还是时常想起2015年夏天的那个深夜,300个人不计利害的善心,我的心头一直放着300个人的信任。

今年3月,一家媒体报道了我的故事,曾经的"债主"朋友们也转发了文章。我也第一次知道了一些隐情。大大茹说,她4年前还是一名大学生村官,工资只有三千多,但借给我钱时没有一丝犹豫。

我也是第一次了解到他们收款时的反应。金春燕说:收到钱时还挺意外的,数月经年确实也忘记了。尹尹日日说:真是件很小的事啊,彼此心存善意,就是温暖的小星光。水说:我会告诉我的孩子,海林姐姐的故事,妈妈也很荣幸参与其中。曾经拼命帮我转发的丁仕松说:海林收获感恩,我们收获信任。过程不易,结局圆满。

去年7月还完欠款的那天晚上,我从公司出来,耳朵里循环播放着朴树的《清白之年》。我走得很慢,想到自己3年前做出决定的那个晚上,每次换工作时的困难,有些夜晚回到家边洗澡边大哭的时刻。我有些恍惚。

我看着路灯下的梧桐树叶,天空挂着的月牙。暖风吹过,我想到,今天是个特别的日子,回到家我要煮一碗面条,再蒸一根香肠,还有一瓶桂花酒,可以喝上一杯。

林冬冬摘自微信公众号真实故事计划

图:点点

热议话题 尖锋论谈

卖惨哭穷，奇葩兄妹仨看病致富记

@ 不老的树

"倾家荡产"的大儿子

那天夜班，一个中年男人搀扶着一位八十岁的老人出现在抢救室，中年男人说："我爸早上起来就说胸口疼，在家吃了药也没效果。"

我问老人："你哪里不舒服？"

老人用手指了胸口，但是怎么个疼法他却形容不出来，进一步询问病情和服用的药物后，我想做心电图确认病情。

老人的儿子却说："我爸心脏一直很好，而且上次已经做过了，你再做，是不是有点过度医疗？"

"上次是什么时候做的？"我忍住怒气问。

"六个月前，体检还一年一次呢，这个检查肯定在有效期。"儿子信心满满地说。

"食物有有效期，但人的身体没有，况且老人年纪大，变数就更大了。"在我的坚持下，这个自称是老人大儿子的男人不情不愿地去缴费了。

这时候，他不忘给兄弟姐妹打电话，第一个电话打给妹妹："医生说，爸情况不乐观，估计得住院，你明天最好不要去上班。"

嗯？我在心里感叹，什么都让医生背锅，我什么都没说，就做了一个检查还被人推三阻四的，怎么到他嘴里就确诊病情了呢？

挂上电话，大儿子继续在一旁碎碎念："这么大年龄能做手术吗？能包治好吗？"

抢救室内其他家属看不下去了："不检查怎么明确病情？治不治先不说，总不能死得不明不白吧？"

经过一番纠结后，大儿子终于

同意做其他检查。一系列检查做完之后,我向病人家属解释病情:"您父亲是急性心肌梗死,必须马上治疗,否则病情随时恶化……"

我话还没说完,大儿子就打断了我的话:"医生,你等一下啊。"

接着,他拨打了第二个电话,说:"医生,麻烦您再重复一遍。"

我拿着电话把老人的病情又说了一次:"您父亲是急性心肌梗死,病情随时恶化……"

这一次同样没说完,电话又被大儿子抢走了:"弟弟啊,你听到医生说什么了吧,赶快过来,家里有多少钱都拿过来,咱爸快不行了,砸锅卖铁我们也得救爸……"

我摇摇头走到一边,心想还真是会给自己加戏,明明没花多少钱,却把自己树立为一个倾家荡产为父治病的大孝子形象。

我想找他商量进一步的治疗方案,话还没说完,他就举手阻止我:"再等等,我弟马上来,爸不是我一个人的,我做不了主。"

"卖惨哭穷"的二儿子

过了半个小时,老人的二儿子来了,一进来抢救室就趴在老人身上哭,那哭声感天动地,孝心十足。

大儿子在一旁附和,两个人拍肩摸头,正在兄弟情深时,护士不合时宜地出来说:"谁去把费缴了?"

老大看着老二问:"不是让你带钱了吗?"

老二说:"出门太着急给忘了,光想着只要咱爸没事就好,再说这不有你吗?"

"我?你又不是不知道,我儿子马上要结婚了,用钱的地方太多了,彩礼还是借的呢?早知道生丫头了,结婚的时候只用收钱,生儿子太费钱了。"老大一脸委屈地说。

"我刚买了房,就我那仨瓜俩枣的工资,还了房贷生活都成问题。"老二也开始哭穷。

护士不耐烦地说:"你们赶紧的,不缴费取不出药,这病你们治还是不治?"

"治!"哥俩异口同声地说。

但是说到谁去交钱,两个人又都不开口了。过了一会儿,老二突然说:"找小妹啊,她家条件好,孩子又小,花钱的地方不多。哪像我们这些中年人,上有老下有小,活得连条狗都不如,想吃块肉,还得先看看银行短信,工资到账没。"

老二说完自己都被自己的话逗乐了,老大一听也附和:"就是,咱爸把她养大不容易,凭什么生病住院就非要找儿子,搞得姑娘不是亲生的一样。"

达成共识,老大拨打了第三个电话:"小妹,你走哪了?出门的时候记得把银行卡带上,我和你二哥带的钱都花光了,医院说了,不交钱不给看病,咱爸就指望你了。"

打完电话,两个人相视而笑,一片祥和,继续兄弟情深。

"有钱不出"的小女儿

一个小时后,女儿终于来到了医院,看她的穿衣打扮,家境应该不错。

抢救室门口,女儿一遍一遍抹着眼泪问:"医生,我爸还有救吗?医生,你一定要救我爸啊!"

她的话让我感受到了真实的亲情,也替老人感到欣慰。

"你们治疗方案都没确定,让我怎么说?"我反问道。

三个子女凑在一起叽叽喳喳

说了半天,女儿第一个跳出来撇清自己:"我孩子是还小,但更花钱,我才给她买了架钢琴花了快两万,还没算她每个月兴趣班和补习班的钱,我家有个碎钞机,但我没有印钞机,我自己也是泥菩萨过河自身难保。再说,你们是儿子,应该你们说了算,咱家虽然没有皇位要继承,但爸的房子可值几个钱呢!"

此刻,我为自己过早真情流露而深感羞愧,果然这世界最难测的就是人心,最易变的也是人心。所有镇定自若与豁达,不过是没有到达利益冲突的那一刻。

眼看老三不管,老二开口了:"国有大臣,家有长子,这事应该大哥说了算。"

老大一看,老二和老三统一战线孤立了自己,立马反击:"只要你们说咱爸百年之后,留的房子你们不要,这事我就管。"

"那不行,我们也是爸的子女,凭什么爸的房子你一个人独吞?从小到大,爸最疼你了。"老二和老三集体跳出来反对,就连陈年往事也拿出来说。

三个人互相推诿,谁也不说积极治疗,谁也不说主动放弃。因为谁主张住院治疗就意味着谁要掏钱,谁主张放弃治疗,就意味着谁

要背负"不孝子"的罪名。

突然,老三像被电击一样,拍着脑袋说:"我真是傻啊,怎么没想到这个啊,我有办法了。"

"网友出钱"的真孝子

"啥办法?"老大和老二凑过来问。

"众筹啊,我朋友圈天天有人发这个,凭什么他们可以筹,我们不行?这些钱跟借不一样,筹到就是我们的,不仅没利息还不用还。"

"还有这样的好事?"年长的哥哥们像是发现新大陆一样凑上来。

钱的问题解决了,三个子女顿时昂首挺胸像个大爷似的说:"医生,你说咋治就咋治,钱不是问题。"那口气大得,好像自己吹口气,钱就从天上掉下来了。

老人的治疗方案最终被定为做支架,心内科的同事当时只是估算了大概需要十来万,老人的治疗才刚启动,还没开始花钱,他们就准备全额筹款十五万元。

三个人分工行动,一个对着被病痛折磨的老父亲各种摆拍,一个联系众筹平台,一个拿着纸笔组织文案,果然人多好办事。

很快一条"恳请大家救救我操劳一生的父亲,好人一生平安"的众筹文开始在朋友圈蔓延。

妹妹指挥两个哥哥:"先发朋友圈,然后发公司群,最后私发关系要好的朋友,再让他们转发,反正越多人转发就越好。"

三个人挤在一起,热火朝天地盯着手机上不断增加的捐款金额,老人口渴想喝水,却无人在意。

老人被转入胸内科治疗后,我再也没见过。

有次在食堂碰见胸内科的同事,我问同事:"上次转过去做支架的老人最后花了多少钱?"

同事说:"十二万左右,老人有新农合,还能报销一部分。他们兄妹三个众筹了十五万,结果出院的时候,因为分赃不均差点打起来。每个都说自己的功劳大,自己的同事和朋友捐得多,最后在长长的一串捐款信息里各自认领自己的熟人,陌生网友的捐款就平分。"

同事一边说一边忍不住笑,最后感叹:"真是林子大了,什么鸟都有,这届病人家属不行啊!"

朱权利摘自《知音·海外版》 图:小栗子

【编者的话】前是有尊严的朋友救急,分期偿还300名网友的借款;后为奇葩兄妹看病致富。面对朋友圈里层出不穷的众筹,你怎么看?加入读者圈,一起来聊一聊吧!

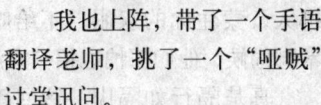

审哑贼

@ 戴 民

对聋哑犯罪者进行审问，是上海端掉所有哑贼窝点的重要过程。

侦查员现场抓贼，按规定都得给犯罪嫌疑人戴上黑色的头套，嫌疑人带到车站路临时收押房，只等开审供述。

十分蹊跷，这帮"哑贼"与现场抓捕来的嫌疑人全然不同，个个坚不吐实。"蟋蟀"抓进盆里，此一时，彼一时，他们中间肯定有个掌门的老大，谁"开牙"谁将来就没好果子吃。

我也上阵，带了一个手语翻译老师，挑了一个"哑贼"过堂讯问。

手语翻译是公交分局常年聘请的退休女老师，姓莫，慈目善面，自然让人信任。莫老师将我一番苦口婆心的开导传递过去，那"哑贼"只是紧锁眉头，并无触动。两个时辰都过去了，审讯陷入僵局。

穷凶极恶的犯罪嫌疑人我见多了，再硬的"骨头"也啃过，竟在一个"哑贼"面前跌下阵来。突然，我发现羁押室旮旯里有个"哑贼"满地打滚，嗷嗷直叫。那"哑贼"也是侦查员的疏忽，进来时没卸掉头套，几近夜半，怕是痛苦难捱。

我唤莫老师过来，问那个"哑贼"有何不适？岂料，莫老师惊喜道，那"哑贼"要坦白交代罪行。

踏破铁鞋无觅处，得来全不费功夫。

事情没我想的那么复杂。"哑贼"事后坦言，聋哑人失聪而不能言语，与外界的唯一信息通道是眼睛，除非睡觉，不让他看外界，只消半日便不知所措，情景比死都难受。一般，"哑贼"在行里犯了规矩大忌，老大二话不说，吩咐手下绑人,蒙住你的双眼,不给吃喝,拳脚伺候,他们都怕这招"家法"。

真是隔行如隔山。这回审讯,让我摸到"哑贼"们的"命穴"。后来,一俟审讯,"哑贼"若是"装聋作哑",给他安上头套,半日就可坐等"开牙"。

通过审问,在这帮"哑贼"身上发现,这伙犯罪嫌疑人只是"冰山一角",是一伙浮在水面上的外围团伙,后面还有一个庞大的"哑贼"集团,活脱似牛群和冯巩相声里说的"小偷公司"。

永平队长某日觅到一条消息,发现"小偷公司"几个骨干欲在火车站汇聚外逃,便在火车站附近伏击守候,伺机收网。哪知,一整天下来不见踪影。永平队长心里纳闷,局里没人同"哑贼"有瓜葛,多半有哪个环节出了纰漏,惊动了狡诈多疑的"哑贼"?

永平队长是个有事不过夜的"夜猫子",夜阑人静,案牍劳形,独自梳理"哑贼"几个骨干的往来信息,终于在杂乱无章的信息中,甄别出一个可疑电话。

翌日,永平派员蹲在哑语翻译莫老师的家门口。黄昏时分,莫老师出门同一个聋哑人进了一处茶馆碰面,临走时,莫老师收了聋哑人的一沓钞票,两人欣然而散。

内贼竟然是莫老师,让大家目瞪口呆,个个脊背生凉。想不到目慈面善的莫老师居然也给"哑贼"拖下水去,莫老师给"哑贼"通风报信,贪财自虐,获刑三年,罪有应得。捕捉"哑贼"骨干意外受挫,但是,开弓没有回头箭,永平队长重整旗鼓。

十月伊始,永平队长和他的伙伴们摩拳擦掌,全身心地关注"哑

8. 答案:许海峰。

贼"的行踪，终于发现"小偷公司"的几个骨干成员潜入黄浦一家宾馆内，预订了三天后的"宴席"。

永平判断，"哑贼"视这个季节为"开瓜收割"的旺季，"宴席"多半会是"小偷公司"酝酿策划罪恶的聚会。

泽强局长和我想在一块，立马召集各大队长开会，布局排阵，这回欲倾其全力，围剿沪上这伙穷凶极恶的"哑贼"。

泽强局长为行动起了一个颇有意蕴的代号，叫"蒲公英"。"蒲公英"是申城刚过去的一场风力达8级的台风，泽强局长以"蒲公英"行动隐喻围剿"哑贼"的行动当雷霆万钧，力争扫除这股害群之马。

是晚，黄浦那家宾馆的三楼宴会厅灯火辉煌，化装的门童笑容可掬，将陆续前来赴宴的"哑贼"引入座席，"哑贼"的装束打扮还挺时髦，相互用手语招呼亲热，差不多人都聚齐了，现场出奇地安静，"哑贼"们默默地等待老大临场。

突然大厅四周响起稀里哗啦的掌声，只见一个西装革履、戴金丝边眼镜、清癯斯文、年约三十多岁的人姗姗来迟，屁股一落座，现场便鸦雀无声。

老大环顾四周，片刻，慢慢挺起身板，脸上掩不住志得意满的神情，手在半空中好一阵比画飞舞，在座的"哑贼"旋即报以掌声。

老大的开场白不长，结束前，双手朝胸前一合，俯身端起面前的酒杯，全场的"哑贼"纷纷挪动身子，伫立举杯，乒乒乓乓一阵碰杯声过后，"哑贼"们猴急一般，狼吞虎咽起来。

大厅陡然陷入一片漆黑。那是"蒲公英"行动开始的信号，"哑贼"蒙然，乱作一团，侦查员风驰电掣般冲入宴会大厅，将四周围得水泄不通，顷刻间，"哑贼"纷纷束手就擒。

在老大的宾馆客房里，侦查员搜查到一个账本和一叠"培训手册"，上面有每个"哑贼"日常扒窃作案的业绩，"培训手册"上印着相关法律条文，每条都注明如何应对的法则。

"蒲公英"行动，一网打掉了作恶多端的"哑贼小偷公司"，老大被判刑十三年，其成员大多被追究刑责，法院也按照共同犯罪定罪量刑，凸显了打击集团犯罪的效应。

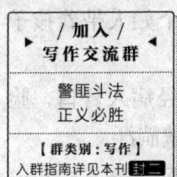

心香一瓣摘自《新民晚报》 图：豆薇

笑点

剑客

@小丧怪

小镇里有个剑客,靠打铁为生。

据说他在年轻时候,曾是江湖上有名的剑客。

可人到中年,正是身强体壮的时候,却忽然退隐江湖了。

住在这个小镇里,平时连剑都不碰,终日只是闷头打铁。

谁都不知道他这么做的原因。

镇子上的人都猜测,这个剑客是惹了不得了的仇家,他对付不了,迫不得已才躲起来的。

这件事一直被大家讨论,直到一个月圆之夜,有个妇人带着孩子过来。

那时候孩子已经病入膏肓,脸色苍白,说两句话就淌汗。

他们是来求救的。

那晚在铁匠铺的屋子里,剑客拿出了一个旧包袱。

妇人坐在灯前说:"你出去闯荡江湖的第五年,我爹就把我嫁给了张家,离咱们那很远,后来也没回去过。"

剑客闷头拆开包袱,里面裹着的是他的剑。

妇人说:"等了你五年,乡里都说你死在外面了。"

妇人又说:"嫁到张家,他们对我还行。去年那边闹病,我丈夫死了,张家也死得七七八八,没办法了,我带着孩子出来找个活路,大人管不了,想让孩子活下去。"

妇人说:"走到这边,找到个大夫说能治,但缺一味药引子,是朵花，在北山上。又听说有个剑客，隐居在这，帮人打铁，我就知道是你。"

剑客把剑抽出来一点，说："你还记得？"

妇人说："记得，走之前你说，闯三年，闯出名堂就回来，我们再开个铁匠铺子。"

剑客低了低头："北山上的是株奇花，被凶兽守着，谁都知道它在那，但也谁都拿不走。"

妇人说："大夫也这么说，我，我也只能找你帮忙，想办法救孩子一命。"

妇人说："当年是我对不起你，但孩子……"

"当年的事不怪你，是我时间耽搁久了。"

剑客把剑推回鞘里，系在背上说："回去时候听说你早就嫁人了，就没再找你。"

剑客又说："后来我就归隐了，你不在身边，这江湖都不知道闯给谁看，挺没意思的。"

剑客伸出一只手，想摸摸妇人的脸。

妇人退了两步。

妇人就说："过去这么多年了。"

剑客自嘲地笑了笑，说："这么多年了，你孩子都这么大了。"

剑客又说："孩子不太像你。"

妇人说："更像他爹一点。"

剑客点点头，推门出去，最后说道："北山不远，我这一去，成了的话半个月，如果你等到一个月我都没回来，就别等了。"

妇人犹犹豫豫地说："这次我想等你。"

但她还是没有等到。

一个月之后，剑客并没能回来。

回来的只是一个盒子，里面装着那朵孤零零的花。

送盒子来的人说，剑客从北山下来的时候已经重伤，硬拖着找人把花送过来，没多久就咽气了。

妇人为了纪念剑客，要求后辈习武，并要在每个秋天，去祭奠一下他。

但随着时间流逝，祭奠的过程被简化，家族也不再强制要求习武，但还都从事差不多的工作。

"而你们的体育老师，就是这个家族的人。"老师站在讲台上说，"所以大家都明白了吧，他确实有事回家去了，这节体育课改语文课。"

菌苕摘自作者新浪微博

图：小黑孩

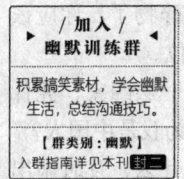

盲点

爱按门铃的劳尤什太太

@阿心

劳尤什太太是我的隔壁邻居。我们的关系曾一度紧张过。

那时我刚搬来不久,彼此还算客气。一天我刚倒完垃圾进屋,门铃响了,只见她穿着"三点式"怒冲冲地说,垃圾箱附近掉了些碎物,是谁干的?

貌似问话,脸色和眼神却分明在说,就是你!

我忙申辩,不知道,不是我。

说完又后悔,后一句有此地无银之嫌。

果然她穷追猛打,我亲眼看见你刚从垃圾房出来,这是真的吧?

我说,是真的,但并不意味着我就是"肇事者",因为我去倒垃圾时就已看见那些碎物了,你应该追查我前面的那一位。

我不免动气,一层四家,凭什么先怀疑我?就因为我是中国人?

她似乎还想说什么,及时雨出现了,对面的老太太拿着扫帚出来,满怀歉意地说,对不起,刚才是我的小孙女倒的垃圾。

谢天谢地,冤案总算昭雪了。

我对她却有了看法,见面时皮笑肉不笑。

不想几天后门铃响了,又是她!

我心有余怒,又犯什么"错误"了?

却见劳尤什太太满脸金光,唇形呈十点十分状,手捧一盘刚烤的蛋糕,一副负荆请罪的样子。她说,那天的事,对不起啦。

哦,将"糕"补过啊。我笑纳后连说没什么,邻里之间友谊第一嘛。

聊起来，方知她很可怜。丈夫在十年前因病去世，靠着售货员的微薄工资，她一人拉扯着儿子长大。问她何不再嫁人？她说，男友倒是有一个，待她也不错，只是不能结婚。我问为什么，她说，一结婚政府的补助就取消了，再熬两年，等儿子十八后，没了补助再结婚。

清晨常看到一个瘦高个男人出门，大概是她的男友。

其实，你们结不结婚都一样。这话我没敢说出来。

怪不得她已过不惑之年还打扮得少女般天真烂漫。发色随发型不断变幻，今儿个金浪滚滚，明儿个红花朵朵，外加蓝眼圈紫口红绿裙子，十分耀眼。

我们拥有同一个走廊，她常穿着"三点式"晃来晃去。我不悦，未免"有碍观瞻"。想说几句，又想毕竟是人家的国情，街边草地上"三点式"们晒太阳的成群，碍着谁啦。

一般来说，匈牙利人很少串门，可劳尤什太太例外。

一次她在楼下按门铃，买了一袋土豆，让我家先生帮她拎上来。土豆是匈牙利人的主菜，一大袋吃一冬天。先生那天很忙，还是放下工作下楼。

晚上，她又按门铃，我有点烦，整个一个匈牙利事儿妈。这次错怪了她，人家是请我们去她家，做了匈牙利有名的古亚什汤给我们喝。汤的主要成分是土豆和牛肉，好香！我破例喝了两汤盘。

刚尝到甜头，却意外地发生了椅子事件。

上午我洗刷椅子，放走廊里晾，待下午收时，椅子竟失踪了。最大嫌疑人是劳尤什太太。按她门铃，果然我的两把椅子安安静静地立在饭桌旁，并被迫穿上了外衣。

我尴尬地说，我、我、我的椅子？

她脸不变色心不跳地说，我以为椅子是你清理掉的垃圾呢！

我语塞。有谁将要扔的东西刷净晾干，我还没有那么雷锋吧。

看我无言，她又补充说，她正好缺椅子。

轮到我不好意思了，忙解释说，我只是在打扫卫生。椅子，我还要用。

她一脸的失落，极不情愿地为椅子脱去外罩，还给我。

就在我们的关系倒退一大步时，事情又有了戏剧性的变化。

那天刚到家，她就按了门铃说，今天有人企图撬你的门，我听见动静，忙出来问找谁，他慌忙走了。肯定是个贼！

感谢上帝，送我一个多么好的邻居！我连声道谢。恨不得握手拥抱磕头作揖。

为酬谢其有高度警惕性的劳尤什太太，我特意包了一盘饺子端给她。

非常非常好吃！她一连说了几个"非常"后，决意拜我为师。于是记笔记，拿天平，一丝不苟。接着是一连串儿的问题，水与面的比例？面皮儿直径是五厘米还是六厘米？少许是多少？一锅下多少个饺子？理论，实践，再理论，再实践，反反复复按门铃。我下决心不再传授厨艺。

她感冒了，问我要中国药，我给了新清宁片。看她嗓子疼了，又送一盒六神丸。不几天她病好了，连说中国药，灵！于是便得寸进尺，经常上门要药。有一次，竟是给她在外地的妈妈要药，说老太太脚扭伤了，我找出麝香壮骨膏。虽有TB卡（医疗保险），但药钱还是要部分掏腰包的。对于生活拮据的她，开支越少越好。好在我经常托人从国内捎药，"货源"还算充足。

万没想到，她竟半夜按起了门铃，我犹豫片刻还是开了门。原来她失眠，无意中望窗外，发现两个小偷正在偷我的汽车！我和先生忙用手电直照汽车，偷车贼仓皇逃窜。下楼查看，车门被撬开了，报警器被破坏了，杠子锁被卸散了。贼们万事俱备，只欠开车。

好险！幸亏劳尤什太太及时按门铃。

噢，可爱的劳尤什太太，我发誓，今后再也不讨厌你按门铃了！不，热烈欢迎你随时光临寒舍，哪怕你一天按上二十次！

朱权利摘自《爱按门铃的劳尤什太太》河南文艺出版社

图：小柯

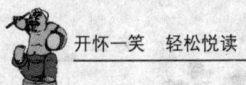

那些年爸妈为你吹过的牛

@二九

放假回家,邻居家的小妹妹专程来了我家一趟,给我展示她的日本旅行计划,并邀请我这个日语"大神"一起去玩。"大神?"我尴尬又不失礼貌地微笑着,顿时明白我妈在外面又吹了多大的一个牛。在她心里,看我喜欢追动画看日剧就默认了我懂日语,而我懂日语就意味着我是自学成才精通小语种的大好青年……

后来和朋友聊起爸妈为自己吹过的牛,发现其实很多父母像粉丝一样,为孩子开启十级滤镜,吹最夸张的"彩虹屁",脑补最值得期待的未来。作为被吹捧的主人公,我们真是脸上笑嘻嘻,心情不咋地。

记得刚上大学时,有一次春节聚会,一位叔叔非要给我敬酒,他听说某种植物的药用价值很高,而我爸妈讲我就读于业界公认的王牌医药专业,他想问问我的投资意见。等会儿!潜力?投资?意见?一连串大词把我吓得不轻。我不记得当时怎么给自己解的围,但这么多年过去了,当时空气凝固、我快窒息的感觉宛如昨日啊!

后来好几年的家庭聚会上,辟谣成了我的一项重要活动。我要努力向亲戚解释,我不是行走在医药行业前沿的科学家,我能成为第二个屠呦呦非常难,能拿到诺贝尔奖也希望渺茫,我只是一个要为论文发愁的普通研究生。

现在想想,爸妈成为孩子的颜粉只是基本步骤。只要是自家孩子,爸妈的眼就是十级美颜滤镜,冲孩子眨一眨就自带磨皮瘦脸大眼效果。朋友一直对自己的单眼皮不满意,她妈妈会说:"你这是世界上最有味道的单眼皮!不用割!"等她把眼皮割好,她妈妈又不遗余力地赞叹:"看看这双眼皮!感觉世上没几个能这么自然的!"

成为事业粉也是父母绕不过的宿命。小时候我们总因为"别人家的孩子"而愤愤不平,长大后,爸妈分分钟把我们包装成"别人家的孩子"。

表妹一直担心我小姨这个炫女狂魔会把周围人都得罪一遍。聚会时,二舅说工作不好找,表弟最后进了一个小公司。小姨接话:"小公司也是公司啊,我女儿在几万人的上市公司不也一样上班嘛。"话音落地,表妹都不敢抬头看二舅的表情。

还有一次,小姨和朋友聊天,对方说自家孩子是985学校毕业的,工资一个月才5000块,"女生在一线城市很辛苦的,你女儿也是吧?"小姨回答道:"辛苦是辛苦啊,但我家女儿努力,一毕业月薪就9000多块啦!"据表妹发回的现场报道,那天气氛十分微妙,欢声笑语里带着淡淡的紧张,感觉围观了一场成年人之间的高手过招。

上周我去看演唱会,表演结束后,粉丝热情大喊:"×××,妈妈爱你!"追星时,我们都是亲妈粉,时时关注偶像一切动态。我突然意识到,爸妈不也是这样嘛!在家操碎了心,在外花式吹捧,他们总能给我们随时随地打气投票,还要在外人面前为我们时时控评。虽然有时我们觉得尴尬突破天际,但不得不承认,爸妈才是这世界上的忠实"站姐"、资深铁粉。

丁丁摘自《环球人物》

图:小黑孩

【编者的话】还记得小时少年宫学习班的连轴转吗?还记得饭局上比拼才艺的小眷迫吗?当爸妈是你的"事业粉"时,这一切真是痛并快乐着,因为永远忘不了爸妈看到你出哪怕一点点成绩都会绽开的笑容。不如加入读者圈,来聊一聊那些年用心"追"我们的爸妈吧!

10. 答案:同一个世界,同一个梦想。

悬疑科幻 脑洞大开

看我

@ 蔡必贵

今晚的来客,是个白白净净的男人,一张普通的路人脸,看不出多大年纪。坐下来没多久,他介绍自己姓陈,是个心理医生,准确地说,是个心理治疗师。

陈医生开始讲他的故事,关于他一个病人的故事。

第一次见面,病人就跟陈医生说,他们不是在诊疗室里,而是在一场大地震后的废墟。两人被困在一间倒塌的便利店内,水跟食物都不缺,甚至还有应急灯。只是,不知道多少天过去了,一点救援的迹象都没有。

便利店周围一片死寂,陈医生——不,便利店的老板——精神快要崩溃,所以想出了这么一个游戏。由他来扮演心理医生,顾客扮演病人,装作在一间诊疗室里聊天。

聊着聊着,便利店老板入戏太深,真的把自己当成是心理医生了。顾客无可奈何,只能随他去了,但现在的问题是——刚来了一波余震,楼房马上要再次塌陷!

说到这里,病人越过诊疗室的办公桌,一把抓住陈医生的手,大嚷道:"快醒醒,躲柜台下面!"

然后,病人真的钻到办公桌下去了,怎么说都不肯出来。陈医生哭笑不得,只好自己走出诊疗室,让家属把病人带走,结束了第一次的治疗。

只不过,当陈医生坐回舒适的办公椅上,闭目养神,静候下一个预约时——他确实感受到,办公桌在微微地震动。

陈医生睁开眼睛,还好,一切如常。诊疗室里舒适明亮,一切井井有条。他非常喜欢这里,任何时候想要离开,都可以打开对面的房门,自由地走出去。

至于办公桌的震动,不过是抽屉里的手机而已。

他不由得笑了一下,今天是怎么回事,竟然被病人带入了虚构的幻境里。其实类似的妄想症患者,陈医生接触过不少,主要症状是怀疑一切,否定一切,比如老婆不是自己老婆,孩子不是自己孩子,就连自己也不是真的自己。

刚才这个病人,性质上也是如此,只不过情况更加极端。他直接否定了整个现实世界,然后在妄想中重新构建了一个;不光自己躲进去,还要把身边的人一起拉进去。不知道病人经历了什么,可能对他来说,一处地震后随时倒塌的废墟,都要比现实世界有安全感吧。

第一次诊疗,虽然没有实质性的进展,但陈医生了解到了病人的症状,也算不上完全失败。如果一下子打破病人的妄想,不光难以做到,还有其他不确定的风险。陈医生打算一步步来,比如说,先扮成救援队,把病人从便利店里救出来。

这么想着,陈医生开始期待跟病人下一次会面。

那是在一星期后,另一个普通的周三上午。

病人穿着跟上次一模一样的衣服,坐在桌子对面,一直低着头,面无表情。

陈医生站起身来,装模作样地敲了敲办公桌:"里面的人坚持住,我们是救援队,马上救你出……"

病人抬起头来,无动于衷,冷冷地说:"老陈,别玩了。"

陈医生愣了几秒,这才意识到,病人自行离开了他虚构的幻境——也就是那家"便利店"。陈医生有点失落,不过转念一想,这样也好,起码省了许多工夫。他坐回到椅子上,那么接下来……

病人突然身体前倾,手肘撑在办公桌上,把脸靠近陈医生:"老陈,看我。"

陈医生几乎能感受到病人的呼吸,他微微皱眉:"怎么了?"

病人的脸凑得更近了:"老陈,好好看我,你还认识我吗?"

陈医生下意识地朝后靠,用尽量平稳的语气说:"当然认识,我们上周刚见过面。"然后,他凭记忆念出了病人的名字、年龄、病史,总之,记录在病历里的所有资料。

病人却突然垮了,整个人瘫倒

在椅子上,嘴里喃喃自语:"完了,这次完了。"

陈医生不由问道:"什么完了?"

病人抬起头来,脸色惨白,嘴角不由自主地抽动:"昨天是便利店,今天玩的什么,医生跟病人?你是把自己当成心理医生了吧?"

他的情绪越来越激动,声音也越来越大:"老陈,快醒醒啊老陈,你看看我,我是……"病人突然紧张地向后看去,"熊来了!快逃!"

他突然从椅子上站起,朝着窗户跑去,与此同时,诊疗室的门被"砰"一声打开,那个身高接近一米九的病人家属走了进来,一把抓住正准备跳窗的病人——实际上,诊疗室的窗口很小,还装了防盗网,根本不可能跳出去。

家属朝陈医生抱歉地一笑,然后把病人带了出去。在被拖走的过程中,病人表情痛苦地大喊大叫:"老陈,救命!"

房门重新被关上,诊疗室里剩下陈医生,独自一人。

他心里莫名烦躁,不光是因为这第二次诊疗,病人的情况不仅没有好转,还越来越严重。更诡异的是……不知为何,刚才竟然有一瞬间,陈医生真的以为自己是个登山者,跟同伴挤在暴风雪后的帐篷里,精神紧张,提防着野兽的袭击。

说起来,刚才病人家属的笑容,不是很奇怪吗?明明是在笑吧,但看上去龇牙咧嘴的,让人心里发毛。而且,印象里上次也好,这次也好,陈医生没听他说过一句话。

而且……陈医生摸了摸后颈,空调的风怎么凉成这样?

接下来的一年里,陈医生跟这个病人每周见一次面,也渐渐摸清了他的套路。他一般每周都会换一个场景,什么千年古墓、海底潜艇、森林木屋。甚至还有一次,他把诊疗室说成是飞船的驾驶舱,他们俩是飞行员,正在前往火星的路上。而结束诊疗之后,进来把他拖走的那个不苟言笑的家属,实际上是长得像蜥蜴的星际强盗。

陈医生总结了一下,病人想象的场景,全都是一些局促、密闭的空间,他们受困于内,无法逃出。

为了实施心理治疗,陈医生每次都会陪他玩角色扮演的游戏,扮演病人想象出来的"同伴",并且有几次,他成功地把病人带出了幻想中的密闭空间。陈医生的做法,也确实有了疗效,病人虽然还是沉浸在自己的幻想里,但场景越来越温和,持续的时间也越来越长。

比如说,病人曾经在连续三次见面中,都说自己正捧着手机,在一个幽暗的房间,看着微博上的诡异故事。至于陈医生跟他说的话,其实都是屏幕上的文字,只不过他在脑子里转换成了语音。

还有一次,病人确实知道自己在诊疗室里,不过在他的想象中,他才是心理医生,而陈医生,成了他的一个长期病人。在那一次的诊疗里,病人跟陈医生滔滔不绝地讲了一个小时,而且能准确说出自己的名字——指的不是他幻想出来的场景中,给自己起的角色名,而是病历本上真实的名字。

而在每一次游戏,不,诊疗结束之前,病人都会把脸靠近陈医生,对他说:"看我。"

然后,陈医生会先说出他幻想出的名字,予以否定,再念出他真正的名字。就好像他们之间的对话是咒语,是一个神秘仪式的结束词。

在这样的对话之后,病人会陷入短暂的迷茫,然后逐渐苏醒过来。最近的几次诊疗,病人甚至会向陈医生道谢,正常地交谈几句,然后起身离开诊疗室。

对于这样的结果,陈医生是颇为满意的。

说到这里,他脸上确实露出了自信的笑,在包厢昏暗的灯光下,显得有几分诡异。

我敲打键盘的手指,不由得停了下来。

说实话,在他刚才讲故事的时候,我隐隐有种不寒而栗的感觉,但是又说不上来是因为什么。现在,我总算搞懂了。

因为这烧烤店的包厢,也是一个局促的、密闭的空间,我跟陈医生相对而坐,就如同诊疗室里,病人坐在他的对面。陈医生讲故事的时间,差不多一个小时,正如同他的一次诊疗。

我深深吸了一口气,该不会……不,不可能。

陈医生似乎猜到了我的想法,他身子前倾,把脸凑近我:"想知道,我们最近的一场游戏吗?"

我嘴角不由得抽动了起来:"是、是什么?"

陈医生收敛起笑容,正襟危坐:"他扮演一个写小说的,而我演一个讲故事的人,昏暗的灯光下,我一直讲话,他的手指不停敲打,假装那不是桌面,而是一个键盘。"

破旧的笔记本电脑屏幕,散发出惨白色的光,映在我的脸上。

他左右看了一眼,表情变得有些诡异:"对了,现在几点?"

我看了一眼时间,视线刚移开屏幕,就被吓得半死。

陈医生手肘撑在桌上,向我凑了过来,鼻孔呼出的热气,几乎喷到了我脸上。

两片微微颤动的嘴唇,依附在一张毫无表情的脸上,从昏暗的灯光下浮出,逼近我眼前。

那嘴巴一张一合,低声说……

看我。

洛奇狮摘自《烧烤怪谈》江苏凤凰文艺出版社

图:黄煜博

《故事会》蓝版值得拥有
期期精彩 篇篇好看

《故事会》蓝版是学生提高语文素养的最好工具,是送给孩子的最美礼物,是您收藏保存、馈赠亲友的最佳选择。《故事会》蓝版全年12期,每本6元,全年72元,可破季订阅。订阅方式:

1. 前往邮局,提供邮发代号4-900订阅;
2. 登录中国邮政报刊订阅网http://bk.11185.cn/,搜索邮发代号4-900订阅;
3. 拨打11185,按0号进入人工服务,联系邮政人员上门订阅;
4. 登录《故事会》淘宝官方网店https://shop36332989.taobao.com/或扫描二维码进入快捷订阅;
5. 微信订阅:加上海邮政掌上营业厅微信公众号即可订阅;
6. 邮政汇款订阅,汇款地址:上海市黄浦区绍兴路74号,邮编200020,收款人:上海故事会文化传媒有限公司出版发行部。
7. 咨询电话:021-64338113。

笑点

丸子的朋友圈

丸子

年底了,家人、同学都问我没对象怎么回家,我灵机一动,把我的快递名改为:孩子他娘、亲爱的、达令,快递员给我送快递,让他们都大吃一惊。

> 快递员小马:看来,我的"艺名"要改成孩子他爹了,再给你送快递,我就在楼下喊:孩子他娘,我是孩子他爹,下来拿一下你的快递,我还有事,就不上楼了。

大老板张富贵

车子送检去了,只能乘公交,等车的时候,发现身上只有100块整钱,于是去旁边彩票店买了5块钱的刮刮乐换点零钱,没想到居然中了50块钱,然后我掉进了欲望的深渊……5分钟过后,好心的老板给了我2块钱让我坐公交……

> 丸子:其实手机支付能乘车的。
> 郭美眉:现金必须没收了。

王大脸真的不是女汉子

早上,闻到一阵香味,瞬间清醒,睁眼就看到我爸端着方便面在我枕边。看我醒了,我爸就说了句:"我试试你闻到香味能不能醒,别说,还挺好使。"

> 哲学系二师兄:没用臭袜子叫你起床你就知足吧!
> 快递员小马:楼上好像有故事?

开怀一笑 轻松悦读

快递员小马

以前,总是以为自己是丑、矮、锉、穷……而现在,慢慢地都朝着好的方向发展了:好丑,好矮,好锉,好穷。

大老板张富贵:我勉强算一个好富吧,哈哈哈!
丸子:楼上扎心了。

哲学系二师兄

昨天,我亲眼见证了人类利用核聚变放出的粒子流通过天文单位级别的距离,用强大火力直接击杀了数以万计的虫族!

丸子:什么操作?你转专业了?外星人入侵了?
哲学系二师兄:昨天太阳好,我晒了个被子。

金融小王子刘思聪

年底了,盘点一下,发现我年初的目标——去马尔代夫旅行,存款6位数,买一辆高档车,在上海买套房子,拿到EMBA证书,每周去两次健身房,大多都实现了。欧耶。

王大脸真的不是女汉子:健康多金的土豪,我们做朋友吧。
刘思聪:可惜还有一个小目标没有实现!就是吹牛皮的毛病没有改掉。
王大脸真的不是女汉子:@_@晕。

郭美眉

有一次和人吵架了气得直哭,闺密正好来我家,就安慰我,突然,她盯着我的眼睛看,冒出一句:"你的睫毛膏用的什么牌子的,怎么哭成这样都没掉?"气得我都哭不下去了,只想翻白眼。

王大脸真的不是女汉子:所以到底是什么牌子的?你还没告诉我呢。
大老板张富贵:我最近没惹你吧?

快递员小马

最近发现,快递站附近餐馆的美女老板好像对我有意思,经常与我探讨养生问题:"知道你们这些小年轻长期不吃早餐会有什么影响吗?"

大老板张富贵:我觉得你想多了,你们长期不吃早餐非常影响他们的生意。

故事会文摘版 2020年1月

亮点

弹花匠和他的女人

@赵淑萍

【作者寄语】作家必须深入生活，用自己的眼睛去观察，去发现。当我们涉足更广阔的生活领域时，会看到更多性格、阅历、涵养迥然不同的鲜活人物，会发现更多精彩的细节。这些，都是让自己的作品有别于其他作家的源泉。

老弹花匠指望着小弹花匠来继承他的行当，可是，小弹花匠却嫌这活儿又脏又累。别看这棉花干净，可是细绒粘在头发上，吸进嘴里，那不是一般的难受。

小弹花匠眉清目秀，处处机灵，干啥一学就会。小时候，他觉得弹棉花很有趣，他爹摆弄那张大弓，他就在旁边和着节奏唱。但等自己也摆弄熟练了，就开始厌倦。农闲时弹棉花，他高兴时跟着他爹去，做个帮手，有时就干脆不去。

可是，这一次，听他爹说要到几十里外的梨花村去，他破天荒地说他去，而且一个人就行。其实，他心里在打小九九。听说梨花村有个姑娘叫莲莲，人长得俊俏，而且会在棉胎上盘花。这里的人家，凡是弹新棉花做嫁妆被的，就要用毛线在棉胎上盘出红囍字、福字、八耳结或者简单的雀鸟的图案来增加喜气。这盘花，有的就由弹花匠完成。如果弹花匠不会，就会找当地心灵手巧、容颜姣好的未出阁的女孩来盘。小弹花匠盘花盘得好，但是，这一次，他要去见识那个莲莲。

小弹花匠背着一张大弓，携着一个木盘、两只木槌，来到梨花村。他接连弹了三户人家。这三户人家，有的把两扇大门板卸下来，擦干净。有的抱出一席收拾干净的簟。他就在那上面弹，又板又硬的发黄的旧棉花，在他手下，顿时蓬松、白胖起来。他一块块地弹，最后，又把棉花弹成四四方方的一整块。然后，网纱，再用木盘来回磨。这样，又是一床蓬松、暖和的棉胎。到第四户人家的时候，这户人家拿出又白又柔软的新棉花，要给已下聘的女儿弹嫁妆被，这就意味着要盘花。但是，他故意说他不会盘花。于是，这家的主人就说去请莲莲。小弹花匠终于能见到那个传闻中的姑娘了。他还有意把头上的花絮捋了捋。

莲莲来了，真像一朵出水的莲花一样清新、明媚。莲莲从来没看过弹得这么方整的棉胎，不禁抬头看了小弹花匠一眼。这一眼，看得小弹花匠心突突跳。然后，她轻巧伶俐地在棉胎上盘起红囍字来。盘好，又盘了一个喜鹊登梅的图案。那一刻，在小弹花匠眼里，那洁白的棉花就像一朵洁白的云，而莲莲就是他心中的菩萨。盘好图案，接下去，要网纱。网纱就是由两个人将棉絮的两面用纱线纵横着摆成网状，来固定棉絮。主人家让莲莲再帮着网纱。于是，小弹花匠和莲莲就成对角地蹲着，拉着同一根线，看线，也看人。小弹花匠的目光里有电，莲莲羞得不敢直视，但又禁不住偷偷瞧他。明明一会儿就可以网好的，却延长了好一会儿。

从此，小弹花匠就害了相思病，一到农闲，就要去梨花村弹棉花。

第三年，莲莲的爹叫小弹花匠上他家弹棉花。小弹花匠弹得特别卖力。这一次，小弹花匠自己盘花，他用红毛线盘出两朵牡丹，又用绿毛线盘出叶子。

"这小子，其实盘花盘得比我家莲莲还好。"莲莲爹心里嘀咕。

"我就知道你会盘花，还说自己不会，假惺惺地还说要跟我学。"莲莲嗔怪道。

那六斤的棉胎，他弹得中间厚边缘薄，这样的被子，睡起来是最熨帖、舒服的。临走，莲莲爹拍拍小弹花匠，说："你小子脑瓜好使。"

这事就算成了。

莲莲过了门，小弹花匠就不想去弹棉花了。可是，莲莲却向老弹花匠学起了弹棉花。其实，莲莲小时候就喜欢看人弹棉花，听那铮铮的乐音。而且，她喜欢脱下鞋子在干净柔滑的箩上行走，喜欢在棉絮上画画——盘花。

"哪有女的穿家过户去弹棉花的？这样吧，给我三年时间，我保证你足不出户就可以弹棉花。"小弹花匠说。

这小弹花匠替社办企业跑业

务，果然，三年后，他用赚来的钱在家里开了一个"莲莲棉花坊"。他收购来上好的棉花，还出售各色织锦缎被面。凡是要嫁女儿的人家，可以到这里定制棉被。

现在，"莲莲棉花坊"还出售各种被子，蚕丝被、羽绒被、羊毛被……但是，在这里仍然可以定制棉被。虽然店里有好几台弹棉机，那个两鬓染霜的女人，只要是亲朋好友家有喜事了，她还自己弹棉花、盘花。要网纱了，同样，一个两鬓染霜的男人，就蹲在她对面，两人拉着线，看线，也看对方，好像这辈子还没看够。

瞻望远方摘自《安徽文学》 图：点点

客轿

@ 赵淑萍

郑店王来了兴致，今天去姚城，打算特地去看一场戏。

天蒙蒙亮，他就出发了。他穿了双半旧不新的草鞋，兜里塞了一双布鞋和两个馒头。出门前，特意经过儿子的房门口，顺手一推，这小子睡觉居然又没闩门。房里一股酒气，鼾声打得像响雷。"孽障，真是前世作孽，出了这个败家子儿。"郑店王长叹一声，步子沉沉地上了路。

"郑店王，出门办事？"路上的人半是招呼半是讨好。郑店王说："姚城今日有滩簧班子，我去看看。"对方说："你舍得跑那么远的路去看一场戏？"郑店王顾自走去，脚步轻盈起来。

"死老抠，那么长的一溜店，还穿着破草鞋装穷。"招呼的人冲着他走远了的背影咒上一句。

出了竹岙村，郑店王的脸渐渐舒展开来，嘴里还哼几句跑调的滩簧。他似乎看见戏场子里敲锣打鼓，生旦们齐齐地等着他到场呢。他没别的嗜好，就是恋着戏。到了横河镇上，几顶客轿闲置在路边，轿夫们一见是他，生意也懒得兜。打他们做生意起，这土财主就没坐过轿子。哪一天他坐了，除非是他又娶亲了。可郑店王正常着呢，离开横河，想着自己不坐轿，等于又多了一笔进账，他心里乐滋滋的。

郑店王穿了一身做客的衣服，他不想让城里人看不起他，似乎，看戏就得有相称的服装。他跑这么远去看戏，可他从来没在竹岙村大大方方地看过戏。每年有草台班子在乡村巡回演出,每个地方的乡绅、财主、富农总归得出点钱,请村里人看几场戏。这于他,简直是割他的肉要他的命。每当这时候,他总是借故东藏西躲。开戏了,锣鼓一响,他坐立不安,就像有无数条小虫在咬他的内脏,但他又不敢露面。他知道,出了钱的族长太公、王财主等就坐在台前的一排好位置,抽着旱烟嗑着瓜子扬扬得意。他也怕村里人看见他,讽刺他只进不出。只有夜里戏演到后半场的时候,他才把那顶旧旧的绍兴毡帽往下一拉,鬼鬼祟祟地向戏台走去。今天,姚城有戏,他可以痛痛快快地看了。他一进城,见无人注意他,就悄悄换下草鞋,拿出崭新的布鞋套上,气派地往戏场走。

戏是白看的,姚城的戏班到底比村里的要好些。那个唱花旦的娘们还真俊俏,像一枝杏花一样新鲜、水灵。上午的戏等他去时就结束了,他很不甘心。中午,吃了两个冷馒头,在树荫下等。下午倒是完整地看了一场。傍晚,他狠狠心买了一碗凉粉和一包豆酥糖,嘴里眼里都不停地"吃",那心也忙得蹿上台子。夜里八点光景,他恋恋不舍地离开戏场,满脑子还都是戏里的人在走在唱。想想住旅馆得花一笔冤枉钱,倒不如赶夜路来得凉爽,他又换上了草鞋。

月亮躲到乌云里,他高一脚低一脚,刚走出城不远,后面隐隐有亮光,原来是顶客轿上来了。渐渐地,亮光映出他贴着地的影子,影子如航船,直往前奔,等到身影缩回脚下,客轿超过了他。"今天尽是好运气,有轿子上的灯笼照路。"他想。

他前边,灯笼照出亮晃晃的路,再远就朦胧了。眼见到了岔路口,那客轿拐进了他要走的那条路,那是通向横河的路。他乐了,心里喊:"老天保佑,这轿正和我同路。"今天这日子择得好,不仅看了戏还借了光。

客轿一进横河镇,他揣摩,坐轿的人必定在这下轿,谁能这么阔雇客轿?肯定是镇上的阔佬。那么,黑灯瞎火里,竹岙村的路就难走了,仿佛即将双眼被人蒙起黑布,他心里畏惧起来。

可客轿居然没有停下来的迹象,仍执着前行,穿过街路,转入了他熟悉的土路,那条路正通往竹岙村,这么巧,就像事先约定的一样。

灯笼照得土路清清楚楚。他琢磨,客轿里坐的是谁?村里,还有谁实力能跟他相比?要不,就是姚

城的富商来村里走亲戚？赶夜路，一定有要紧的事儿。他的心亮堂堂的，想，这是吉兆。

不知不觉，客轿进了村。该各投门户了，可是，那客轿仿佛要照顾到底，径直往他要去的方向走。

不出一会儿，客轿竟然停在他家的院门前，他脑子搜了个遍，也没有姚城的亲戚。只见轿子里走出一个熟悉的人影。

郑店王赶上前。儿子怔了一下，说："爹，这么晚了，你刚打烊呀？"

郑店王指着儿子，气得不行，挥舞着手说："你这败家子，我穿着草鞋赶路，你乘着客轿摆阔，我辛辛苦苦攒钱，还不叫你给败光

了？你去姚城做什么？"

儿子吞吞吐吐地说："解解闷。"

郑店王撵着儿子打。妻子推开门出来护儿子。

郑店王愤愤地说："坐吃山空，败家子，他倒想得开。"

那个晚上，郑店王家的院子，成了戏场。

【作者简介】赵淑萍，中国微型小说学会理事，浙江省宁波市作协评论创委会副主任，宁波市海曙区作协主席。作品散见于《文艺报》《小说界》《小说月刊》等。有作品入选《小说选刊》《小小说选刊》《微型小说选刊》《新中国六十年文学大系》等多种选刊、选本。已出版微型小说集《永远的紫茉莉》，散文集《坐看云起》《自然之声》等。

轻描淡写细节，栩栩如生人物

——评赵淑萍《弹花匠和他的女人》《客轿》

@袁 龙

在《弹花匠和他的女人》中，我们不难发现作者熟谙弹棉花这一传统技艺。通过弹棉花、盘花、网纱等细节，将小弹花匠与莲莲这一对年轻人初次见面的羞涩与钟情描写得历历在目。小说的时间跨度很大，作者并没有花太多的笔墨去写小弹花匠与莲莲的情感变化。因为有了弹棉花、盘花和网纱等细节支撑，小说纸短情长，颇具诗意。在小说结尾，网纱这一细节更是将二人数十年如一日的绵绵情意网进棉胎，让人回味。

在《客轿》中，作者为了塑造郑店王吝啬的性格，选取了很多耐人寻味的细节。比如郑店王要赶早去姚城看戏，特意去看了一下儿子，看到酒醉的儿子，他沮丧地骂败家子。随着故事的展开，路人的一句"死老抠，那么长的一溜店，还穿着破

草鞋装穷"就将前文的部分伏笔疑问解开：郑店王富有却很抠门，他的儿子却是花钱买醉的主。父子对比的铺垫显然不能让郑店王"死老抠"的性格立起来，其他的伏笔也没有得到呼应。更何况小说题名为"客轿"，小说写到这里还没入题呢！

到了横河镇上轿夫们见了郑店王都懒得打招呼，因为除了娶亲，这个土财主根本不会坐轿！小说至此就入题了。可是作者又荡开一笔，谈起喜欢看戏的郑店王却从没在自己村大大方方地看过戏。因为他抠门，不肯出钱请戏班。这一段看似闲笔，但是郑店王对自己喜好的事情都一毛不拔的性格就初步立起来了。为了表现郑店王性格的丰富性，作者还设置了三个细节。一是做客的衣服，二是脱掉草鞋换布鞋，三是脱掉布鞋换草鞋。这三个细节不仅呼应了前文的伏笔，而且突出了郑店王既好面子又怕赶路磨破布鞋的"抠"的性格。

小说过半，作者以说书的语调和轻描淡写的细节多个角度突出了郑店王的"抠"，吊足了读者的胃口。这种蓄势让读者生疑——郑店王的"抠"似乎与题目"客轿"关联不大——促使读者继续往下读。待到郑店王看完戏走路回家，"客轿"才又出场。走夜路的郑店王一路随着客轿，心情一波三折。他丰富的内心活动为小说的高潮积蓄了足够的动力。当客轿落在自家门前，儿子下轿的一刹那，一切水落石出。郑店王的吝啬性格与儿子的败家性格刻画得栩栩如生，小说在结构上也形成首尾呼应的闭环。

总而言之，赵淑萍的这两篇微型小说可以看出她继承了中国传统话本小说叙事技巧，抓住了从生活的细微处着眼，通过细节来刻画人物的特点。人物既符合生活的本来面貌，也符合文学的真实性标准。

作为一位七零后的作家，赵淑萍在创作中，不仅注重汲取传统文学的优秀手法，而且注重从生活中去发现、挖掘创作素材，读她的作品能够感受到作品蕴涵着的扎实的生活基础。一个作家唯有如此，才能够走得远，走得好，走得久。基于此，赵淑萍给了我们更多的想象与期望。

（作者系湖南邵阳学院教师，邵阳市文艺评论家协会副主席）

扫码进入中国微型小说学会公众号，更多精彩微型小说等您发现。

视点

北京人已被气疯

@GQ实验室

策划：Rocco
编辑、撰文：Milo、烤鸭、小王、Nic
插画：一三世三一
视觉：aube

❶

这是 **下载**　　这是 **下崽儿**

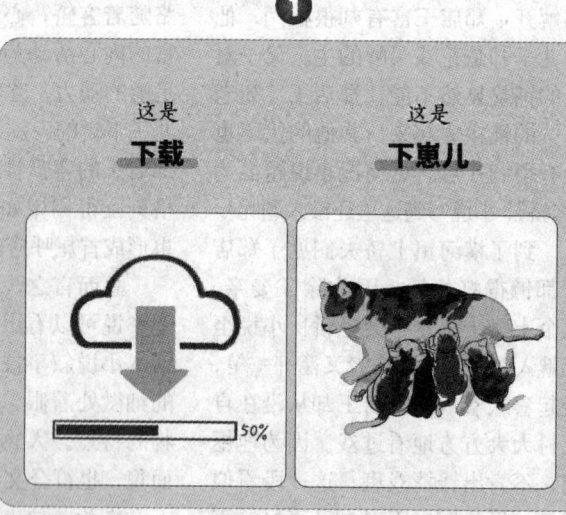

❷

这是 **肚**　　这是 **肚儿**

就是爱体育（奥运篇）14. 获得中国第一个冬季奥运会冠军的运动员是谁？

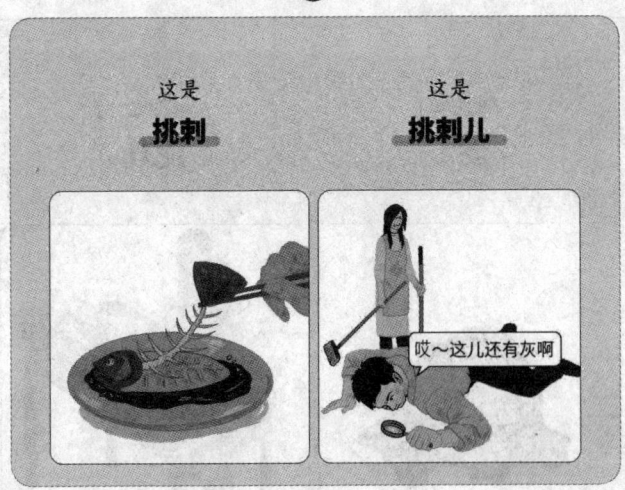

视点

5

这是
泥

这是
泥儿

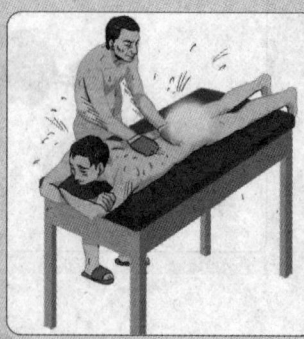

这是
妮儿
(河南特供)

14. 答案:杨扬。

这是 串　　这是 串儿

串〈动词〉
1. 将物品连贯在一起，亦指连贯而成的物品。
2. 勾结〔做坏事〕。

这也是 串儿　　这还是 串儿

小土狗

摘自微信公众号GQ实验室

牛大姐家乐事多

主要人物： 牛大姐（妈妈）　牛大哥（爸爸）　牛小美（女儿）　牛小宝（儿子）
钱多多（牛小美的男朋友）　刘姥姥（牛小美的外婆）

※ 周六天气非常好，牛小美赖床玩手机，正开心呢，牛大姐大步走进房间，拉开窗帘，打开窗户，一下把牛小美枕着的枕头抽走了，又拿走了被子，一波操作一气呵成，然后还温柔地笑笑说："不用管我，你继续睡。"

※ 牛大哥对着牛小宝回忆过去，说："想当年，爸爸也是一个硬汉子。两百斤的麻袋，一下子就能扛起来。"
牛小宝问："两百斤是多少？"
牛大哥说："看看你妈，就知道了……"

※ 刚吃完午饭，牛小宝的同学来找他玩，牛小美见小姑娘漂亮可爱，就拿了水果零食，和小姑娘多聊了几句。正聊着，牛小宝去拿手机，说要教小姑娘玩。没一会儿，牛小美的手机响了，一看，是牛小宝发来的短信：姐，出去找钱多多玩吧，别当灯泡啦。

※ 牛大哥吃饭有点吧唧嘴，吃饭快声音又大，经常闹点小笑话。那天他正吃饭，牛大姐拿着手机在旁边跟人语音聊天，不一会儿牛大姐突然对牛大哥说："能不能小点声，别人净听到你吃饭的声音了，问我是不是在喂猪……"

※ 上周，牛大哥和牛大姐因为琐事吵了一架，结果被罚说了一百遍"我爱你"，手写了一份3000字

的检讨书，流着眼泪深情地道了一次歉，请牛大姐吃了一份大餐，答应她包半年的家务活，最后同意买他之前反对她买的衣服，才取得她的原谅。

牛大哥从此断了和牛大姐吵架的念头：这成本太吓人了！

※ 牛大哥出差回来，问牛小宝："你妈呢？"

牛小宝说："上学校给我开家长会去了！"

牛大哥提醒儿子："你就等着回来挨说吧，老师会在家长会上说你所有缺点，你妈可不惯着你！"

牛小宝却很淡定："我早有准备，昨夜我一晚上敲妈妈门五六次，她一宿没有睡好，加上她本来就神经衰弱，开家长会她肯定会打瞌睡，啥也听不见！"

※ 今天天气突然变冷，牛小宝好像感冒发烧了，他对牛大姐说："老妈，我觉得我感冒了，现在脑袋发热，全身无力，你给我买点感冒药吧！"

牛大姐回道："儿子，我现在没空啊！要不你先喝点白开水，然后再去床上睡会儿，回头自己去小区门口的诊所看看！"

听完牛大姐的话，牛小宝有点懵圈，疑惑地问道："老妈，你在那忙什么呢？"

牛大姐说："我正给你姐前段时间买的那条小狗看看情况呢，它现在有点喘，我得带它到宠物医院去看看，这可是花了很多钱买的，万一有个啥情况，可不白瞎了！"

※ 钱多多跟牛小美一起去刘姥姥家看望她。刘姥姥家院子里有棵柿子树，挂着两根绳子，架着一块木板，钱多多看着好玩儿，就走过去坐在上面开始荡秋千。刘姥姥看见了，急忙大喊："快下来，禁不起你……"话音未落，只听"咔嚓"一声，树枝断了，钱多多也被重重地摔在地上，刘姥姥心疼地走过来摸着树枝说："今年得少吃多少柿子啊！"

※ 牛小宝竟然用鞋盒子装了一只壁虎当宠物养！

牛小美嫌恶心，委托钱多多去处理，钱多多笑眯眯地跟牛小宝商量："你看，这么丑的四脚爬虫，又不可爱，养它干吗？"

牛小宝不高兴地冲钱多多发脾气："你凭啥说我的壁虎丑？！它都没嫌你矮呢！"

多了一只羊

@仇 钧

奶奶家养了一只母羊,甚通人性,很少让人费心照看,偶尔它还可以挤点奶出来,一家人欢欢喜喜的,日子虽然清苦,倒也一片祥和。

然而有一天,羊不见了。全家出动找羊,田地、池塘、河湾、桥洞、山坡,遍寻不着。三天三夜,奶奶急得嘴里起了泡,爷爷胡子也无心刮,一家人愁容满面。

第四天的傍晚,家人都出去找羊了,奶奶在家里做饭。小叔叔三步并作两步地冲进来说,在一处山坡上,好像看到了羊。小叔叔年幼怕羊,不敢去抓,于是跑回来告知奶奶。奶奶急忙熄了炉火,说:"走。"

一路疾跑,到了山脚下,娘俩远远地望去。前面有个物体,稀疏的毛,一步三摇,影影绰绰,八成是了。两人手脚并用地爬上山坡,却是大失所望。

家里养的那只羊,虽是只母羊,却骁勇好斗,和大黄狗争斗,十斗九赢,然而有一次被犬牙在左耳处咬掉一块肉。为此,奶奶还踢了大黄狗几脚。

而山坡上这一只,虽外形有九分相似,左耳却完好无损。

小叔叔"哇"的一声哭出来,嘴里嘟囔着"羊啊羊啊"。他那时才六七岁,不知具体悲伤什么。

奶奶愣了一下,一把捂住小叔叔的嘴,说:"哭什么哭?这不是咱们家的羊嘛,找到了!瞎哭什么!"

小叔叔疑惑地看着奶奶。奶奶脸色铁青,说:"别哭,回家。"于是牵了羊往回走。羊很乖巧,就像真的是那只丢失的羊。

奶奶边走边小声念叨:"孩儿你看看,这羊多听话,认人呢,这就是我们家的羊。"

回到家,爷爷一眼看出了毛病,说这好像不是我们的羊吧?奶奶脸色又铁青起来,说怎么不是呢,就是我们家的羊。爷爷欲言又止,憋闷得像是吃了一座火山。姑姑和大叔也没说什么,各自回房间去了。

羊找回来了,诡异的气氛也随着时间的推移慢慢淡了。这羊虽然看着不怎么中用,却很能产奶。只是奶奶总要安排个人去放羊,一家人不知是该高兴还是该烦恼。

半个月后的一天,毛毛雨淅淅沥沥,秋风吹得让人缩起脖子。奶奶正在做饭,小叔叔再一次三步并作两步地冲进来,说:"羊回来了。"

奶奶说好,洗洗手吃饭,今晚吃茄馅包子。

小叔叔又说了一遍:"咱们家的羊回来了。"奶奶停下手上的活,抬头看小叔叔。小叔叔皱着眉点点头,奶奶终于听明白了。

晚饭的时候,一家人坐在一起,包子的腾腾热气,却像是在冒凉气。

沉默半响,奶奶说:"今晚杀羊。"

于是那只左耳完好的羊被杀了。羊肉被架上大锅煮炖,羊腿被撒上粗盐做成腊肉,五脏六腑被洗得干干净净,悉心烹调。

一家人吃了半个月的羊肉,偷偷摸摸,耳中也慢慢听说了谁家丢了羊,心中不是滋味,口中醇香的羊肉仿佛也生出怪味。在那样一个买东西要凭票的年代,幸福得诡谲无比。

那个月爷爷吃得很饱很有力气,在工程队一个月打了三百多把铁锹,一百来把锄头,被评为劳动标兵,奖励现金,工资多发五元钱,一共是六十九元。

发工资那一天,爷爷从奶奶那里讨要了所有的积蓄,一共三百元。奶奶争执了几句,还是给了爷爷。

爷爷叫奶奶同他一起上门去赔羊,奶奶不去。

爷爷只得自己去了,佝偻着身体,像是一只半熟的虾。

很快,爷爷就回来了。

奶奶问:"怎么样?"

爷爷失魂落魄地说:"他们的羊找到了。"

<small>朱权利摘自《初中生·阅青春》 图:恒兰</small>

【名师有话说】 物资匮乏的年代,往往让人不得不为物资而低头。明知不是自家的羊,却也要自欺欺人地留下来。把羊偷偷摸摸地吃掉之后,一家人陷入了道德挣扎的困境。然而物资困乏的年代,使他们想要做出道德救赎而不得。爷爷最后还是做出了诚实善良的举动——拿出所有的积蓄还钱,使得那些困难的日子有了暖意与厚度。看似多的一只羊,其实所再现的正是那个年代所特有的人性光辉和善良的灵魂品质。结尾,丢羊一家的羊也没有缘由地找到了,使故事更加耐人寻味。

点评者:湖北省孝感市孝南区第二实验小学 方斯文

绝望的故事

@马伯庸

昨天中午11点半,我接到一个电话,对方是楼下公司邮局的小姑娘,平时私交不错。

"喂,你是不是还有另外一个名字啊?"小姑娘在电话里问。

"……呃……没有啊,曾经有个小名,小学二年级以后就不用了。"我大吃一惊。

"你是不是还有个名字叫马伯庸,别隐瞒了,我们都知道了。"

我大喜。奋斗到现在,终于有公司的粉丝认出我来了,虚荣心如杰克的魔豆般茁壮成长起来。

"啊,对,对,我的笔名。"我故作谦逊,心里已经在盘算她是如何发现"马伯庸"的。

"哦,那你下楼一趟吧。"虽然她语气不太客气,但我觉得这应该是过于激动所导致的。我要平易近人,不能耍大牌。我走出三楼,在电梯前略微梳理了一下头发,等一下也许会有人要签名,也许会有人拍照,甚至会有许多女生在电梯打开的一刹那尖叫。

"平常心、平常心、平常心……"电梯到了一楼,唰的一声打开了,迎面走来的是一个带着南方口音的大叔。"财务几楼?"他问。"四楼。"我冷淡地回答。

他点头致谢,我随即走出电梯,努力寻找一个合理的解释。很明显,公司内部禁止喧哗,所以她们肯定会躲在邮局里,给我一个惊喜。重新恢复了自信的我迈着轻松的步子来到邮局,敲了敲门。门没锁,我推门进去,邮局的小姑娘正埋头写着单子，附近是堆积如山的邮包与快递。

没有别人，她连头都不抬一下。欲扬先抑，也许其他人藏在包裹后头，在适当的时机跳出来。我强抑住失落，恭敬地问道："你好，我来了。"

邮局小姑娘头也不抬，丢给我一张单子。

这是一张汇款单，来自一本文摘类的杂志，金额是——50元。估计应该是摘抄了几段微博，所以才有这微薄的酬劳。在收款人姓名一栏里，赫然写着三个蕴涵着无限深沉与优雅的汉字："马伯庸"。

"下次记得让汇款的人写本名！这单子都搁这儿好几天了，我都不知道是谁收，差点给退了。今天要不是你同事无意中看到，我就给填上查无此人了。下次不要起这种奇怪的名字。"邮局小姑娘如开机关枪一样突突突突，把我的自尊心打到支离破碎。

如果被打击之后有钱拿，也就罢了，但我很快就发现了更严重的问题：我该怎么把这笔钱拿出来？

按标准流程，我应该拿着汇款单和身份证，前往附近的正规邮局，出示给办事员，拿钱出来。50块钱，省着点好歹可以吃两顿盖饭或一顿快餐呢。可我该怎么跟邮局说呢？我不是马伯庸，那只是个笔名，至少没有任何官方文件证明我是马伯庸。

这是一个充满了哲学思辨的问题，从本我角度来看，"我"的存在是自觉的，是独立于任何其他因素以外的纯粹客观描述；但是贝克莱还是贝克汉姆说过：一个人的存在意义就在于被感知。从邮局的立场来说，一个人的存在就在于被官方感知，"马伯庸"没有被官方感知过，于是他并不存在。而一个不存在的人，是没资格把汇款取出来去大吃大喝的。

我脑海里想象了这么一番场景："您好，我来取汇款。""你的身份证和收款人名字不符啊。""您看，这是专栏，这头像像我吧？""……""您看到了吗？这上面的马伯庸，就是我，把钱给我吧。""保安！"

我放弃了想象，开始寻找电线杆上代做证件的小广告，然后悲伤地发现成本比50块钱要贵。于是我领悟了：人生，有时就该放手。50块钱能想通这么大一个道理，也算值了——我这么安慰自己。

强子摘自《看天下》

图：小黑孩

看点

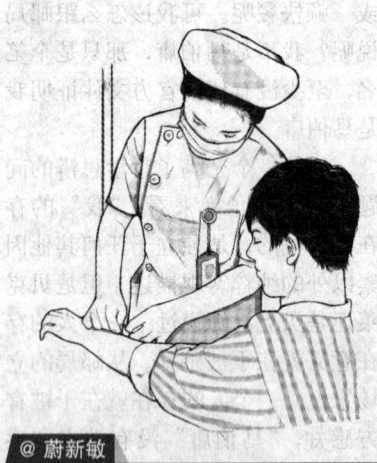

@蔚新敏

摘掉一个胆囊，卷走一颗心

小护士娇阳把催款单递给李单纯，李单纯单子一扔说没钱。在医院这地方能把没钱说得这么豪迈的也只有李单纯了，尽管李单纯看不到口罩里面的表情，但是，他能从眼神里看出来，娇阳在笑。

李单纯是在中秋那天单位聚会时喝了罐凉啤酒腹痛惜命来的医院，胆结石，住院，必须做手术。

李单纯是屁股上扎着蒺藜的主儿，根本坐不住，困在病房比杀了他还难受，同事们太清楚了，于是，轮流陪床，陪吃陪喝陪聊陪睡，可李单纯竟用各种理由把他们支走。

护士来输液，针还没碰到手，李单纯的脸已经扭曲得如皱皱的包子。手缩回被子里，怎么也不肯拿出来，护士只好叫："娇阳，娇阳，你来。"娇阳抻出李单纯的手，扎，娇阳的眼神在李单纯的手上，李单纯的眼在娇阳的脸上，娇阳走了，她的后背都是李单纯的眼珠子。娇阳若是块烙饼，那一定是大窟窿小眼子，都是李单纯眼神戳的洞。李单纯29岁，高学历高个子高情商，追过他的学姐学妹同事客户，各行各业，林林总总，都是乘兴而来败兴而归。

又来催。李单纯还说没钱，娇阳说："早缴费早做了早回家。"李单纯如犟嘴的孩子："我不想回家。"娇阳说随你，要走，李单纯追问娇阳："你心里什么最重要？""上班。""更重要的？""加班。"李单纯眼直盯着娇阳："我心里最重要的是，陪你上班。"这赤裸裸的撩妹的话李单纯说得清清楚楚明明白白真真切切。

娇阳白了李单纯一眼，走了，带着李单纯的魂。

李单纯对娇阳动心了，可是，住院三天，愣是只看见娇阳的半个脸，始终戴着口罩呀。李单纯说半个脸也喜欢。

李单纯的手术最后还是做了，同事交的款，李单纯骂人家多管闲事。谁知道他的小九九呀。从手术室转到观察室，李单纯哭了："我年纪轻轻没了胆囊，我可怎么活呀。"娇阳顺手抹了一把他的眼泪，嘱咐家属观察氧气和引流袋，还有一定排尿，对膀胱好，不要憋着。可李单纯有尿尿不出，娇阳几次鼓励他："你能行啊，不然要下导尿管了，很疼的。"李单纯嘴硬："我不怕疼，我到了医院这130斤就交给你了。"当然，李单纯最后还是尿了，娇阳表扬李单纯："真棒！"李单纯当天晚上就要下地活动，娇阳说最好第二早上。李单纯那夜还是下了地，溜到护办室，目睹了困到极点洗脸的娇阳的真面目，娇阳也看到了他，挨了训的李单纯乖乖被娇阳扶回观察室。整夜，他没按铃惊动她。但相爱的大幕这夜已然拉开。

庆祝李单纯出院，一起吃饭。娇阳给李单纯一瓶水，摇晃，从包里拿出笔写喝的刻度，还签了名。李单纯说娇阳天生是护士，而且是带病的护士。娇阳问他什么病？李单纯说："职业病，且重症。"

饭中，有人问娇阳看中李单纯什么，娇阳说他的手啊，真完美。当然，李单纯以前是弹钢琴的，手保养得特好，李单纯说娇阳研究手，就是职业病。

有朋友特直肠子说选护士做媳妇，以后顾不上家，顾不上孩子，顾不上老公。选也可以，以后给她调单位。李单纯说："可我怎么那么喜欢看她七步洗手法呢。"爱情这事就是这样，有钱难买人家愿意。

上来一份小馒头，娇阳递给李单纯一个，马上要从兜里掏笔。李单纯按着她的手："馒头就不要写什么了，签名也免了吧。"在座的都笑，娇阳呵呵："今天饭店病号真多啊！"朋友们差点呛呛。

饭毕，娇阳抢着买单，喊服务员："美女，6号床买单。"

"瞧你都病成这样了，跟别人我真不放心，就让我娶了你吧。"李单纯缓缓地从座位上站起，绅士般地鞠躬，从兜里掏出一个小盒子，这婚求得措手不及而又水到渠成。

娇阳说："丢了一个胆囊，竟然要卷走一颗心。"李单纯得意："如果爱情是一场买卖的话，非得有不赔的精神才能稳操胜券。但是，没了胆囊我能活，没心，我活不了。"啧啧，这誓言，什么女人能扛得住。

田龙华摘自《北京青年报》 图：小柯

拳王阿珍

@ 欧阳乾

《故事会》——
从小陪伴我的精神
家园！

欧阳乾

古龙说，有人的地方，就有江湖。江湖被赋予了社会属性。有些人活在这个江湖里，即使左冲右突，最后还是无奈，阿珍就是这么一位。

阿珍是我唯一暴揍过的姑娘。

虽然她的梦想是当拳王。

每一家拳馆，都是一个门派，老队员打新队员，新队员主动给老队员买饮料，这都是不成文的规矩。

阿珍来到拳馆，是在2013年的秋天，多事之秋。她留着男孩子一般的短发，穿着一身高仿的运动服，背着一个硕大的行囊，就出现在了拳馆的门口，可怜兮兮的样子就像是一条倔强的流浪狗。教练打开门说："不好意思，我们不卖废品。"

阿珍说："我是来报名的。我要训练，我想当拳王。"

就这样，阿珍留了下来，然后，我就出差了，一个长差，直到一个月后才回来。

回来的第一天我就去了拳馆，惊讶地发现阿珍竟然还在，这让我诧异了。我们拳馆从来不乏姑娘，但一般只能坚持两三天，很少有能坚持四五天的，能够坚持一个星期训练下来的，那就已经是凤毛麟角了。如果有坚持半个月以上的，那简直就是钢铁是怎样炼成的。

所以当我回到拳馆，看到一头

汗水的阿珍在打沙袋的时候,我几乎不敢相信自己的眼睛。我问教练:"她怎么还在?"

"她一直在训练,很刻苦,进步也很快。"教练拍了拍我肩膀,"一会儿你带带她。"

所谓老人带新人,其实就是条件实战。以技术为主,力量为辅,在实战模拟中帮助新人快速成长,适应擂台感觉。阿珍戴上头盔,咬上护齿,扎紧拳套,爬上擂台对我说:"请。"

我扎手带都没缠,随便找了一副拳套就上了擂台。

阿珍的攻击很犀利,一个月的训练让她掌握了最基本的攻防动作,但这些动作在我眼里就如慢动作一般,我一边漫不经心地回应着她的攻击,一边脑袋里思考着别的事情。但拳脚无眼,就在我疏忽的当口,阿珍竟然一个冷拳抡在了我的脸上。我鼻子一酸,立刻下意识地抱头防守,阿珍抓住机会冲了上来,朝着我就是一通凶狠密集的组合拳。

这一下子点燃了我心中的怒火。要知道,在一家拳馆里,规矩是最重要的,规矩便是不可逾越的鸿沟。这跟封建卫道士没关系,这是属于时间带来的尊严。老队员靠实力站稳脚跟,新队员凭借虚心慢慢前进,这是亘古不破的真理,而现在,阿珍正在向这条真理发起冲击。

我一个反击勾拳,重重地打在了阿珍的右腹,那撕胆裂肺的痛感让她一下子弯了腰,失去了对头部的一切防守,我紧接着一记高扫抡了过去,阿珍头上的头盔在这力量面前形同虚设,脆弱得就像纸糊的一样。"砰"一下,她应声倒地。

拳馆就是这么一个地方,没有人在乎你是男是女,来到这里,每个人只会把你当拳手看待。但我还是觉得不好意思,怎么说,阿珍也只是一个姑娘。于是我打破了拳馆里代代传承的悠久传统,训练结束后主动给阿珍买了一瓶饮料。阿珍接过饮料,一声不吭,默默地往包里装着自己的拳套、护齿、扎手带。

这让我感觉更加不好意思了,于是我又一次打破传统,主动拎起了她的包,送她回到拳馆安排的女生宿舍。

在宿舍门口,刚转身要走,就被拉了一下。我回过头,看到阿珍咬着嘴唇,眼泪正在脸上纵横奔流。

我一下子慌了,问:"你怎么了?"

这一问,如同捅破了最后一道屏障,阿珍放声大哭,她双手紧紧地抓着我的肩膀,一边哭一边说:"还差多少……到底还差多少……我什么时候能成拳王……"

我忽然想到一个叫李淳的朋友,虽然他以烤羊腿著称,但他的绰号就叫"拳王"。

我说:"别人可以叫拳王,你也可以。"

阿珍哭得更加疯狂:"不是这个意思,我要参加比赛,成为真正的拳王!"

我有些愕然,就像我听到我一直在乡下生活的表弟忽然说自己要多种地瓜以冲击来年的福布斯榜一样。我说:"阿珍,成为拳王,这个……是一条很漫长的路。"

阿珍号啕大哭:"可是我没有时间了。"

阿珍出生于山东某地的城乡接合部,从小就喜欢练武,小时候一直闹着要上武校,最后却被父亲送去了卫校。

阿珍在卫校里度日如年,终于从卫校毕业了,家里通过关系,把她安排到了县医院上班,还给她介绍了男朋友,收了彩礼,算了婚期,订了酒店。生活开始织成一张巨大的网,把她死死地缠在其中。在这种情况下,阿珍爆发了,她以莫大的勇气,抵抗着强加于身上的枷锁。她站在悬崖的边缘,开始第一次,也是最后一次的自我救赎。

而当阿珍的父母听到她一心习武,想做"拳王"的想法时,两位老人家俱是虎躯一震。

这个世界上,总有些荒诞的想法,它们看起来是那么可笑,那么不合时宜。但年少的梦想就像一粒永不腐烂的种子,它可以被埋藏,

也可以被丢弃,而痛苦煎熬过的每一秒都是对它的灌溉,到最后,它会报复性地开放出异常夺目的花朵。

阿珍的梦想盛开了,已经无人可以阻挡。任谁都能看得出来,她的野望就像一场飓风。

她的父母最终做出了妥协,同意年轻的姑娘只身来到济南,开始自己的拳王之路。但给了期限:只有一年。一年之后,不管阿珍是不是成了拳王,还是成了别的什么,她都要回到老家,结婚生子,度此一生。

可我们都知道,一年的时间是成不了拳王的,就算拿出十年的时间,能不能成为拳王,那也是一个概率问题。阿珍用宝贵的青春,下了一个毫无胜算的赌注。

于是我安慰道:"阿珍,拳王这个事情吧,是这样的……"

阿珍一下子靠在我肩膀上,哭得撕心裂肺:"我多羡慕你们,能够自由地选择生活。"

我愣了,瞬间明白了她痛苦的根源。

可是阿珍,谁都不是自由的啊。你看吊儿郎当的我,难道就真的像风一样吗?如果是风,也是不动的风。就像我梦想抛下一切去远方,可是万水千山,都横在心里。

四

2013年秋天开始训练的阿珍,在2014年的春天打了人生中的第一场职业比赛。

结果输得很惨。鼻青脸肿,眼角开挂。

晚上我开车拉着她去吃羊腰子,结果堵在了经十路的高架桥上。阿珍看着下面一路的车灯与霓虹,说:"你看。"

"看什么?"

"长的是深夜,短的是人生。"

我说:"济南就这样,多堵几次就没那么多感慨了。"

阿珍说:"我明白要成为拳王多难了。"

我笑:"呵呵,你以为呢。"

阿珍说:"我要回老家了。"

"回老家干吗?"

"结婚,生孩子,过日子。"

我眼睛一酸,扭头看着窗外,摇下车窗玻璃,点上了一根烟。

"其实,我也知道自己成不了拳王,但我一定要来试试。"

"为什么?"

"我很小的时候,读过舒婷写的一首《神女峰》,印象很深刻,一直记在心里。"

我一下子就念出了那两句著

名的诗:"与其在悬崖上展览千年,不如在爱人肩头痛哭一晚。"

阿珍转过头,满是伤痕的脸上挤出了一个笑容:"现在,我做到了。"

阿珍走的那天,我们拳馆好几个哥们去送她。在她上车的时候,我们站在月台上一起大喊道:"拳王阿珍!"

阿珍从车门探出身子来,朝着我们拼命挥手。阳光从她背后照来,有些逆光,给她黯淡的剪影镶嵌了一道淡淡的金边。她挥舞手臂的姿势,就像一张自由自在飘在空中的纸。

阿珍,我没给你说过,其实,我的梦想也是成为一个拳王。

图:宋书成

【作者简介】欧阳乾,拳手,作家,中国作协会员。代表作《黑市拳》、《江湖凶猛》、科幻短篇集《AI 觉醒》。曾入围第九届茅盾文学奖。

谈古、说今、讲故事,期期精彩
真情、真知、真有趣,篇篇好看

《故事会》蓝版合订本,第 1—14 辑已经出版,1—4 辑 10 元/本,第 5—14 辑 15 元/本。您可以选择以下四种方式购买:

购买方式

1. 就近到各大实体书店购买;
2. 登录当当、京东、淘宝等网上图书商城购买;
3. 微信扫描右下角二维码购买;
4. 邮政汇款购买,地址:上海市黄浦区绍兴路 74 号,邮编:200020;收款人:上海故事会文化传媒有限公司出版发行部。两册以上免收邮资。
咨询电话:021-64338113。

《故事会》蓝版合订本

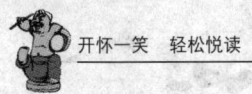 开怀一笑 轻松悦读

第九条发财鱼

@ 百合花开

老板的办公室里除了办公桌、文件柜、会客大沙发、茶几、饮水机等必备品,又添置了新物件。说起新物件,倒也不是什么稀罕的,老板一向迷信风水,他的办公室肯定是要有山有水。于是,他花了大价钱购置回来一座长两米、高两米的假山盆景。在放置假山的底盆里加上水,通上电后,水泵就开始工作,水顺着假山的沟沟壑壑就流下来。为保证这假山看上去更像真的,老板又种上了绿草、小树啥的。

老板也不知是听了哪位高人指点,说在他的办公室里还要放置鱼缸,寓意"年年有余"。他很快从鱼市上买回了一个大鱼缸,还有一堆活蹦乱跳的小鱼。这些小鱼全身鲜艳通红,胖嘟嘟的样子,甚是惹人喜爱。

老板对我说,把鱼交给别人不放心。从今天起,这九条鱼的命就交到你手里了,它们的生死存亡可是和公司的命运息息相关啊。我说,老板放心,我会拼尽全力爱护小红鱼的。老板说,这叫发财鱼知道不?以后可别叫错了,出笑话。我连忙

点头说,记住了。

对于从来没有养过鱼的我来说,这难度还真不小。不过,既然接了这活儿,就要干好,不能让鱼在我手里有任何闪失。我每天提前半个小时到公司,第一件事就是看看发财鱼是否安好。我心想:漂亮的发财鱼应该也是爱干净的吧,所以我隔三岔五给它们换水,清洗过滤棉,观察增氧泵、增氧曝气设备是否完好无损。

老板有时一天会来鱼缸前看几次,每次他都是把脸紧紧贴在鱼缸上,一边看一边数"一二三四五……九",数完了,就会回过头来,指着那条颜色有些发淡的发财鱼说,对它要开小灶,别怕花钱,多买点丰年虾、水虱等营养品,给它好好补一补。人不吃肉长不胖,发财鱼不吃肉颜色就变淡了。

听了老板的指点,我可不敢怠慢,赶紧去买。我把小虾、水虱扔到鱼缸里,其他鱼都是一哄而上,唯独那条颜色淡的不着急,每次它都抢不到吃的。这样下去,可不是办法。几天后,我买了一个笊篱,费了好大劲儿,才把那条颜色淡的发财鱼捞出来,放到预先备好的小桶里,又把小虾扔进去喂它。这时办公桌上的电话响了,我赶紧跑过去接,是客户打来的。等我接完电话,再去看发财鱼时,邪门了,鱼没了。

满屋子找,就是看不到它的踪影,跳龙门还是被小虾吃了?这可是鱼命关天的大事啊!我急忙给外地出差的老板汇报情况,老板下命令,让其他部门的人也都来帮忙找。他说,如果发财鱼找不到,你们的年终奖全部扣除。

大半天过去了,发财鱼还是没有找到,就是找到了,估计也活不成了。不知是谁说了一嘴,再去鱼市买一条不就行了!说得容易,上哪里去找一模一样的发财鱼呢?我找了好几个鱼市,都没有,只好买了一条颜色通红的来冒充第九条发财鱼。

两个星期后,老板回来了。他进屋做的第一件事,就是看发财鱼,我的心都提到嗓子眼儿了。老板弯下腰,把脸贴在鱼缸上,一条,两条……他在数数,我却紧张地脑门直冒汗,正准备如实告知。谁知老板看完鱼后直夸我,小王,这鱼养得不错,那条淡色的发财鱼终于变得鲜艳通红了。这可是好兆头!看来,公司今年要发大财了!

摘自《北京晚报》

图:小黑孩

美国人求婚记

@ 盛 林

(文中设置了十处差错,你能找出来吗?答案见文末)

那天,我们全家聚会,聊天时,我谈到美国男人求婚的事,我说美国人真奇怪,求婚不是悄悄进行,而是大张旗鼓,让所有人知道。大家一听,都反问我:"不这样,怎么知道这男人爱那女人?"老公的妹妹珊蒂,还当场给我讲了个故事。

珊蒂说,她大学毕业后,谈了个男朋友,叫切里。珊蒂是中学老师,切里是政府律师,俩人情投意和,你侬我侬。但切里一直没提结婚的事。有一天,珊蒂父亲鲍伯,就是我公公,他当大家面劈头盖脸骂切里,你什么意思啊?天天和我女儿约会,天天到我家蹭饭吃,怎么还不求婚?切里摇摇尾,点点头,做个笑脸,再做个哭脸,不知道是什么意思。鲍伯很生气,转身问女儿,你真的爱这家伙?珊蒂说,是的爸爸!那你确信他真的爱你?是的,爸爸!

鲍伯"骂"过切里的第二天,是个周六,切里西装革屦跑来找珊蒂,说要带珊蒂看电影,珊蒂很开心,穿带漂亮上了切里的车。一路上俩人说说笑笑,快到电影院时,切里接到他父亲的电话,说切里的妈妈突然生急病,在抢救,叫他马上去医院。

切里一听,眼泪都出来了,对珊蒂说,对不起,我得去看妈妈,我把你送回家吧。珊蒂说,不不,

盲点

我不回家，我跟你去医院！

于是，切里开着车朝医院狂奔，限速七十，他开九十。没开几步，警车追上来了，切里连忙靠边停车，警车下来两个警察，满脸横肉，一边检查架照，一边痛骂切里是疯子，说他严重超速，必须罚款！切里向警官解释，妈妈病重，要去看望，急了才超速。警官怒吼，不用骗我，下车！切里下车后继续和警官辨论，他是律师，能说会道。这下把警官惹火了，说他对抗警察，"咔"一声手铐伺候。在美国，对抗警察，铐你是轻的，说不定一枪要你命。

切里被手铐铐住，压在车头上，珊蒂吓得小脸煞白，连滚带爬下了车，眼泪哗哗拼命求情，行行好吧警官，他真的是急着赶去医院，他妈妈在抢救，不是故意犯法，请放过他，要罚多少罚多少！警察对珊蒂也很凶，说，闭嘴，你再多嘴，连你一起铐！这时，切里"扑嗵"一声跪下，对珊蒂说："珊蒂，求你一件事！"珊蒂边哭边说："什么事？你快说！"切里说："求求你嫁给我！"

珊蒂呆了，看看切里，看看警察，那俩警察这时才一起哈哈大笑，打开了切里的手铐，向珊蒂柏手。切里的手一自由，就变出一枚戒指，毕恭毕敬献给珊蒂："亲爱的珊蒂，你愿意嫁给我吗？"

珊蒂这才明白，一切都是演戏！鲍伯、切里、切里的父亲，还有警察，都是演戏！演的是一场切里求婚戏！珊蒂喊了声"我的上帝"，接过了戒指，俩人激情亲吻。然后，一起去切里家，两家父母已摆好订婚宴，正等着这对幸福儿女。

珊蒂讲完故事，对我说，有了这样一个惊心动潘的求婚，她还能嫁给谁？半年后，就嫁了。

江一城摘自《奇怪的美国人》

江苏凤凰文艺出版社

图：恒兰

《美国人求婚记》参考答案

1. 大张旂鼓——大张旗鼓
2. 情投意和——情投意合
3. 辟头盖脸——劈头盖脸
4. 西装革屡——西装革履
5. 穿带——穿戴
6. 架照——驾照
7. 辨论——辩论
8. 扑嗵——扑通
9. 柏手——拍手
10. 惊心动潘——惊心动魄

76　就是爱体育（奥运篇）19. 2020年东京奥运会中新增5个大项分别是什么？

老外女婿要上门

@语末

晚上正吃饭,我妈打电话问我,英语"欢迎到我家做客"怎么说。我一惊,差点把舌头咬了。我妈也太上进了,古稀之年还要学英语。

好吧,爱学是好事儿,活到老学到老,脑子越用越灵光。为了教给我妈纯正的英语,我让我家那位每天听外教上课的闺女给她姥姥传授一下。闺女特骄傲,觉得终于有显摆的机会了,便对着手机把姥姥问的英语和美语的发音统统教了一遍。我妈很茫然,"wai ou"了半天也没说成,最后直接让我家闺女用汉语拼音写下来给她发过去。唉,她老人家那舌头,这些年是说方言过来的,普通话都没说好,现在愣是非要为难自己说外语。担心她太劳心伤神,我劝她别费心了,即使要出国旅行,也会有导游带的。

我妈"嗐"一声,说哪是要出国旅行,是楼上张家闺女下个月要带回个英国的"毛脚女婿"。张阿姨为了让女婿有宾至如归的感觉,竟然动员全楼学英语,说到时候要带着女婿到各家进行访问。

也是啊,张阿姨家和我差不多大的闺女在国外待了这些年,一直单着,急得她天天求爷爷告奶奶让闺女早点找到乘龙快婿。这次终于找到了,虽说是个老外吧,但也是找到了呀,所以这样的重视程度也是可以理解的。

我妈也真是给力,每天晚上让我家闺女给发两句翻译成汉语拼音的英语,然后传授给邻居们,张阿姨两口子学得最认真。

笑 点

周末,我回娘家。还没拐进单元门口,就觉得晃眼。定睛一看,哦——我都怀疑自己走错门了,赶紧退回来又看看楼号和单元号,确定没走错后,才又进去了。多年各类狗皮膏药一样的广告布满的墙刷白了,连踢脚线都刷了;楼梯的栏杆和扶手也刷了,大红的,跟单位的消防楼似的;楼梯地面也刷了,还都粘上黄黑条的警示帖了,侧面也都没放过,一色新刷的……嗯,我走一步转三圈,想20年前新房分下来的时候,也没这么亮堂。

我妈开门把我迎进去,关门时还用重口音的方言笑着说了句:"waioukamu",并指指外面对我说张阿姨带领大家刷的。我点头,说趁着迎接外宾女婿的东风,让咱这20年的老楼换个新颜,也算是"蓬荜生辉"了。

我妈说他们也就是配合一下,最惨的是张叔,每天被张阿姨揪着练习做西餐。哎呀,那牛排,也不知道浪费了多少,张叔煎不成就扔高压锅里去炖了。说着,我妈去厨房端个盘子给我看:"这不,俩人吃不了,还给我送了几块半生不熟的下来。我牙口不好,也咬不动,打算等再送几块,凑一锅剁了馅儿吃饺子。"我撇撇嘴,心说,张叔鸡蛋都没煎过,还玩上煎牛排了。

人家总给咱牛排,中午我妈包了饺子就让我给张阿姨送上去一盘,礼尚往来嘛。我上去了。哦,不去不知道,防盗门都换成西式的了,想着多亏没动员全楼换。敲门进去,张叔拿着铲子围着围裙迎过来。见了面也不说别的,接过饺子就扯着我去看他煎的牛排怎么样,要知道张叔原来可是从不进厨房的呀,这会儿为了闺女也是拼了。我尝一口,说还是硬了些。张叔一听,铲子一扔,围裙一解,指着橱柜上一本《西餐制作指南》对我抱怨:"你张姨让我把所有的西餐都学一遍,哼,烦死了!来了爱吃嘛吃嘛,我就会喝粥吃咸菜。"

正说着,张姨回来了,进门看见我,忽然眼睛一亮:"wai-ou-ka-mu……"Oh my god,我都憋不住了。张姨脸一板:"别笑,这是你妈教我的,你坐下来再教教我,争取让我口音没了方言味。"

好吧,I 服了 you,为了这盼望多年远道而来的女婿,我也赶紧贡献一份爱心吧,也算是对外国友人的友好。

摘自《北京青年报》

图:小黑孩

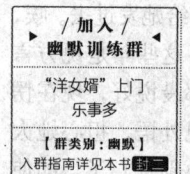

/ 加入 /
幽默训练群

"洋女婿"上门乐事多

【群类别:幽默】
入群指南详见本书

古人的偷懒，很高明

@ 莫笑君

懒得取标题的古人

陶渊明有个响当当的头衔——田园诗派创始人，当时要能给他一把吉他，他的影响力也不输当今的乡村音乐代表歌手泰勒·斯威夫特。

当然，这也说不准。

他的首张乡村EP《归园田居》横空出世，5首作品分别起名为"一""二""三""四""五"。唱片公司当场懵圈，这标题……好吧，刚出道，讲究专辑概念统一，由他吧。谁知，下一张抒情大碟《饮酒》，20首原创作品居然还叫"一""二""三"……"二十"。

唱片公司心态崩了，这还怎么包装？陶渊明淡定表示：此中有真意，欲辨已忘言。真情实意都在歌词里了，导致我实在不知道怎么取标题。

没想到，这份真性情反而为他圈粉无数，"采菊东篱下，悠然见南山"一句歌词唱遍大街小巷，在中华古典曲库里单曲循环了千百年也没过时。

当然，懒得取标题的古人多了去了，曹操的《短歌行》也有两首，取名"一"和"二"，相对出名的是"一"。杜甫更高明，写了《绝句六首》，放在今天，那不等于《短文六篇》《故事六个》吗？没办法，有才就是可以为所欲为，就算人家标题取得简单直白，还不照样被选进课本，让你背得眼冒金星、舌头起泡？

偷懒偷得最高明的诗人，要数唐代的李涉。他所作《题鹤林寺僧舍》中流传最广的就是那句"偷得浮生半日闲"。事实上，这首诗的开篇两句是"终日昏昏醉梦间，忽闻春尽强登山"，天天宅着不上班，春天都过去了，才起床去爬山。结

果,一句"半日闲"就分分钟把自己的懒惰性情洗白了,实在是高明!

懒得花心思买礼物的古人

古人的心思你别猜,他们要玩起浪漫来,就喜欢互赠些花花草草,可能还是连根带枝的那种。"涉江采芙蓉"是采了芙蓉送远方思念之人,"江南无所有,聊赠一枝春"是折梅花寄给朋友。基本都是现摘现送,不太肯多花心思提前准备。可以理解,毕竟古代快递业不发达,冷链运输还要过几百年才出现,江里捕条鱼,或者打包江南美食,寄过去都得坏掉,送送花草,收到了还能当书签。

但有些时候,强行浪漫就让人忍不住怀疑,是古人在掩饰自己懒得买礼物的内心了。元代姚燧写了一首《凭阑人·寄征衣》:欲寄君衣君不还,不寄君衣君又寒。寄与不寄间,妾身千万难。有多难?想要给你寄冬衣,又怕你不再回家;不寄又怕相公在他乡挨冻,只好扯着花瓣念:"我寄、不寄、我寄、不寄……"

还是张九龄比较实诚,"不堪盈手赠,还寝梦佳期。"大概意思是:月光真是美呀,但这东西我没法送你,不过也没关系,早点睡吧,梦啥都有。只听月亮委屈道:怪我了?

要问在送礼这方面谁最用心,那自然得点名李白的好朋友——汪伦。李白乘船快走了,他不仅现场来了一段"即兴说唱",还对其"款留数日,赠名马八匹,官锦十端",这种做法,足以让全天下塑料姐妹酸成柠檬了。

懒得化妆的古人

《孔雀东南飞》里的刘兰芝,被休后"起严妆",竟变得"世无双",这容貌大反转暗示了啥?平日光顾着干活,蓬头垢面的,离了婚,才知道拾掇自己,重新做回精致的女孩。你看,世上没有丑女人,只有懒女人吧。

在这一点上,温庭筠笔下的女子就比较聪明了。他那句"懒起画蛾眉,弄妆梳洗迟"写的虽然是懒,但再懒也不忘画眉毛,再迟也得扑粉上妆。一千多年后,这首词直接成了《甄嬛传》的片头曲,"小山重叠金明灭,鬓云欲度香腮雪"传遍大街小巷,成为大家对后宫生活的第一印象。

所以,偷懒这件事,也深藏学问,也讲究技巧。偷得高明,便能成为经典;偷得不好,指不定就成为笑点了。

江一城摘自《哲思2.0》 图:小栗子

格物致知 经世致用

第一部人体解剖书的诞生

@ 梁 衡

科学发展的过程，就是一部人类不断战胜愚昧获得真知的过程。

1536年时，比利时卢万城外有一座绞刑架。这天刚处死了几个盗贼。后半夜时分，绞架上的尸体直条条的，像几根棍子一样垂着。绞架下的草丛里突然蹿出一个蒙面黑影，他三步两步跳到架下，从腰间抽出一把钢刀，只见月光下倏地一闪，绞索就被砍断，一具尸体如在跳台上垂直入水一般，直直地落下，栽在草丛里。这人将刀往腰里一插，上去抓住死人的两臂一个"倒背口袋"，疾跑而去。

第二天，卢万城门上贴出一张告示，严申旧法，盗尸者判死刑，并重金悬赏捉拿昨天那个盗尸不成居然偷去一颗人头的人。一边又在绞架旁布下暗哨，定要侦破这件奇案。城里的老百姓更是茶余饭后，街头巷尾，处处都谈论这件怪事。

几天之后，这事渐渐再无人议论。这天晚上有个士兵挂着刀，袖着手在离绞架不远的地方放哨。说是准备抓人，倒像随时怕被鬼抓去一样，吓得缩成一团，过好大一会儿才敢抬起头来瞅一眼绞架上的死人。就这样不知过了几个时辰，当他再一次战战兢兢地回头一望时，原来分明吊着两具尸体，怎么突然有一具不翼而飞！再一转身，看见城墙根下像有一个人影。他急忙握紧刀柄，给自己壮壮胆，紧走两步跟了上去,但是又不敢十分靠近。

就这样若即若离地跟着那个影子,跟进一所院子,只见前面的人下到一个地道里去了。这是一个不大的地道,右边是一个密室,门关着,缝里泄出一线灯光。这士兵蹑手蹑脚摸到门前,将眼睛对准门缝,往里一瞧,不看犹可,一看舌头伸出来却再也缩不回去。只见刚才跟踪的那个人坐在死人堆里,他的右手捏着一把刀,左手搂着一条刚砍下的大腿,血肉淋淋。桌上摆的,不是人的头骨就是手臂。

各位读者,你道这人是谁?他就是第一部人体解剖书的作者维萨留斯。这时他还只是一个十八岁的学生,但他对学校里传授的人体知识很是怀疑。那时的医学院全是学盖仑的旧书,而这个盖仑一生只是解剖猪、羊、狗,从未解剖过人体。既然没有解剖过,那书又有何根据?维萨留斯年轻气盛,决心冒险解剖来看个究竟。但是教义上说,人体是上帝最完善的设计,不必提问,更不许随便去肢解。

法律规定盗尸处以死刑,这种既犯教规又违法律的事必得极其保密才行,因此他就在自己院子的地窖里设了这间密室,偷了死人,解剖研究。不想今天不慎,事情败露。

他听见响动,推门出来,忙将那个已吓昏的士兵扶起,灌了几口凉水。那兵慢慢睁开双眼,不知这里是阳间还是地府。维萨留斯拿出些钱来打发他快走。这兵一是得了钱,二是看着这个地方着实可怕,答应不向外说。维萨留斯知道这个地方再也待不下去,便赶忙收拾行装到巴黎去了。

来到巴黎医学院,维萨留斯便专攻解剖。这里倒是有解剖课,但讲课老师巩特尔自己并不动手,只让学生去死背盖仑的教条。偶然遇有解剖时,便由一个理发师来做。说来好笑,那时的理发师和外科医生是一个行当,就可知外科医生的地位是很低下的。但理发师做解剖也只是有一点割肉刮骨的手艺,连个医学术语也说不准。

这天,巩特尔又带了一个理发师来上课,维萨留斯腾的一下站起来说:"我们实在不想听了,你每天总是这一套,像乌鸦坐在高高的椅子上,呱呱地叫个不停,还自以为了不起。"其他学生也都跟着哄了起来。巩特尔只好带着理发师愤愤退席。

学院里还有一位叫西尔维的老师,他教动物解剖,也发现了盖仑的一些错误,但他却不敢说出来。

格物致知 经世致用

一天,维萨留斯拿着自己解剖的一个标本去向老师求教,他说:"盖仑讲人腿的骨头是弯的,我们每天直立行走怎么会是弯的呢?你看这解剖出来也是直的啊!"这位先生支吾了半天,嗫嚅着说:"恐怕盖仑还是没有错,现在的人腿直,只不过是因为后来穿窄裤腿之故。"维萨留斯听完真是哭笑不得。事实就在眼前,怎么就是不肯说真话呢!

巴黎医学院也是当时欧洲有名的学府,却还这样荒唐,维萨留斯看着实在学不到东西,便愤然而去。

1537年年末,维萨留斯被当时欧洲的医学中心——意大利的帕多亚大学医学部聘请为教师,专门讲授解剖。他把自己多年辛苦积累起来的资料悉心钻研整理,开始写一本关于人体构造的书。1543年,这本名为《人体结构》的书终于出版了。书中破天荒第一次将人的骨肉、内脏准确地表示了出来。

更让人惊奇的是,除文字外,还有三百张精致的木刻插图,有三张全身骨骼图,四十四张肌肉图。这些图和现在的解剖图不同,竟还有一点儿感情色彩,例如那全身骨骼图竟是一个农夫的形象,站在那美丽的田园背景之中,带着劳动后的疲倦,七分沉思,三分悲哀,明显带有文艺复兴时期达·芬奇艺术与科学相统一的传统。

维萨留斯从盗尸割头到出走巴黎,转到帕多亚,多年的辛苦总算没有白费,他在这本书中竟指出了盖仑的两百多处错误。他上解剖课,现场操作,仔细讲解,毫不留情地指责旧医学的陈腐。一次讲课中,他将盖仑的文献随手一扬,像撒传单一样抛向空中,说:"这全是一堆废纸,我们还学它何用?"他又

指着解剖标本说:"真正的知识在这里。我们不应该只靠书本,要学会靠自己的眼睛去观察,用自己的手亲自去摸一摸,这才是真知呀!"

维萨留斯这样大胆地著书讲学倒是痛快,但是教会哪能容得下他。他们先是鼓动舆论对他讽刺攻击,不久干脆缺席宣判了他的死刑。

这天,维萨留斯知道了教会要迫害他的消息,便夹着《人体结构》走来上课。他站到讲台前,目光扫了一下这些年轻人。他们许多人正是自己当年盗尸求知的年龄,许多人是慕他之名而来学习的,不觉泪珠在眼眶里滚动。学生见敬爱的老师半天无语,不知出了何事。这时,维萨留斯走到壁炉前点起一团火苗,然后将书抖开,一下燃成一团大火。学生们这才知道老师今天要烧自己的著作,急忙上去抢。维萨留斯却以目制止,说了一句:"我永远不能为你们上课了!"

小林摘自《数理化通俗演义》
北京联合出版公司 图:豆薇

惊险曲折的故事情节　激烈动人的战斗场景
长篇小说《雪域剿匪》现已出版

定价:35.00元
《故事会》读者八折优惠

编辑推荐

　　本书故事情节惊心动魄,扣人心弦,有刀光剑影,也有似水柔情;有生死抉择,也有离合悲欢,将您带回雪域高原那段硝烟并未散尽的岁月。

　　《雪域剿匪》是一部反映汉藏民族亲密团结的小说,它以20世纪50年代初平息叛乱为背景,以汉藏人民亲密团结、粉碎残匪破坏为主线,塑造了扎西、方振江、云丹贡布等人物形象。惊险曲折的故事情节,激烈动人的战斗场景,独具特色的西域风情,这是一部思想性、可读性兼具的长篇佳作。

　　《雪域剿匪》现已上市,读者可直接登录京东、淘宝、当当等各大网上图书商城购买。

　　咨询电话:021-64338113。

淘宝扫码购买

微信扫码购买

妈妈的幽默语录

@ 柏邦妮

妈妈是个妙语如珠的人,她的话里往往有底层劳动人民的幽默。

前几天她为我清洗冬天的厚毛衣时,我走过去说了句:"妈,你干活还真利索,一下子洗了七件。"妈说:"多谢领导表扬,我现在浑身有干劲。"从此她喊我叫"领导"。

其实妈妈真正的领导姓朱,又是她的头儿,所以她一直喊他"朱头"。

她非常看不惯别人拍领导马屁,她说:"那些人看见领导,就像地主看见保长一样。"

前些日子一学生想叫我帮忙补习作文,我妈妈替我回绝了。那孩子家长说:"补补就行。"妈妈回头跟我说:"简直是抹布,全是窟窿,没法补!"

妈妈和爸爸相识是因为我爸在河里救了游泳时脚抽筋的妈妈,因此她称之为"大河恋"。我老问她怎么看上我爸,她叹气说:"这就叫王八瞅绿豆,瞅顺眼了。"

我冬天赖在家里不起床,妈妈就威胁我,要给我来个"革命专政"。爸爸喜欢钓鱼,从小我吃鱼无数,

妈妈说我是"渔家姑娘"。偶尔吃鱼被刺卡住,妈妈就说我是"老革命遇见新问题"。

我看减肥书上说,上身胖的人是苹果型肥胖,下身胖的人是梨型肥胖,可是我胖得很均匀,妈妈说:"你是冬瓜型肥胖!"

我喜吃肉,不爱吃菜。妈妈跟别人说:"我家女儿不挑食,是肉她都吃!"

妈妈很开明,从不干涉我的私人交往。寒假妈妈在家里看见我的前男友,热情地招呼:"哎呀!是你呀!可有些日子不见了,怎么不来玩了呢?"后来她也承认口气像是老鸨说"大爷,好些日子不见了"。

她经常看见我写字时就叹气,从我十几岁想当个作家的时候起,她就准备去当个作家的妈。有时候我看见她在看世界名著,就问她干吗呢,她就一本正经跟我说:"以后好跟记者说,是我在你小时候熏陶了你。"

因我读书,家里没钱买大房子了。妈妈说,我就是我们家一百八十平方米会走路的大房子。

中午吃饭时我说以后不知买什么孝敬爸爸,因为他烟酒不沾。妈妈说:"我好孝敬,买三克拉的钻戒就行。"我正好被一口汤呛着。她说:"好吧,两克拉行吗?"其实她也只是说说而已,她最大愿望不过是我平安快乐。

因为妈妈没被自己母亲养大,她一直认为自己是没娘的孩子。坦白说,妈妈是太宠着我了。她总是自豪地跟别人说:"我女儿可是亲妈带的,实斤实两。"所以上次毛毛来吃饭时,看见毛毛瘦弱的样子,她就说:"毛毛,多吃点——"我赶忙阻止她,踢了她一下。我知道她要说什么。谁知可爱的妈妈还是说:"别踢我——毛毛,吃胖点,别像是后妈带大的!"其实毛毛真的是后妈带大的。

——二三摘自《像邦妮一样爱你》
文化艺术出版社

图:小黑孩

电子邮箱

编辑部　wenzhaiban@126.com
蔡美凤　836361585@qq.com
胡　捷　gxy1987@foxmail.com
吴　艳　976248344@qq.com
唐　祯　925372182@qq.com

一个号码,一个故事

@董改正

不简单的号码

深夜打车回家,司机是个善谈的人,不知怎么就说到了电话号码。

"很多年前了,我有个好号码,尾数跟我的车牌号一样,9158。"他身子不动,微微侧过脸来,脸上表情丰富。

"这个号码真不错。"我真心地恭维他,"你也是个不简单的人。"

"但是,"红灯了,他迫不及待地转过脸来,脸上挤满了笑,"我把它报停了,你猜怎么回事?"其实他根本不给我猜的时间,说,"我每天都接到无数个电话,都是来要债的。你不知道……"

这时,绿灯了,他意犹未尽地回过头去开车,一边开一边说:"你不知道啊,有的一开口就骂人,有的一开口就威胁。现在你该知道了,这人原来一定是个大老板,许多人相信他,给他融资了。现在他一定是破产了,债台高筑,跟老鼠一样躲在阴暗的角落里,躲债,可怜!想想,富贵如浮云呐!"

我也感慨万千。这个号码能被他轻易拿到,是因为那个曾经的成功者放弃了它,然后继用者不堪其扰,像他一样弃用了。估计再过一段时间,这个号码才会安定下来,成为身份或幸运的象征。

以后别给我发了

2005年,我给朋友发信息,想告诉他我在南京,离中华门不远。那时候还不是智能手机,我也没有QQ,发的是短信。

回复很快:"真的吗?谢谢你替我来到南京。不过,我不是你的晓初,嘻嘻!"

我这才发现,我把138写成了139。因为这个错误,我们成了很好的朋友。她住在马鞍山,喜欢旅行、摄影、读书、写作。她给我寄过书、她发表在报刊上的文章,给我孩子寄过零食,还给孩子妈妈寄过一种叫"金菜地"的腌制小菜。她与我几乎成了通家之好,这个美丽的错误让我感觉到人世间神秘的美好。

2008年奥运会时,我给她发信息,告诉她我在北京,离鸟巢不远。我很快接到她打来的电话,却是男声:"你是谁?"她先生的声音我是熟悉的,不是他。我错愕的瞬间,他说:"以后别给我发了,这个号码是我的了。"他"啪"地挂掉了电话,留给我一片空寂的苍茫。

一刹那的恍惚。一个号码,一个人,一个世界。

你所打的电话是空号

我的第一个电话,是书友老卞帮我办的,每月交50元,一年后手机免费赠与。一年后,手机差不多坏了,我就免费又换了另一部手机,号码也不得不跟着换了。有一天,我突发奇想,想看看原来那个号码还在不在,如果在,那么拥有这个号码的是个什么样的人呢?他与我有没有相同之处?我很想跟他聊聊。

我说:你好,这个号码是我以前用过的。

他回:哈哈,欢迎前主人故地重游,敝姓贺,祝贺的贺。

他跟我完全不一样。他是一名商人,做着国际贸易,他的妻子是全职太太,在家带三个孩子。他是在回国途中的动车上回复我的。他说年轻时爱过一个女人,但是却因为追逐商业利润,终于把她弄丢了,不知道她现在住在哪一个城市,哪一个屋檐下。

我感慨。他笑了,说:电话号码是数字组合,时间也是,但它们都不会真正消失,一定有一个房间,藏着过去的信息、温度、爱情和生命的热望。时间冲淡不了,手机删除不掉。

今年,我再发信息,他没回。打电话过去,温柔的女声提醒我:你所打的电话是空号。

我仿佛看见一个孤独的山洞,风吹着它,发出单调的声响。

世上有许多这样的山洞。

摘自《羊城晚报》 图:恒兰

格物致知 经世致用

杯酒释兵权的真相

@ 张晓珉

"杯酒释兵权"的原型,最早见于丁谓的《丁晋公谈录》。这个丁谓可是一个猛人,不仅是宋真宗的宰相,而且还坑死了一代名臣寇准。虽然在中国的历史上,丁谓最终上了《佞臣传》,但是,丁谓毕竟是一朝宰相,他不仅有自己独特的发言权,更是那段历史的见证人。

在《丁晋公谈录》中,丁谓记录了这么一件事情:

有一天,赵普急匆匆地告诉赵匡胤:"不要再让石守信、王审琦掌握皇家禁军了!"

一听这话,赵匡胤当时就蒙了,说这哥儿俩是我义社十兄弟呀,他们难道要造反吗?

赵普继续说道:"这两个人不会造反,但是他们管不住自己的下属,臣担心他们手下要造反的话,他们也就身不由己了。"

听完这番解释后,赵匡胤哈哈大笑地说道:"宰相多虑了,区区下属,这两个人还是管得住的,而且我如此器重他们,他们怎能有负于我?"

赵匡胤话音未落,但见赵普冷冷地回答道:"陛下不知周世宗吗?周世宗的手下,他管得住吗?周世宗也器重自己的手下呢,结果怎样的呢?"

一听这话,赵匡胤浑身冷汗直流。这个周世宗的手下,你我心知肚明,何必再言。于是,赵匡胤立刻听从了赵普的建议,收回了这二人的兵权,并把他们轰出了朝廷,去地方上任职了。

综上所述,《丁晋公谈录》里记载的这个故事,虽然有收缴兵权在里面,但是这里面没有"杯酒",也没有"释兵权",更没有赵匡胤什么事,这完全是赵普一个人自导自演的结果。

那么,就是这么一个和"杯酒释兵权"八竿子打不着的故事,是如何与之扯上关系的呢?

几十年后,宋真宗赵恒驾崩西去,赵祯登基称帝,史称宋仁宗。

仁宗一朝时,当时的著名宰相王曾,在整理前朝笔记的时候,就把这段故事写入了自己的《王文正公笔录》。为了增加这个故事的阅读性,王曾将它重新书写了一遍。

于是,这个故事就变成了这样:太祖赵匡胤登基称帝好几年后,宰相赵普多次进言,说石守信、王审琦这俩人位高权重,还掌握着皇家禁军,这样早晚得出事,还请皇帝把他们调到别处,防患于未然。

刚开始的时候,对于赵普的这个建议,赵匡胤只是微微一笑,他完全信任这两位好兄弟。可是,架不住长时间地被灌输着三人成虎,任谁也会改变自己的想法,推翻自己的初衷了。

于是,在这种背景下,赵匡胤找来了石守信、王审琦一起吃饭,并在这个酒席宴上,赵匡胤说出了自己的苦衷:

"我和各位,那都是同生共死的好兄弟,因此我绝对没有怀疑过你们。然而,这么多年过去了,文臣们天天在我耳边喳喳叫,说得我头都大了,我也保护不了你们了。这么着吧,你们不如选一个风水宝地,去地方当一个土霸王。当地的赋税收入,足以让你们荣华富贵一生了。这样颐养天年,岂不快哉?

"除此之外,我再跟诸位联姻,我收你们的儿子为姑爷,收你们的女儿为儿媳,让诸位当国丈。这样咱们结秦晋之好,以示君臣无猜,你们看怎么样?"

这还有什么可说的!对于石守信、王审琦而言,他们也早就过够这种日子了。所谓树大招风,这么日复一日、年复一年地被人吊起来当靶子打,自己再皮糙肉厚,也有抵挡不住的时候。如今,自己不仅啥事没有,还能彻底地功成身退,对于这样的好事,他们还能提什么反对意见!

于是,石守信、王审琦马上磕头谢恩,且唯恐皇帝说话变卦,立刻交出了兵权,定下了儿女婚姻的时间,就这样去地方上享福去了。

至此,"杯酒释兵权"故事的基本框架,就此敲定。

后来,等历史的车轮再度转动,当时那个砸缸救人的司马光,在自己的《涑水记闻》中,又对这件事情进行了重新的演绎,把它最终演变成为咱们现在众人皆知的"杯酒释兵权"了。

隐身白鸽摘自《宋朝果然很有料》工人出版社

图:小栗子

> 【《自拍神器》续写】白衣天使的口罩背后却有一副邪恶的面容,无辜的女孩命运如何,请看精彩续写。

整容

@ 谢昕梅

扫描二维码,看《自拍神器》原文

自那女孩整容完美收官以后,店里的生意一下火爆起来,光昨天一天就接了几笔单子,手术从早上一直做到后半夜才结束。

看来那女孩还是个福星呢!白烨在心里暗自嘀咕了一句。

"医生,早上好!"声音飘过来,听着有点儿耳熟。白烨转身一看,一个阳光健美的女生映入眼帘,她的旁边还站着一位中年妇女,这女生似乎也有点眼熟……

看女生从衣袋里缓缓掏出自拍神器,白烨立刻将那一丝疑惑甩到了九霄云外,心中一阵窃喜,这大概又是哪个曾被他忽悠过的人吧!

出合同,签字,白烨例行公事般地对母女俩阐述了一番手术风险。

"你不用讲了,大道理我都懂,要想美就得无惧风险。"女生性格豪爽,说话干脆利落,"我只有一个要求,就是手术时让我妈妈陪着,要不她不放心。"也不管白烨同不同意,女生就直接对着窗口扫起了收款码,眼也不眨地把费用支付出去了。白烨本想拒绝她这个无理要求,但是看在人民币的分上,他还是选择了默默接受。

手术按部就班地准备起来。中年女人穿着一次性消毒衣,紧握手机,寸步不离地站在女儿身边,眼睛死死地盯着白烨。一个小护士先给女生洗了下脸,然后在鼻翼两侧进行局部消毒,接着便是打麻药。就在等麻药起作用的几分钟时间里,事情发生了,完全出乎了白烨的想象。女生原本红润的脸庞先是通红,再由通红变成猪肝色,接着又苍白如纸,放在胸前的双手也随之垂落下来。中年女人大叫一声,就扑到女生身上号啕大哭起来。

白烨手中的手术刀"当啷"一声掉到了地上。他伸手一试，发现女生已经没有了呼吸，正要解开女生的衣服抢救，妇女却一把推开了白烨，并且歇斯底里地尖叫道："我女儿已经死了，现在，我就算是拼了这条命，也要给她保留最后的尊严！你们谁要再敢碰她一下，我立马报警！"女人抹了把眼泪，接着说道，"你们最好出去看看，现在，我的家人全都在店外，其中还有两个是报社记者，只要我们娘俩再过半小时不出去，他们就会冲进来，有什么后果就不用我说了吧？你们要是不信，可以试试看！"

"对不起，大姐！不，不不，对不起，阿、阿姨！"白烨语无伦次，额头上冷汗直冒。还没等他缓过神来，女人就冲着外面大喊大叫起来："来人啊，救命啊，出人命啦……"

与此同时，店外传来激烈的吵闹声。白烨明白，一旦事情闹大，他不但得赔钱，还要坐牢，更重要的是，以后再也别想在这个行当里捞钱了。

好汉不吃眼前亏！毕竟是一条人命，他只能自认倒霉，答应了女生母亲的赔偿要求。

夏夜，月明如水，公园内树影婆娑，小径幽深。连日来精神压力极大的白烨兀自欣赏着荷塘月色，希望能借此缓解心理压力。

忽然，白烨听到身后有人拖着长腔叫他的名字，回头一看，他顿时吓得魂飞破散，双腿一软就跪在了地上。只见死了的女生身裹白纱长裙，目光幽怨，口中喃喃地喊着他的网名，在他面前悠来荡去。"还我命来！"又一道幽怨的声音飘过来，从柳树后僵尸般地跳出一个人，披头散发，面目狰狞，正是在他店里两次大整容的那个傻女孩。

"你们怎么、怎么知道我……"白烨面色如土，哆哆嗦嗦地问道。

"你昧心敛财，诱骗了多少无知姑娘！你毁了我的容貌，让我陷入情感沼泽中痛不欲生，整容最终变成毁容，你枉披这张人皮！"

原来，女孩因为承受不了情感打击，整日以泪洗面，没多久，重创过的脸也崩盘了，她承受不了这双重打击，竟割腕自杀，幸亏家人发现及时，才捡回了一条命。她的孪生妹妹从小学戏，是一个功夫了得的京剧演员，了解了事情经过后决定替姐姐复仇。

第二天，整形医院没有开门，因为医院的主人白烨，跟着手术室里的录音和公园里的录像一起，连夜被警车带走了。

 和而不同　美美与共

中国是统一的多民族大家庭，每一个民族，都流传着感人至深的故事，每一个民族，都拥有着丰富的民间文学宝藏。本刊特推出新栏目"56个民族的故事"，为您讲述中华民族的动人传说。本期刊登的是普米族民间故事《桑拉与丹都》。

桑拉与丹都

二千独玛讲述　贺进搜集整理

传说龙塘村有户牧人，家里有三个像海螺花一样漂亮的女儿。大女儿叫独玛，二女儿叫让米，三女儿叫丹都，这三姊妹三种性格。她们天天轮换着去放牧。

一天，大女儿独玛去放牧，在上山的路上碰着一个老倌，那老倌躺在路心拦着独玛说："姑娘，我叫桑拉，你家要放马的人吗？让我同你去放牧吧！要是不要，就请姑娘从别处走吧！"独玛看看是个老倌，穿得破破烂烂，像个叫花子，便吐了一口唾沫说："谁要你这叫花子放牧！"说着从他身上跳了过去，大摇大摆地赶着牲口走了。独玛刚到山边，雷鸣电闪，暴雨哗哗下起来，山洪猛涨，冲死了好些牛马。

第二天，二女儿让米去放牧，她也遇见了那个老倌，她的说话和做法跟大姐一样，所以，当她从那个老倌身上跳过去后，刚到山边，暴雨也下起来，冲死了好些羊子。

第三天，轮到丹都放牧了，丹都赶着牧群来到一块草坪上，这时对面的树林里传来了桑拉的歌声：

喜鹊树上叫，獐子岩上跳。

喜鹊是报喜哟，獐子是知己。

鸡叫三遍天就明，歌唱三遍找知音。

对门草坪上的阿妹哟，你是无情还有情？

丹都听后，回唱道：

抬头望见白云飘，雄鹰飞得高又高。

谁家阿哥在林里？佩剑带弓看不到。

是雄鹰就在天上飞,是金鹿就在岩上跑,

是猎手就拉开弓箭,是英雄就快来面前。

桑拉唱:

不是英雄不是鹰,要找阿妹做知心。

蜜蜂为着采花来,不知阿妹可有心。

丹都唱:

有心有意云缠鹰,无心无意不吭声。

只要爹妈同意了,明天又来回佳音。

丹都和桑拉的情歌,唱得流水轻声笑,唱得鸟儿飞进林。太阳落山了,丹都回到家后,对阿爸说:"有个嘎拉山下的小伙子,他很聪明能干,想给我们家里放牧!阿爸同意不同意?"

阿爸喜欢丹都,丹都说的阿爸都依从。阿爸说:"我们家正缺个帮手,叫他来吧。"

第二天,阿爸仍叫丹都去放牧。丹都来到草地,桑拉已等在那里。当丹都告诉桑拉,阿爸答应请他当帮手时,桑拉真是高兴极了。他和丹都在草坪上兴奋地跳起舞,唱起歌来。

丹都问:"天上啥子跳?"

桑拉答:"天上星星跳!"

丹都问:"岩上啥子跳?"

桑拉答:"岩上马鹿跳!"

丹都问:"林里啥子跳?"

桑拉答:"林里兔子跳!"

丹都问:"河里啥子跳?"

桑拉答:"河里金鱼跳!"

丹都问:"地上啥子跳?"

桑拉答:"地上情哥情妹跳!"

丹都和桑拉尽情地唱着,跳着,一直到回家的时候。可

当丹都回到家时，阿爸、阿妈和两个姐姐都是一脸怒气。阿爸厉声问丹都："你说那要放牧的是个什么样的人？"

丹都回答说："是个聪明能干的小伙子！"

"你姐姐都看见了，他是个叫花子。是个老倌。"

丹都知道是两个姐姐哄骗了阿爸阿妈，便说："明天我带来让阿爸阿妈看。"阿爸阿妈是相信丹都不会骗人的。两个老人同意了。

第二天丹都去放牧，她把发生的事情告诉了桑拉。

桑拉："我去见阿爸阿妈吧。"

桑拉穿得破破烂烂来到了丹都家，说明了来意，阿爸抬头一看，果真是个叫花子，他愤怒地咒骂着撵他出去。可桑拉说："我是来求亲的，望阿爸答应。"

阿爸转过头去，理也不理。阿爸阿妈始终不同意桑拉的求婚。

那以后，丹都被阿爸看管起来了。有一天，丹都逃出去和桑拉相见，可是，被阿爸发现了，阿爸叫了舅舅家的人，把他俩捆起来，吊在房后的大树上，第二天要把他俩烧死。晚上，善良的阿妈放了丹都和桑拉，给了他们一条生路，丹都和桑拉向阿妈磕了头，双双逃走了。

三年后，丹都与桑拉回来了，他们骑着一匹大马，驮着很多金银回了家。姐姐羡慕，阿妈高兴。阿爸为了挽回过失，请了客，一家人终于欢欢喜喜团聚了。

三天后，丹都要走了，阿妈舍不得女儿，女儿舍不得阿妈，丹都说："阿妈，你想看女儿，就跟着一路海螺花来吧，海螺花会给你引路的。"

丹都给阿妈说的话，被妖精偷听了，妖精嫉妒丹都过上好日子，于是，他变作阿妈跟着海螺花走到大海边，去找丹都。来到海边丹都和桑拉住的家，这时，桑拉出征去了，家里只有丹都，妖精就把丹都吃掉了。

桑拉出征回来，四处寻找丹都，却不见丹都的影子，桑拉十分伤心。他伤心得头发都白了，可他仍然到处打听。有一天，金鸟儿告诉桑拉，丹都已经被妖精吃了。桑拉顿时气得放声大吼，他的吼声使海水翻腾，山河摇动，一夜之间，桑拉变成了一堵很高的白岩子，后来人们就叫它望妻岩。如今这岩子还是在金沙江畔，岩子下面的村子传说就是龙塘村。多少年了，桑拉还在守着生养丹都的村子。他真舍不得丹都啊！

图：豆薇

评点

【读者说】 @李安:评2019年12月号《我与拾遗者智斗151个小时》只能说可恨之人必有可怜之处吧。三千其实真的说多不多,但是在有些人眼里真的是一笔巨款了……两夫妻估计也是有什么故事的人(看到民警说那两人一身病的时候突然感觉一阵悲哀)。

@大治:评2019年12月号《我与拾遗者智斗151个小时》贪婪的结果是本属于自己的报酬一分没有,还成为了违法犯罪者。

扫码看原文

【编者说】 重重阻碍,隔不断浓浓的亲情。新年伊始,本刊编发的几篇亲情文章,请您关注。祝福世上的爹娘要在一起,所有的父女、母子没有遗憾,每一家,都要团圆。

谨祝各位读者,新年如意!

本期责任编辑 胡婕

微信扫描二维码,加入本刊交流群

更多幽默故事,更多真情故事,更多烧脑故事,扫描二维码,线上增刊,"码"上就看!

最终,我没有辍学,也再没有见过她……扫描二维码,听我讲述那年春节的故事。

缺席十余年的父爱,这份感情要如何偿还?扫描二维码,听一个女儿讲述,她与父亲的那些年。

民防小知识5.燃放烟花爆竹时不要使其对准建筑物窗口、行人、车辆等。

即便忘了你，也不会忘了爱你

@ 李克红

2017年2月14日上午，警方接到一个名叫桃瑞丝的老太太的报警，她说她那里有老年痴呆症的丈夫阿姆林失踪了，这是他从一年前被确诊患了严重老年痴呆症后从未发生过的。

警方很快采取行动。半个小时后，警官们在离他们家两个街区的地方找到了阿姆林，阿姆林的病情真的很严重，他甚至连自己的名字和家里的地址都说不清楚，但让警官们感到意外的是，阿姆林对今天这个日期以及自己外出的目的却记得非常清楚。"今天是2月……14日，是我……和桃瑞丝订婚的日子，我想买一束……漂亮的玫瑰花……送给我的妻子。"阿姆林喃喃地说。

警官们找到阿姆林后，便要求送他回家，但阿姆林却坚决反对。警官们感觉到如果强行带他回家一定会刺激或伤害到他，警官们就陪着阿姆林找到了附近的一家花店，买了一束漂亮的奶油色玫瑰。走出花店，阿姆林这才跟着警官们上了警车。看到丈夫在警官们的陪伴下回来，桃瑞丝快步迎上前，然后伸出手去准备接过他手中的花。"感谢你，亲爱的，你是买花送给我吗？"桃瑞丝激动地问。"不……我不给你……这是送给我的……妻子桃瑞丝的，今天是我……和她的订婚纪念日……"

所有人都哈哈地笑了，紧接着他们的眼眶里渗出了泪水。桃瑞丝一边抹着泪，一边幸福地告诉警官们说："他从去年就不认识我了，但是，我直到现在才知道，他的心其实依然记得我，依然爱着我……"

杨子江摘自《沈阳晚报》

故事会 2020.2 Stories Digest 文摘版 总第66期

社长、主编：夏一鸣
副社长：张凯
副主编：高健
本期责任编辑：唐祯
发稿编辑：高健 胡捷 蔡美凤 吴艳
美术编辑：孙娌
电话：021-64668742
　　　021-54561119
邮编：200020
地址：上海市绍兴路74号
主管：上海文艺出版总社
主办：上海文艺出版总社
出版单位：《故事会》编辑部
发行范围：公开

出版、发行电话：021-64313938

发行业务：021-64313938
发行经理：钮颖
媒介合作：021-64338113
广告业务：021-64334376
新媒体广告：021-64450660
广告经营许可证：
沪工商广字3100320080016号

国外发行：中国图书贸易总公司
印刷：上海四维数字图文有限公司
发行：上海邮政报刊发行局
邮发代号：4-900
国外代号：MO9178
定价：6.00元

卷首
即便忘了你，也不会忘了爱你 / 李克红　　01

焦点
我爱的人都像你 / 刘思颖　　04
有缘相伴 一生无悔 / 凤怡　　08

盲点
如何把蜗牛放进琥珀里 / 马小庵　　07
画家们怎么好意思跟雇主要钱呢 / 张佳玮　　14
亲历美国IT公司招聘打假记 / 奇林　　36
古人不爱洗澡，这么重口味吗 / 小柒　　66
流浪男孩和狗 / 英国那些事儿　　79
孔融：一个道德楷模的犀利日常 / 庄德和　　92

看点
耳环 / 张建忠　　12
失物招领处的口红 / 范荟琳　　21
那个不能让你虚荣的女儿 / 安宁　　26
在动荡的岁月里相濡以沫 / 六米　　33
邵半仙 / 袁良才　　47
敲门 / 孙道荣　　68
难以分类的垃圾 / 颜士富　　75
我和老爸的微妙关系 / 昕木　　81
那一束光 / 李朝德　　94

泪点
想去中国 / 李永兵　　17
第十七张病危通知单 / 最后一支多巴胺　　31

笑点
澳大利亚的第一只白色蜥蜴 / 邓笛　　19
丸子的朋友圈　　48

牛大姐家乐事多	64
古人过节购物清单 / 凤凰网读书	77
那些年，那些奇葩的案情和案犯 / 方子敬	84

零点

西游这场旅行真人秀 / 闫晗	24
竞争精神 / [阿根廷] 费尔南多·索伦蒂诺 孙宝成译	56
人猿泰山之直击凶手（上）/ 青山幽幽水逗逗	70
看不见自己影子的人 / 安谅	86

观点

还没出场，就已出局 / 林特特	29

视点

搞笑西游记 / 草木虫	38
小小悲喜伴你走过温暖岁月 / 林帝浣	58

亮点

晚点 / 邢庆杰	40
扎西的菜园子 / 邢庆杰	42
文学如何镜鉴人生 / 张春	45
我和我女朋友都是重刑犯 / 欧阳乾	52
孩子和雁 / 梁晓声	61

侃点

他说他叫王敢，果敢的敢 / 金陵小岱	50

56个民族的故事

达尔洪爷爷的传说 / 于海琛 项扬 张雪冬搜集整理	90

评点

读者说 & 编者说	96

故事会 文摘版欢迎投稿

稿件要求：来自最新的报刊、书籍或网络，故事性强，文字明快，主题健康，视野开放，纪实或虚构均可，体现"新、知、情、趣"的特点，同时欢迎第一手的翻译作品。推荐作品须注明原文出处、原作者姓名，确保转载不存在侵害版权的行为，并请留下推荐者真实姓名及通信地址。作品一经采用，即致推荐者50至200元推荐费，并向作品著作权人支付稿酬。

故事会文摘版 投稿信箱
wenzhaiban@126.com

故事中国网：www.storychina.cn

故事会公众号　故事会App下载二维码

本刊所付作者的稿酬，已包括以纸质形态出版的**故事会文摘版**、汇编出版、音像制品及相关内容数字化传播的费用。部分作者因各种原因未能联系到，请通过邮件或电话与我刊联系稿酬及相关事宜。

本刊未署名图片均由视觉中国提供

我爱的人都像你

@ 刘思颖

一见"误"终身

据外婆说,那一日她去学校原本是去找远房表哥,托他帮忙带些时兴的胭脂水粉回来。可没想到,表哥没找到,却撞见了正在廊边读书的外公。这一见,便就此"误"了终身。

很久之后,头发花白的外婆最喜欢对着尚且懵懂的孙女嘉琳絮叨她和外公的爱情故事。

桂花糕是外婆打小学来的好手艺。家中姐妹做的桂花糕谁也比不上她的。

不过自从外婆嫁了外公,外婆这样简单的兴趣也成了奢侈。

外公家贫,微薄的薪金光是打点日常开销就已经捉襟见肘,一两桂花、半斤糖,那也是求之不得的享受。

日子虽不宽裕,可但凡有了闲钱,外公便总记得给外婆捎回二两鲜桂花、八两绵白糖,哪怕是在最艰难的日子里也没有停下。

外公年轻时给族中木匠做过帮工,学了一手尚算精巧的木工手艺,隔三岔五,外公便会寻旁人家打家具的边角料,专门给外婆雕刻糖糕模子。外公心思细腻,手也巧,雕刻成的糖糕模子精致又好看,蟠桃的,蝙蝠的,五子送福,花开富贵,梅兰竹菊……时日久了竟然也攒了好大一匣子。

每次外公刻了新模子送她,外婆就迫不及待地蒸上一大锅桂花糕试样子。

每每外婆的桂花糕上桌,嘉琳与外公,一个真小孩一个老小孩,势必要你争我抢一番。要是恰巧只剩一块,那是必然要让外婆评理的。虽说最后多半进了嘉琳肚里,但在那之前外公必定会作势争抢一番,然后才不甘不愿地让给嘉琳，顺便向外婆撒撒娇，没半点一家之主的威严。

外婆忍着笑，哄孩子一般劝慰外公："哎哟哎哟，好了好了，下次再做，下次再做。"外公作负气状，可眼里的笑，却是掩也掩不住。

病来如山倒

外婆胃疼是几十年的老毛病了，外婆素日里并不在乎，最多吃点止疼药就好了。可谁也没有想过，这样的疼痛竟然是胃癌的前兆。

查出来的时候外婆的胃癌已经是晚期，外婆一向很健康的身体几乎是突然间就垮了下来。外婆彼时已算年迈，医生并不建议做手术，只能婉转地告诉家属做好准备。

外婆因病而胃胀胃痛不能饮食，外公便端来了桂花糕劝着她多少吃两口。桂花糕是外公花了大半天时间学做的，做得歪歪扭扭难看极了。

其实那时候外婆的病已经恶化得很厉害了，勉强吃下去几口，不久后也会再吐出来。可外婆总是不忍拂了外公的意，勉强咽下几口。

外婆轻轻地笑道："真难吃！"

可外公并不在意，只是拉着她的手不住地讲话："我做的总是不如你嘛。对了，我给你新打了糖糕模子，燕子花样的，就是你上次看好的那个。你什么时候起来看看？我想吃燕子样子的桂花糕。"

也许是燕子模子和桂花糕的力量，外婆在某个清晨突然来了精神，竟然硬撑着坐起身吃了两块外公做的桂花糕，又拿着外公新打的燕子模子把玩了好久，突然叹了口气："这燕子样子的桂花糕我怕是做不了了。"

所有人脸上都难忍悲戚，大家心里都明白，这异常的健康不过是大限将至，回光返照。只有外公平静极了，他说："没关系，你歇着，我做。"

外婆一下笑出来，斜着眼睛瞧外公，活像个娇俏的小姑娘："你呀，还是算了吧，你看你做的桂花糕，是放了多少糖，齁死人了！"

外公好脾气地笑："所以你要赶紧好起来，我手这么笨，哪儿做得了这桂花糕啊。"

半晌，外婆叹了口气："等我走了，你就再找个人吧，你这么笨，又没了我，这日子可怎么过哟。"

外婆的过世给了外公近乎毁灭性的打击，在外婆走后近十年间，外公整日里郁郁寡欢，念叨着外婆，埋怨着外婆。想外婆的时候，外公就嚷嚷着要吃桂花糕。

桂花糕并不难找，可不论儿女们买来怎样的桂花糕，外公都会嫌弃味道做得不如外婆来得地道。

其实大饭店做出来的桂花糕，如何会不如一个乡野村妇的手艺呢？只是这几十年的相濡以沫，外婆的手艺已经在外公的味蕾上深深烙下了印记。

外公要续弦

嘉琳觉得，也许外公余生都很难走出去，外婆就像是桂花糕，虽然是很普通易得的食物，但个中滋味却是谁都无法模仿的。

可谁也没想到，在独居了将近十年后，有一天外公竟突然说要续

娶，而对象是他曾经的学生——一个只比小姑姑大十岁的女人。

不解、愕然、争吵，一家人想尽了办法劝外公放弃这荒谬的念头。可一向温文尔雅的老头子这次铁了心，不管家人如何反对，非得要娶这个女人入门。没过几个月，外公便与那女人领了结婚证，光明正大地住在一起。

听到这个消息的时候，嘉琳正在国外念书。在电话里，她同外公大吵了一架，嘉琳无法原谅外公，在她眼里这几乎算是一种背叛。

那时候，我以为大概这就会是故事的结尾。这么多的海誓山盟、至死不渝，说到底，也不过是个俗套的、旧爱新欢的故事罢了。

可故事总是柳暗花明。再后来我毕业回国，没多久我又接到了嘉琳打来的电话。再提起外公，当年反对得那样激烈的嘉琳对我说，回家后她才终于明白了，外公为什么执意要娶那个女人。

"你知道吗，"嘉琳说，"那个女人很会做桂花糕，做出来的味道和我外婆当年做的，一模一样。"

原来，青梅枯萎，竹马老去，但从此我爱上的人，都像你。

林冬冬摘自《我们贪食亦贪爱》
北京联合出版公司　图：陈明贵

如何把蜗牛放进琥珀里

@ 马小磨

案子发生在一亿年前,这是一枚包裹着两只蜗牛的白垩纪蜗牛琥珀化石,其中一只蜗牛的两根触角、眼睛、厣、足部和其他一些组织都保存得很好。

那么,将一只蜗牛完整地装进琥珀,需要几个步骤呢?

既然是琥珀,那么案发地点一定是树脂比较多的地方。案发那天肯定碧空万里、烈日炎炎,树脂不断地从树枝里往外冒,越积越厚,越积越大,散发出阵阵香气。

这一天,蜗牛跟往常一样,邀上同伴,在必经的路上玩耍,或是在陌生的地方探险。

总之,它们根本没有料到,有一滴树脂会从天而降,更没有想到,这滴树脂会让它们"永垂不朽"。

那一瞬,它们正伸着触角,缓慢又开心地爬行着。

本案凶手无疑是热情难缠的松柏树脂。

在以往的各类"作案"过程中,它只需随意一粘,被选中的动植物就会十分配合,将自己的身体完好无损地交给它制作成琥珀。

有过逮捕蜗牛经验的小伙伴们都知道,为了自我防御,蜗牛在遇到外界刺激和威胁时,会迅速把自己柔软的身体收回壳中。

为防止小蜗牛的身体快速缩回壳内,这滴树脂绝对不会按常理出牌,一定事先做好了周密细致的调查研究,同时练就了快速封存蜗牛的"撒手锏"。

树脂的"撒手锏"就是,在拥抱蜗牛的瞬间,首先接触的是小蜗牛的壳体,阻止它身体缩回,之后迅速将它全身揽入怀中。

当第一滴树脂成功封锁了小蜗牛的退路后,其他树脂前赴后继,一滴接着一滴。小蜗牛不堪重负,体内的气体和液体被挤进树脂中,形成了一个小泡泡。

这些泡泡又阻挡了它的头部和足部,最终使它不再动弹。

转眼,历经了沧海桑田,小蜗牛始终睁大好奇的眼睛,看了一亿年的风景。

朱权利摘自微信公众号知识窗

有缘相伴 一生无悔

@凤怡

一

2002年,我离开生活了二十多年的村庄,带着七岁的儿子到城市里谋生。

那时,我丈夫已去世三年,我跟着公婆住,他们待我不好,对我儿子也不管不顾,那样的日子,每天都是煎熬。

同乡的一个阿姐,是我小时候的玩伴,她嫁到了城里,很同情我的遭遇。我便央求她带我到城里,我想找一份工作,好好养大儿子。

就这样,我仓促地进了城。工作真的不好找,就在最艰难的时候,那个阿姐突然问我:"去批发成衣的店里打工,你愿不愿意?"她说,店老板老贺是个有点"残疾"的单身男人,自己一个人经营店铺,忙不过来。他的店铺后面有个小隔间,可以住人。也算包吃包住了。"主要是他脾气古怪,你忍得了吗?"阿姐又问。我说:"只要提供吃住,让我带着儿子,我愿意去试一试!"

于是,我按着阿姐提供的地址,找到了那家店铺。老贺年近四十,左眼有点问

题,整个人面相看起来很凶。他问我:"会不会算术,能不能搬货?"我点点头。他冷笑:"说话!哑巴啊?我这里要哑巴来干吗,怎么招揽客人?"我吓得眼泪都要流出来。他不屑一顾:"这样讲两句就哭?有什么好哭的!不愿做就走!"

我还真想转身就走。但是看到他店铺那里贴着的招工启事,工资还真不低!我太需要钱、需要落脚的地方了!我深呼吸,咬着牙道:"我不傻,我能好好工作!"老贺嚷道:"那还不赶紧去搬货,站在这当木头人啊!"老贺就是这种毒舌暴脾气,难怪没人愿意接近他。

老贺在做生意方面非常精明,别人几乎占不到他的小便宜。但同时,他也很诚信,货物都保证质量,不会以次充好。

我和他不一样,我的心太软,遇到一些客人跟我砍价,只要他们低声下气哀求我,和我说说好话,我就同意了。为此,我经常被老贺骂:"你那么蠢,我们做批发,就是赚那几元钱!你少要人家钱,你当我做慈善啊!我要从你工资里扣!"我很委屈,但是没办法。

有一次,店里来了一对老夫妻,也是砍价。这回是老贺亲自出马。让我没想到的是,精明的老贺这一次居然一分钱不赚,便宜地卖给了他们。我嘟哝:"平时对我那么苛刻,自己还不是一样,凭什么扣我的钱?"他白了我一眼:"你懂什么?平时求你的那些客人,都是装可怜!这对老夫妻是真可怜!"

他说看他们的手,粗糙皲裂,钱袋抓得紧紧的,里边都是散钱。而且他们就算知道老贺便宜这么多卖给他们,也没有多加货,还是要那么多……

老贺说,他看人看得很清楚,这两口子,老实本分,能帮就帮帮他们。我突然觉得,老贺虽凶,但本性并不坏。

事实上,和老贺相处久了,我也渐渐摸清他的古怪脾气了。他嘴巴是毒,但刀子嘴豆腐心,从未真正为难过我。他对我要求严格,动不动就威胁扣我钱,可实际却扣得很少,反而我孩子生病、读书要交费用时,他就会"发奖金"给我……

习惯了老贺的怪脾气,我觉得这份工作也蛮轻松,虽然搬货干活很累,但内心是踏实的。我在他的店铺一做就是两年。

那时我已经三十一岁了。有一天阿姐来看我。突然问我:"你打

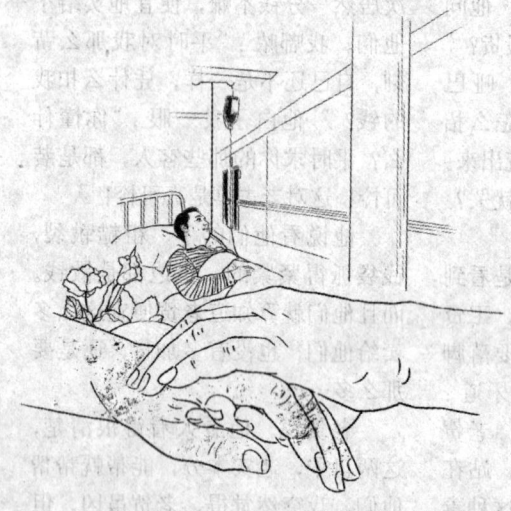

算一辈子这样啊？住在这小隔间里头？你儿子也大了，你有没有替他想过？""我在努力存钱啊，但是感觉怎么都存不够……"我唉声叹气。阿姐说："你真傻！靠你一个人，当然存不够！你应该找个男人，搭伴过日子！这才是有盼头的生活！"

她的话让我陷入沉思。确实，我也该走出丧夫的阴霾，开始新的人生了。阿姐说，她会帮我物色合适的男人，到时我去见面就好了。

老贺知道我要去相亲，又开始毒舌了："你看你，长得丑，哪个会喜欢你？"我也学会和他顶嘴了："你比我还丑，照样有人给你介绍对象！"

老贺的店铺生意好，赚钱了，尽管他是丑，年纪也大，但仍然会有女人冲着他的钱来。老贺好像根本看不上那些女的，三言两语就把她们气跑了。

不久后，阿姐真的帮我找了个对象，我精心打扮去见面。但是那个男人一看就品行不好，还没说两句话，就坐到我旁边，动手动脚。

我气冲冲地回来了，他打电话发信息我都不理睬。后来，阿姐找上门，说我对人家不礼貌。老贺居然站在我这边，道："难道给他占便宜就礼貌了？"阿姐看着我们俩，恍然大悟的样子："我说，你们一个看不上其他女人，一个看不上其他男人。是不是彼此有情啊？那干脆你们凑一对算了！"我刚想解释，不料老贺却说："什么叫凑一对？我们天生一对！"

和老贺在一起十多年，我们真的经历了很多。有一段时间，生意突然不好做，老贺不得不卖掉他唯一的房子。他说让我跟着他受苦了，我却摇头，告诉他再苦我们夫妻一起扛。

后来，他凭着自己的能力，再次翻身，我们赚了比以前更多的钱。生活也越来越好。

老贺五十三岁那年，突然高烧不退，住进医院，却怎么都查不出生病的原因，还一度被医生下了病危通知书！我天天守在他病床前，非常害怕他突然离开我。这辈子，他是我最大的依靠，他是我的全部，失去他，我不知往后的日子还怎么过……

偏偏这个时候，他的那些兄弟姐妹，得知他病重，都跑来医院。他们居然说，我的孩子不是老贺亲生的，不能继承老贺的遗产。老贺应该把钱分给他们这些有血缘关系的亲人。

老贺非常生气："什么亲人！除了骨子里流一样的血，你们给过我什么？我老婆孩子，才是我这辈子最亲的人！"他凶狠地把他们赶走，他们说："等你死了，你的葬礼，我们没有一个人参加！"老贺骂道："人都死了，我管你们参不参加。我也不办葬礼，让我老婆把我的骨灰撒进河里，走得干净！"

我哭着抱住老贺，说他一定要坚持，不能有事，抛下我们，他实在太残忍。老贺笑笑："放心！我的身体，我懂，为了你们，我会挺住。"

世间真有奇迹，老贺慢慢退烧了，身体也逐渐恢复，医生说他是病毒感染，找到了合适的药，最终治愈了。

我想，这一定是老贺为了我和孩子，用自身的毅力和抵抗力打败了病毒。经过这一回，老贺说人活着不能只想着赚钱，要多留点时间，陪妻子和孩子。他决定到了五十五岁，就把店铺转出去，我们拿着养老钱四处游玩，这才是真正的享受生活。

如今，老贺马上就要五十五岁了，儿子去读了大学。我们生活得很幸福。我常常想，如果没有遇见老贺，我的人生会怎样？我不知道。我只明白，遇见他，是我这辈子最幸运的事。

> "生活虽充满艰辛，但有缘遇见你就是我最大的幸运。"

水云间摘自《淮河早报》

图：豆薇

【编者的话】外婆做的桂花糕是外公一生的眷念；"我"与老贺的相识相知是命运给予的缘。感情如此妙不可言，它仿佛有着奇妙的力量，将彼此紧紧连在一起，亦如冬日暖阳温热我们的心。

耳环

@ 张建忠

我母亲有个姐姐,我们喊"姨娘"。她家是蚌埠市郊区蔬菜大队的,我家住在怀远县乡下,相距也就七八十里路。在20世纪七八十年代,由于交通不便全靠步行,来往一趟至少要得半天。虽然交通不便,但我们两家来往还是很频繁的。

那时姨娘家条件好,住在市郊,最起码算是半个城市人啊。我们这里还是生产队,打出的粮食不够分,简直是吃了上顿没下顿。每到青黄不接的时候,姨娘就拉着板车来了,板车上从来没空着,总是带些粮食或蔬菜。有时候,姨娘也给娘钱,娘坚决不要,她知道姨娘家的日子也好不到哪去。

那时候,只要小伙伴喊:"荒好,你姨娘来了。"我就会撒丫子跑回家,我知道我又能吃到糖果了。

八月十五的前两天,姨娘又来了,这次除了粮食和蔬菜,还给我们带来了月饼。娘看着汗流满面的老姐姐,想着这么多年来对我们家的接济,娘眼眶有些湿润,她心里很是过意不去,就决定好好招待一下,可是这个一贫如洗的家实在拿不出像样的东西。娘在那只生蛋的大白鹅窝旁走了好几趟,那大白鹅依然"嘎嘎嘎"地伸长脖子欢快地叫着。

中午吃饭的时候,一盆香喷喷的鹅肉占据着整个桌面,姨娘脸色不好看,责怪娘杀了鹅。娘赔着笑说,姐让你赶上了,这只鹅一大早恰好被黄鼠狼咬死了。姨娘生气地说,你们家现在日子也不好过,我来也不是图吃你这点东西的,你不需要这么劳心烦神做饭,你家吃什么,我就吃什么,这样我才心安!娘连连说对对对,不过,你这么远来一趟,再是姐妹,我心里也过意不去啊!

姨娘笑着说,我家现在有点钱,不缺吃,你看看我买的银耳环。说着,姨娘故意摇摇头,两个银耳环,在姨娘的耳垂上跳跃起来,闪闪发光。娘羡慕地看着姨娘的耳环,说,真好看。姨娘说,等你们家条件好了,你也买副耳环,你的耳形好,戴上耳环肯定好看。娘苦笑着说,哪有那命啊?

姨娘走时,给了娘十元钱,这次,娘破天荒地接受了。

后来,姨娘再来时,那副银光闪闪的耳环不见了。娘问,姐,你的耳环呢?姨娘说,庄户人家,戴那东西也没用,卖了。娘没有再问,她知道,我姨父生病住了一次院,姨娘家日子也不好过了。

娘决定带我们到姨娘家去一趟,看望生病的姨父。去的头一天,娘从邻居家借了一套和我差不多大的小伙伴的新衣服给我穿,并告诉我,不准告诉姨娘衣服是借的,我疑惑地点点头。

去的那天,娘像变戏法一样穿了一套稍瘦小的新衣服,耳朵上竟然有了一副像姨娘那样的闪闪发光的耳环。

姨娘见到我们吃了一惊,问,现在农村日子这么好?娘笑着说,那是,比以前好多了!

第二天,我们回家的时候,娘掏出二十元钱给姨娘,姨娘也没推辞,爽快地接着了。

回家的路上,我问娘为什么要说谎。娘说:"你以为你姨娘那副耳环是买的吗?我问你表姐了,那是借的,她只有装作有钱的样子,我们才能要她的钱;反过来,我们不这样做,你姨娘拿钱也不会心安!"

几年后,我家的日子好起来了,娘就真的买了一副银耳环;再后来,娘又买了一副金耳环,金光闪闪特别好看。可是娘每次坐车去姨娘家时,总是把耳环摘下。姨娘每次来我家的时候,耳朵上也是空荡荡的。

多年后,姨娘病逝,表姐整理姨娘的遗物,看见一副金光闪闪的金耳环,藏在姨娘的柜子里。表姐对我娘说,我娘怕你见到她戴上了金耳环,想到自己的日子而难过,就把耳环收起来了。现在她走了,我们帮她最后再戴一回吧。

娘一听,顿时泪如雨下。

水云间摘自《淮河晨刊》图:陈明贵

【名师有话说】用"耳环"为题贯穿全文,通过娘和姨娘一些生活细节描写了姐妹情深似海,姐妹间的来往,相互关爱救济的动作、语言凸显了姐妹真挚的感情! 列夫·托尔斯泰说:"艺术起于至微。"通过细节描写看到了人情美、人性美!

点评者:杭州师范大学东城实验学校
中学高级教师 李爱眉

画家们怎么好意思跟雇主要钱呢

@ 张佳玮

(文中设置了十处差错,你能找出来吗?答案见文末)

据说1487年,佛罗伦萨的画家菲里皮诺·利比先生接了个壁画订单,合同上说:"作品中一切人物,须由画家亲自完成。"

您会想:这不是废话么?让你画,难道不是亲自画?

还真不是。欧洲艺术家,也都是生意人,还是鹭鸶腿里劈出四两肉的聪明人。订单太多,为了批量完成,就时不时让助手帮着画。

文艺复兴大师里,师父坑学徒,甚至抢学徒的作品署自己的名,所见多有。当然也有反客为主的,据说1488年,意大利大师吉兰达约就遇到过这事:有个十四岁学徒的爹上门来,里直气壮跟他要钱,吉大师却生不起气,老实支付了薪酬。

为啥呢?因为那学徒才华横溢,名唤米开朗琪罗。

还是说回利比先生这份合同,那意思:风景之类,是可以由学徒画的。当然这也难怪。文艺复兴意大利的老几位,都有些偏见,像米开朗琪罗一辈子不爱画风景,"风

景是给那些没天分画人体的家伙留着的"。

助手和学徒们的活儿不只是风景。鲁本斯先生的弟子安东尼·凡·戴克画消像，一般就脑袋与手是自己画，其他都指挥徒弟完成。有个传说：英王查理一世叫凡·戴克去给他画画，"你必须亲自画全图，不许善自给我断头断手！"凡·戴克依从了。结果查理一世自己于1649年，被推上了断头台……

伦勃朗那幅著名的《夜巡》，画里十六个人每人付一百荷兰盾，其中领头的两位各付二百，合计该收一千八百盾。当时一百盾可以买一吨黄油，按2017年一吨黄油八千欧元算，伦勃朗画这么幅东西，折合十四万欧元左右。

但伦勃朗画完了，人家嫌不好，付账推三阻四，最后到手也零零星星。

大家会说了：这是欧洲做派。中国古代画家，那都是风流倜傥，游戏人间。纯出天然，千金不易嘛！——嗯，至少董其昌是这么描述的：董老先生觉得画家，那就该是"翰墨余闲，纵情绘事"。

相比起欧洲艺术家们一本正经订合同交稿子，中国艺术家们潇洒多啦！有情趣，不提钱，提钱多俗！

真如此？也未必。

> 画家们的确风雅，但他们也得吃饭呀！情怀与酬劳你会怎么权衡？

首先，画家也有尊严。阎立本，画过《历代帝王图》，当过唐朝群相之一，名垂天下，声闻后世。但他遇到过一回事：唐太宗与一群学士在春苑划船玩儿，看见好看的鸟儿，就让学士们歌咏，召阎立本来画画。外头就嚷了："画师阎立本！"——阎立本一头大汗地跑来，趴在池边，调色作画，抬头看看座上宾客，难过极了。

回去了，阎立本对儿子说：

我少年时候，爱读书，也还好；只是被人知道会画画，被呼来喝去当扑役，丢人丢大了。你记着：千万别学画画！

画家都要脸面啊。

再来就是，钱。风雅人也得吃饭。但如果提钱，就不风雅了，格就低了。

于是发展出了别的求财之道——只是稍微转几个弯。

八大山人朱耷，出了名的不羁。

都说他老人家去跟贩夫走卒玩儿,乐意随手画几笔;达官贵人来求画,反而不允,萧洒得一塌糊涂。

然而17世纪末,南京的黄研旅却托一个中间人给朱耷带了十二张纸,以及一笔所谓"倾囊中金为润"的钱,一年后,朱耷寄回了十二册页。

画家们报价,都用这个润字:报价不叫报价,是所谓"润例"。

郑板桥公开挂过润例,一幅中尺寸挂轴,润例四两银子——而他老人家1748年说过,年景好时,一年卖画能有上千两银子。

考虑到刘姥姥说二十两银子就够庄稼人一年生活了,您也明白啦,那显然已经不是闲来画着玩了,得是专业投入,才能有这产量。

中国画家,其实也不都那么贤散萧然,也是要过日子的。

所以一般来说,订购画作,得有个中间人,把那些铜臭味十足的事儿抹过去。

这么折腾实在锁碎,所以最简便的途径,其实是这样子:

清朝一位女士缪嘉蕙,替慈禧太后画画,入宫赏了三品服色。当然,她不只是以画换功名而已,实际上她所画的,都被慈禧拿去,署了名,用来赏大臣了——没错,她就是慈禧的枪手。

但考虑到三品服色,宫廷富贵,大概也是历史上最富贵的枪手了。

缪女士这种选择,细想才是最靠谱的。

"你个有文化的人,做这点事还要钱?当情怀得了!"

要痛快拿钱,怎么办呢?得找比你更拉不下脸的人——所以古来画家富贵者,基本服务的都是贵人或名声在外的豪富艺术赞助人——大家都是斯闻人,谁更拉不下脸,谁就多出一点儿钱嘛!

秋水长天摘自《历史与传奇》花城出版社

图:小栗子

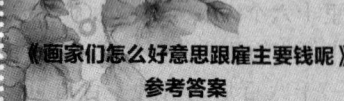

《画家们怎么好意思跟雇主要钱呢》参考答案

1. 里直气壮——理直气壮
2. 新酬——薪酬
3. 消像——肖像
4. 善自——擅自
5. 风流倜倘——风流倜傥
6. 扑役——仆役
7. 萧洒——潇洒
8. 贤散——闲散
9. 锁碎——琐碎
10. 斯闻——斯文

聚焦真情 分享感动

想去中国

@李永兵

我在伊拉克巴格达做小本生意,在郊区我经常看到一些躲避战乱的平民和他们的简陋帐篷,还有无数渴望回到家园的眼神。这样的眼神我在这里见得太多,以至于麻木不仁。但是有一件事让我永远无法忘怀。

那是一个没有太阳的中午,阴云密布,仿佛是密密麻麻的战机压在我的头顶,压抑得让人喘不过气,街上没有一个行人。因为刚刚拉过警报人们都躲了起来,甚至没人出来吃饭。这是我做生意的最佳时机——我拿了些中国食品去卖。我开了家中国小吃店,我得在死神的脚下赚钱。

我来到一个帐篷前吆喝一声,见没动静就匆匆忙忙离开。我的脚步很快,在这危险的地方我必须这样。忽然有人叫住了我,我回头一看,是个小女孩,八九岁光景,她目不转睛地看着我手中的食品。当我正准备回头之时,她却被人拉进了帐篷。我听到女孩的哭声。我掀开门帘问,是否要点中国小吃,不但便宜而且味美。我从小女孩的眸子里看到了饥饿,但她祖母却说我的饼太贵。可我还没开价呢!我知道她没有足够的钱。但我还是卖给了她们几个烧饼,薄利多销嘛。小女孩的确饿坏了,几口就吃完一个。嘴边都沾上烧饼的碎屑。小女孩朝我笑笑,天真地问,你是日本人还是中国人?我摸摸她的马尾辫说,我当然是中国人。她拉着我的手央求道,你带我去中国吧!我知道这是不可能的。我朝她祖母笑笑,当是小女孩说着玩的。老祖母也一脸皱纹地笑了。你能带我去中国吗？她拉着我的手一直不肯松开。我一怔——她当真了。你为什么要去中国，是因为中国食品的味美吗？我店里有很多，以后每天都带些来好吗？不，我一定要去中国！小女孩噘着嘴哭了。我知道我的话伤害了她。我忙说如果你愿意的话我会带你去中国的。小女孩一下子就笑了，像一朵可爱的茉莉花。

临走时她送我一张她的照片，她说怕我把她忘了，有了照片就会找到她。我说你为什么一定要去中国？她说我要给你这个中国人一个惊喜。说完就躲进了帐篷，钻进了她祖母的怀抱。这回我真的要走了，在这里死神随时会吻到你的脸。

不知道过了三天还是四天，我又到小女孩那边卖饼，这次我低着头怕那小女孩缠着我要去中国。我没打算现在就回去，因为我没挣到足够的钱。可又不想欺骗可爱的小女孩，我打算绕开那个帐篷。但一阵凄厉的哭声拽住了我的脚步。那哭声竟然是那位老祖母的，难道她管不住小女孩吗？她那么倔犟吗？真让人受不了！我开始有些讨厌这个顽固的伊拉克小姑娘了。我想吓唬她，中国也会有炸弹。我掀开门帘，却看见小女孩血肉模糊的尸体。瘦小的身子少了一只胳膊和腿，头发也蓬乱了。那张稚气的脸凝固着说不清的表情。她的眼睛睁得很大，仿佛在向遥远的中国张望。

老人见我来了哭得更伤心，她一边哭一边说，女孩是在找我的路上被炸死的。她的手颤抖着拿出一些药片，药片被她手上的血染红了。她说这是她孙女送给我的。哦，这就是她要给我这个中国人的惊喜吗？可我要它们有什么用呢？老人伤心欲绝地拿出一张碟片，这是以前家里的，小女孩一直带在身边。她爸爸在中国，她说要把它们送给爸爸，她还要送给很多中国的小朋友。她看到很多中国的小朋友也在流血、死亡。这话让我莫名其妙。我的国家空前和平繁荣，怎么会发生这样的事？

我一看碟片泪水就出来了，那是电影《南京大屠杀》，大概是她爸爸带回来的。我对老祖母说，我会把药带回中国送给她爸爸，也送给中国小朋友。

水云间摘自《飞天》

图：黄煜博

好故事没看够，扫码享更多！

澳大利亚de第一只白色蜥蜴

@ 邓 笛

维里吉·伊迪埃克是澳大利亚的一个默默无闻的农民。

然而,有一天,他忽然成了这个国家的传奇人物,因为他发现了一种白色蜥蜴。

他的名人地位持续了好几个月,甚至连国家博物馆的专家们都知道有他这么一个人。

蜥蜴在澳大利亚的半干旱地区是一种常见的动物。

蜥蜴比较孤独,但一夫一妻制,通常安静地四处走动,寻找小昆虫和多汁的植物。

当受到威胁时,它们才张开嘴巴,伸出一条蓝色的大舌头来吓跑潜在的袭击者。

如果丑陋的蓝舌不能起到吓唬的作用,威胁仍然存在的话,它们身上的"盔甲"会发出嘶嘶声,并使身体看上去膨胀起来,试图显得更加强大和可怕。

不过,在澳大利亚,蜥蜴都是深棕色的,从未出现过白色的蜥蜴,维里吉·伊迪埃克是该国发现白色蜥蜴的第一人。

维里吉·伊迪埃克喜欢讲述他发现这种罕见的白色蜥蜴的经过。

"好吧,"他一边说,一边用烟丝卷香烟,"我刚从水池边走过去给西红柿浇水,就听到草地上沙沙作响。天气越来越暖和,我觉得可能是条蛇,所以我非常小心地放慢了脚步。"

他说到这儿会停顿一下,如果看到听众的脸上有期待的神情,他的眼睛会一下子亮起来。

"就在这时,我看见了它,简直不可思议,一只白色的蜥蜴。它

不是浅棕色，而是亮白色。太神奇了！我大声喊妻子过来看，她也几乎不相信自己的眼睛。嗯，当时，我们真的不知道该怎么办，"他继续说，"所以我们只能静静地看着它在树篱下爬行，然后消失得无影无踪。我们本不打算告诉任何人，因为我们知道没有人会相信我们的话。然而，大约一个星期后，我们又看到了它。它悠闲自得，像是准备在我们这儿定居。"

事实正如维里吉·伊迪埃克说的一样，村民们每周都会有几次在村里的同一地点看到这只白蜥蜴。

最后，有人决定把维里吉·伊迪埃克的发现告诉大卫。

大卫住在这个村子附近，是当地的博物学家。

在村民们告诉他之后，他也看到了它。

他用相机给这只耀眼的白色蜥蜴拍了照片。

大卫不确定看到了什么，他说他会和博物馆里的朋友联系，把照片发给他们，然后再决定下一步该如何处理这只罕见的白色蜥蜴。

"白化"蜥蜴的消息很快像野火一样蔓延开来，维里吉·伊迪埃克居住的这个偏僻的乡村一下子来了许多游客，都想亲眼目睹这只神奇的爬行动物。

这种情况持续了好几个星期。

直到有一天，维里吉·伊迪埃克的大儿子回到家，听父亲再次讲述他是如何发现澳大利亚第一只白色蜥蜴的故事。

小伙子听得很认真，但就在故事快要结束前，他突然打断了父亲的话，哈哈大笑起来。

"逗死人了！"他说，"几个月前，也就是我上一次在家里，我给家里的篱笆刷油漆，发现一只又大又胖的老蜥蜴困在杂物堆里，我一时兴起，在释放它之前，把它漆成了白色。"

小伙子一时兴起的恶作剧，变成了一件传奇事件，差点惊动了学术界。

这不能算是一个骗局，充其量只能算是一个谣言。

然而，仔细一想，小伙子不过是给一只蜥蜴涂上了颜料，维里吉·伊迪埃克不过是绘声绘色地描述了他看到的事情，大卫不过是履行了一个科学家的职责，村民们不过是在听了故事又在眼见为实之后才传播了消息。

似乎这也不能算是一个谣言。

田晓丽摘自《课外生活》

图：小黑孩

失物招领处的口红

@ 范荟琳

魔鬼口红

教学楼的失物招领处在一楼大厅的一个角落里,大玻璃柜里装满了各种各样的失物。妍妍弓着腰,寻找着自己的笔记本。

突然,她的目光被柜子第二层的角落吸引——一个纸盒里,静静躺着七八支口红。有几支甚至还是崭新的,光亮的外壳泛着微光。

"同学,你好,请问是寻找失物吗?"

妍妍被不知何时出现的工作人员吓了一大跳,猛地直起腰。

她有些慌乱,支吾着点了点头。

工作人员在简单询问了失物的特征后,就把笔记本从柜中取出交还了失主。妍妍拿回笔记本,讶异于这似乎有些随意的失物招领。

第二天,学校组织了活动,大学生最是爱美的年纪,寝室里的女孩们纷纷忙着打扮。

妍妍悄悄瞄了一眼旁边的室友,她的书桌上排着好多支口红,都是热门的大牌。

她其实也有一支口红,是在高考完的暑假买的,但是和别人的比起来过于廉价,所以索性选择不涂。

豆沙色,枫叶红,正红……在网上了解过无数遍之后,这些颜色她了如指掌。她酷爱网上美妆博主们的口红试色和测评视频。

晚上,寝室里。当下最火的美妆博主一边试一支又一支口红,一边大喊着:"太好看了,买它!买它!买它!"似乎一个女孩若没有几支口红简直是不可饶恕的罪过,似乎每一支都值得买,每一支都必不可少,适合春夏,适合秋冬,适合约会……

妍妍看得热血沸腾,很多次,她甚至选好色号,点击购买,然后留在那个提交订单的页面良久,最后叹一口气,取消订单。

因为右下角的那个数字,几乎是她半个月的生活费。

"天哪,这个博主真是一个魔鬼,每次一听她说买买买,我就完全忍不住啊!一晚上下来,几百块又没了。剁手!剁手!"一个室友高声叫嚷着。

妍妍还沉浸在刚刚的推销和购买狂潮里,有些出神。其中有一支口红,几乎是一眼就击中了她。

忽然,灵光闪现一般,几天前失物招领处的纸盒里,一支同样的口红清晰地浮现在脑海里。

疯狂的念头

那夜,在一整晚颠倒纠缠的梦里,她忽而来到失物招领柜前,工作人员变成了一个巨大的黑影,举着那支口红,步步紧逼,咄咄发问:"这是你的吗?这是你的吗?你居然敢冒领失物!"忽而看见自己对着镜子从容地涂那支口红,美艳动人;忽而又遇到面目模糊的失主冲上来当着很多人的面,指着她厉声骂"小偷",嗤笑和谩骂蝗虫一样铺天盖地。

第二天起床的时候,妍妍只觉得头重脚轻,身心俱疲。

可是经过教学楼大厅的时候,她还是着了魔一样,往失物招领处看去。当目光准确地落在那支在梦里出现了一整夜的口红上时,她感到自己的心脏因为兴奋而剧烈收缩了一下,像是被一只忽冷忽热的手狠狠捏了一把。可旋即,梦中那些谩骂,又让她瑟缩,方才的兴奋感潮水一样退去。

时间一天天过去,那支口红的身影不但从未淡去,反而不断出现在妍妍脑海中。大牌,崭新的,心仪了很久的色号,一切都很完美,让人魂牵梦萦。

她知道自己想做什么,也无比清楚这种行为的性质。但玻璃柜里的那支口红,就像一个梦魇,挥之不去。妍妍不断去网上搜索这支口红的试色视频,想象自己涂上它的样子。

每天从大厅路过的时候,她的目光,都定格在玻璃柜的那个角落里。

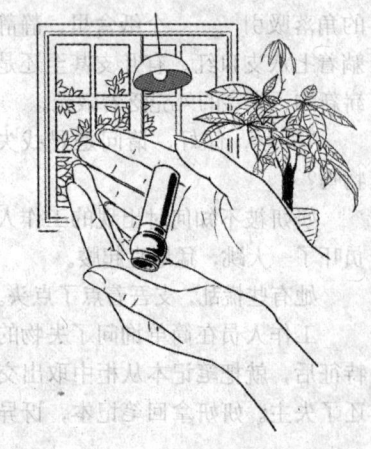

她怕它已经不在那里。

可有时候，她又希望它已经被主人领走，好断绝自己这个疯狂的念想。

惊心动魄

寝室里一片欢腾——刚刚收到消息，班委决定后天全班一起出去春游。参加这次春游的还有另一个班，她心仪已久的男生所在的班。

"我后天要化一个美美的妆！"一个室友大声宣布。

"新买的口红正好适合出去玩时涂！"另一个室友也大喊起来。

终于，这些天折磨着她的思想斗争有一方慢慢占据了上风。

今天失物招领处的工作人员是个男生。妍妍走过去，装作寻觅的样子。

"同学你好，请问在找什么呢？"

"一支口红。"她的目光继续搜索着，虽然早就对它的位置了然于心。

"哎呀，就是这支！还以为找不到了。"她很高兴地说。

妍妍说了口红的品牌和色号，工作人员虽然不太懂，但是见她准确说出了口红底部小标签上被称为色号的数字，就把口红交给了她。

她拿着口红，没有想象中那么沉甸甸，但那凉而光滑的金属外壳还是让她有触电一般的战栗。

正当她松开一直紧捏的衣角，心里暗暗舒了一口气，还没来得及高兴时，只见工作人员拿出一个工作簿来。

"同学，请登记一下姓名和学号。"

妍妍大脑一片空白，愣在原地。

片刻之后，她一边故作镇定，填写着临时编造的学号和姓名，一边惊恐地想，万一还有什么别的流程怎么办，万一要拿学生证出来对照怎么办？

她紧握着笔，冷汗涔涔，害怕起来。

"好了，你可以把它拿走了。"

她如释重负，逃一样地离开了。

妍妍找了一间没人的自习室，关上门，走到最后一排脱力一般重重坐下，虽然还有些心悸，可拿到口红的欣喜劫后余生般蔓延着。

她十分珍重地缓缓旋开外壳。当外壳被完全旋开的时候，她愣住了。

里面的口红齐根断裂，被摔断的上半截裹满了泥土和灰尘，糊在盖子里面。

一片狼藉。

丁丁摘自《中国青年作家报》 图：豆薇

西游这场旅行真人秀

@ 闫晗

《西游记》是场大型旅行真人秀节目，观音菩萨是总导演，如来是总制片人。选题是从如来那里接的：找个南赡部洲的取经人，需要经历千辛万苦，得来的三藏经书他们才会珍惜。虽然目的是弘扬佛法，但需要一个好故事来承载主题。连关键道具，如来都提供好了：锦襕袈裟和九环锡杖给取经人，金、紧、禁三个箍儿给取经人的三个徒弟。

取经团队成员的确定其实并没有经过海选，简直可以说有点随机。观音是个急性子，接了选题就开始风风火火找人，路上恰好遇见因触怒玉帝而被推上剐龙台的小白龙、被流放到流沙河受刑的天宫前卷帘大将，福陵山投错猪胎、靠吃人为生的前天蓬元帅。也有人怀疑，这几个心机 boy 事先知道这个项目，故意半路拦住菩萨，诉说身世，给菩萨留下深刻印象，才能获得机会。

观音对这几个有故事的男同学很满意，他们不仅有才华能力、有悲情过往、知人情冷暖，关键是他们的现有生活都很不堪，对重新翻红有巨大渴望。至于孙悟空这个后来的打怪主力人选，观音倒是犹豫了一下，孙悟空虽然有才干、业务能力高，但脾气大、不好驾驭，不一定适合团队合作，不过既然他自己表明了做事的诚心，观音也省得再找人，何况还有如来给他的紧箍儿防着，孙悟空这个人选就定了下来。

队长人选是最大的难题，如何高效弘扬佛法，需要策划一个精彩的开头。从权力的中心——大唐皇帝那里入手最好，袁天罡的叔父摆摊算卦是最初一枚棋子，泾河龙王输了赌局要被魏征斩杀，就是为了给唐王李世民游地府制造合理性。唐王在地府发现自己大限已到，受到惊吓，靠关系重新得了二十年阳寿，欠了一堆人情，还阳后就决定开一场法会超度亡魂。

此次盛会上，大唐佛学界的新星陈玄奘最终赢得最佳辩手。观音没想到，这位高颜值的和尚居然还是自己人，如来的前弟子、听课开小差被贬下凡的金蝉子转世，于是点点头：就是他了。接着，观音拿出锦襕袈裟和九环锡杖，进行了一场话题营销，开了高价却又分文不取送给唐王，赚足眼球。观音更于众目睽睽之下，驳倒玄奘，表明大乘佛法的高明，并现出菩萨本相，抛出一个问题：谁愿意前往灵山取经？在皇帝期待的目光下，已经穿上袈裟的玄奘只得赶紧表态：我愿前往。

人选已定，接下来是制造新的灾难和矛盾，让真人秀有看点，让观众获得情感上的共鸣。生活习惯、性格、爱好不同，旅行本来就容易让矛盾暴露，比如能力最强的孙悟空多次被猜忌排挤，导演组再找契机，证明其不可替代的价值，让团队重新相亲相爱……这种桥段观众喜闻乐见。

光有常驻嘉宾尚嫌平淡，得有重大挑战才能体现"团魂"。导演组悄悄放出风去说吃唐僧肉能长生不老，附近的妖怪自然会被利益驱动，客串群众演员，让这场真人秀更接地气。

后期乏力，看点不够的话，神佛界的司机、秘书们也可以出趟公差帮帮忙，其中，太上老君最给力，青牛和童儿都下凡作怪，出差算绩效，做妖怪又自在，他们都愿意下基层。这是一场大型旅行真人秀，历时十四年，涵盖职场故事、权力斗争、人际关系宝典，人设丰富，代入感强，事实证明十分成功。

水云间摘自《百家讲坛（红版）》

图：小栗子

那个不能让你虚荣的女儿

@ 安宁

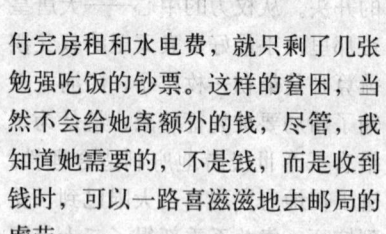

地下室的白领

大学毕业的那一年,她四处朝人炫耀,说:"我们家依依终于可以去外企,做白领挣高薪了。"亲朋好友们听了皆羡慕。她站在金秋的阳光里,眯眼笑听着,脸上的骄傲,像敷了劣质的粉,被那恣意的笑一震,扑扑地全都掉落下来。

她这样笑着的时候,我正在北京,历经着艰难的抉择。拿着厚厚的简历,却始终寻不到合适的工作。不想让她失望的我被如潮的人群裹挟着,却如一只仓皇的蚂蚁,找不到方向。

两个月后,我收到一笔两千元的稿费,是这张稿费单,让我终于下定决心,停止找一份安稳的工作,将大学时一直不肯舍弃的写作梦想,义无反顾地坚持下去。

我很快地在北京租了一间可以上网的地下室,继续像大学毕业前那样,日间读书,晚上写作。稿费来得并不是那么及时,很多时候,付完房租和水电费,就只剩了几张勉强吃饭的钞票。这样的窘困,当然不会给她寄额外的钱,尽管,我知道她需要的,不是钱,而是收到钱时,可以一路喜滋滋地去邮局的虚荣。

她常常会打电话来,问我外企工作的情况。这样的问题,对于擅长虚构故事的我,几乎是小菜一碟。

她在那端喜滋滋听着,连水壶开了的尖利啸叫声,都没有注意。是我编得乏味了,找个理由说要忙,她才意犹未尽地不舍挂掉。

我的写作,渐渐有了起色,收到的稿费,甚至有了节余,我用这笔钱,给她买了一件仿名牌的针织衫。她几乎舍不得穿,每次出门,必像一项仪式,隆重地站在镜子前面,打扮自己,弄到从头至脚,都和毛衣搭配了，才放心地出去见人。小城的秋天，渐渐凉了，她却不觉得冷。

小弟要来京

小弟高考失利，不愿再读，要来北京找我，并捎给我她的话：有你姐在，尽管放一百个心，她肯定有本事，让你在公司里找份轻松体面的活做。小弟转述给我的时候，我几乎是立刻朝他尖叫："不许你来！"说完了才发觉自己情绪已经失控，又急急地纠正："我这边如此忙，怎么能够照顾你？况且，我马上要被公司派往外地，你来了我如何走得开？"

我几乎是歇斯底里地，让小弟将她叫过来接听电话。她显然没料到这个在她顺理成章的决定，会让我反应如此激烈。她嗫嚅着，说："依依，你如果暂时不在北京，找个人去接小弟也可以，他可以自己照顾自己的，等你回来，再给他安排工作也不晚……"

我终于没耐心听完她的话，便冲她嚷："北京卧虎藏龙，就他刚刚高中毕业的一个毛孩子，除了在北京做苦力，我还能给他找什么工作？"

电话那端寂静无声，电水壶突然失声尖叫起来，我在这样局促心慌的声音里，找不到话说，胡乱说一句"就这样吧"，便匆匆将电话挂断。

几个月后，小弟打电话给我，说，她已经托了一个远方亲戚，将他送进了一所职业学校，有亲戚问起，为何不让小弟去北京，她依然是用夸张的语气，说："没有办法，一人一个命，他非要哭着闹着去学电脑，有什么用呢？儿女大了，是由不得娘的。"

回乡送小弟

事实是，小弟一心一意地，想要来北京闯荡，哪怕只是短短的一年也好。但她哪里知道呢，我连自己都不能够照顾，又怎么能顾及其他？

但我还是买了一身像样的衣服，提了大包小包，回去为即将读书的小弟送行。下了汽车，一路走回家去，许多相识的熟人皆说，看，王家的孩子，在北京成了白领，出息了呢，真是不枉玉珍的一番苦心，将两个孩子都抚养大，也对得起早走的老王了。

我买回的北京烤鸭，小弟觊觎了许多次，都被她恶狠狠阻止了。直到家族里最有威望的亲戚来的时

候,她才小心翼翼地打开来,放在饭桌的最中央。

满桌子的人,边嚼着那只昂贵的烤鸭,边不停歇地称赞,说:"可不是,你们家里有了依依这样在北京大公司做经理的姑娘,就等于有了顶梁柱,咱整个的小镇,可不就出了依依这一个留在北京外企工作的高材生嘛。"

母亲的嘱咐

我要走的那天,小弟嬉笑着跟我讨钱花,说,要去买心仪已久的一件衣服。我问他要多少钱,他说不多不多五百块就可以,我当即朝他大叫:"还说不多,快赶上我在北京地下室一个月的房租了!"小弟诧异:"你在北京怎么会住地下室,咱妈说你们外企都住几个星的宾馆单间呢。"

我的脸,当即红了,还没有来得及掩饰,她就走过来,说:"你姐姐当然住的是宾馆,将来你学出来,去北京工作,也能住上那样阔气的房子呢。"我没有回头,但我的脊背,还是被她温柔看过来的视线,烤得生疼,就像被一把刀子,划开了坚硬的核,露出同样被划伤了的殷红的果肉。

将我送上车的时候,她坚持要在座位上陪我坐到车开。她低头默默地将书包上的带子系了又解,解了又系,像在家里,她思念父亲的时候,织那条总也织不完的围巾。

售票员开始催促送亲友的人下车。她终于起身,说:"在北京,好好照顾自己,小弟的事,不用操心的,他一个男孩子,出去闯荡,吃得了苦。"

车缓缓地行驶起来。她突然重重拍打着玻璃,示意我打开窗户。她的话被巨大的喧嚣裹挟着,冲了进来:"依依,如果不喜欢在北京,回省城来吧,你们都在身边,我心里踏实……"

而我忍了那么久的眼泪,终于冲破心的闸门,夺眶而出。

丁丁摘自《当代青年》 图:黄煜博

还没 出场，就已 出局

@ 林特特

我在一家健身房锻炼，已经半年多。给我上课的教练姓刘，我们合作愉快。

一天，上完课，刘教练抱歉地对我说他被调到新开的分店做经理，我的课将由新教练小杨接任。

我接受了刘教练的安排，跟着他走向健身房另一端的拳击房。一位高大、头发凌乱的男生在墙边半靠半躺着，他用胳膊支撑着身体，两条腿自然抻着，大敞大开，两只拳套、一双鞋随意摆放在脚边，歪歪扭扭，袜子揉皱了，塞在鞋里。

显然，他打拳累了，沉浸在自己的小世界里，看见我们进来，仍无动于衷。

"Hi，小杨，这是特特姐，以后就由你带了。"刘教练为我们彼此介绍。

小杨回过神，拨拨额前的乱发，对我们点点头，但没有起身的意思。刘教练暗示，直至明示，他快走几步，冲到小杨面前，拍了小杨腿一下，"你和特特姐打个招呼啊！"小杨这才慢慢站起来，趿拉着鞋，缓缓走近我，伸出手，握了握。

之后的事儿，像所有人对人的交接一样，我回家后，发现刘教练拉了个微信群，群中有我和刘教练、该店负责人、新教练小杨。

照旧，群里，也由刘教练进行开场白："Hi，各位，这是某某，这是某某，这是某某，希望你们接下来的锻炼顺利。"

"有任何问题，都请联系我。"

从此，群里死寂一片。

三天后，群里忽然又有了声音，是小杨。他@了我的名字，提示我注意："特

特姐,你什么时候来锻炼啊?"

然后,恢复沉寂。

又过了两天,我找到还未彻底离职的刘教练,表达了想法:"您说有问题联系您。我想来想去,不想和新来的小杨继续下面的课,如果可以,麻烦你提醒店方,给我换个教练。"

刘教练诧异:"是小杨不够专业吗?你们还没开始第一节课呢!"

"对,"我承认,"我们不仅没开始第一节课,我们甚至还没有记住对方的脸。我敢打包票,现在我们面对面对视,那天短暂的相逢也不会让我们认出彼此。"

"所以?"刘教练的声音,充满困惑。

原因很简单,我分析给刘教练听——

"教练是绝对的乙方、服务者;学员作为消费者,是绝对的甲方、被服务对象。因此,在合作中,我既要完成经过专业指导的训练,还要得到专业的被服务感。提供这些,才说明他是一位合格的从业者。"

"我同意。"刘教练点头。

而第一次见面时,小杨迟迟没有起身,需要提示,才慢慢站起来,和我握手;说明他如果不是反应不够快,就是没有服务意识。

之后,刘教练拉群,让大家有建立联系的可能。一个清楚自己定位,根据定位,能准确指挥言行的人,应该第一时间加对方,也就是我的微信,从此开始一对一的接触、交往,开展下一步的行动。

"可是我等了三天,小杨没有加我,再约课,也只是在群里喊一声,一句话,十几个字,有三个错别字,可见不认真;在这之后,我又等了两天,他仍没有加我,我想,这证明他不仅没有服务意识,不懂移动时代的社交礼仪,对本职工作的定位、任务都还不够清晰。我能预见,以后的课程中,我希望得到的服务、关注、专业度,都会打折,既然如此,又何必浪费时间?"

"您说得对。"刘教练火速给我联系店方,换了新教练。

新教练是个女孩,我到家时,她已火速加了我微信,和我约了下一次课,并在下一次课前两小时,准时提醒我吃点东西,好有力气。

一切如旧,如我一直以来体验的理想的旧。

我没在那家健身房再见过小杨。

或许见到了,也认不出。

摘自林特特新浪微博 图:小柯

@ 最后一支多巴胺

第十七张病危通知单

一切都要从两天前开始说起，那天我是急诊抢救室中班，120救护车送来一位呕血的56岁女性患者。患者被送进抢救室的时候甚至有些让我震惊，因为她的口角、衣服上全都是散发着腥臭味的血迹。"她是肝癌晚期，吐血快一个小时了！"患者的丈夫是一位身形消瘦、戴着眼镜的男人。

此刻的患者已经处于休克状态，并且很快陷入了昏迷。

毋庸置疑，对于一个肝癌晚期并发消化道出血的患者来说，死神已经握住了她的一只手。

对症处理后，患者的血压暂时得到了稳定。

患者的丈夫对我说："就这样了吧，不要再折腾了。"

初听这句话时，刚经历了这场大抢救的我有些不解，甚至有些愤怒：什么叫不要折腾了呢？难道我和同事们的劳动都是瞎折腾吗？如果不愿意抢救又何必送到医院呢？

"我不明白你的意思，是要带回家吗？"我停下了手中的笔，确认他的意见。

他停顿了几秒，回答我："我不带回家，我的意思是不要去ICU，也不用住院了，气管插管、心肺复苏都不要了，输点液就可以了，我可以签字，一切后果我自己承担。"

我见识过很多不愿意配合抢救的患者和家属，也听过各种各样的理由或者意见，但这样有着充分准备和担当的要求并不多见。

"你知道如果不积极抢救的话，

她随时随地都会没有命吗?"我必须要确认家属知道疾病发展的方向和可能。

患者的丈夫看样子是一个有一定知识水平的人,也是一个温文尔雅的男人:"就算积极抢救,也已经不可能治好了,对她来说,多活一分钟都是痛苦。"

事实上,在患者被确诊肝癌的十四个月之中,曾经发生过五次消化道大出血。每一次都是一场生死劫难,每一次都曾让这对夫妻绝望。

"这是我收到的第十七张病危通知单。"他拿起笔签下了病危通知单。

虽然他对患者的病情有着充分的了解和心理准备,虽然他曾多次经历过这种场面,虽然我已经做了反复的沟通,但他拿着签字笔的右手依然犹如灌铅一般沉重而缓慢。

后来患者的病情不可避免地急剧恶化,生命体征在急诊室的黑暗之中被慢慢吞噬。

宣布临床死亡后,家属并没有哭闹,甚至就像患者还没有离去一般。

我将呈现一条直线的心电图递到患者丈夫的面前,他平静地点头认可,并无言语。

我知道患者长时间的病情一定让他非常疲惫,我知道患者多次经历的劫难也一定让他看透了生死。所以,我能够理解他做出放弃积极抢救治疗的决定,也能够理解他面对妻子死亡时的镇定自若。

"穿好寿衣准备走了吗?"我问道。他单薄的身影在急诊抢救室凌晨的寒风之中显得格外单薄:"还没有。我是想谢谢你。"

这又是对我内心的一记重拳,我甚至没能够为患者争取回一秒钟的生命,甚至还在腹诽着他,又怎么配谢谢这两个字呢?

一时间我不知道该如何回答,只好勉强回答道:"早一点离开就是早一点离开痛苦吧。"

简单交流后,家属和提供丧葬服务的大爷们匆忙消失在黎明前最黑暗的夜幕之中。但是有句话,却让我至今难以忘记。

他说:"这是我收到的第十七张病危通知单。"

我想被我腹诽的丈夫一定开始了新的生活,生活在一个没有病危通知单的人世间。

杨子江摘自微信公众号
最后一支多巴胺
图:宋书成

好故事没看够,
扫码享更多!

大千世界 时代之帆

在动荡的岁月里
相濡以沫
@六 米

初见初恋

他们成婚的时候,年纪都很小,她十二岁,他十三岁。

家世倒是相配的,实力虽没有她家雄厚,却也吃穿不愁。唯一不足的是,男方只是半个继子,老一辈兄仨共这一个儿子,虽说有三份家产,却也平添了更多责任。

成婚的当天,她哭着闹着不肯上花轿,半大的孩子怎么能离得开爹娘呢?娘抱着她号啕大哭,不断叮嘱着,到那边不许任性。就这样,她不情不愿地上了花轿,踏上了那未知的婚姻之路。

揭开盖头,他和她挨肩坐着,欲言又止的样子。最后终于像下定决心一样:"大娘说,叫咱们另过。"她答应了一声"哦",脑袋有点蒙。

最初的日子,很艰难。两人谁也不会做饭,不是烫了就是伤了,不是太稀就是太稠,不是没熟就是焦了,两人都饿得精瘦,直到一年之后她才能一人单独做出一顿可口的饭菜来。

战火岁月

七年之后,两个孩子终于长大成人。他们有了第一个孩子,可是还来不及品尝初为人父母的喜悦,战火便延伸到了这个边远的小村庄,日本部队一拨接一拨地开来,从门前的大路经过,顺便将沿路的村庄洗劫一番,无恶不作。

他挑着家当,她拖着刚生产完的身体,抱着孩子,随同乡亲们到更偏僻的山里去躲避。

他们终于来到一个巨大的山洞里,她尚未出月子,连日的劳累让她血流不止,虚弱不堪,刚下的奶也因为营养不足退回去了,孩子饿

得嗷嗷直哭。他急得两眼通红,想出去给她弄点营养品,可这荒无人烟的山里,上哪里去找营养品?

这一夜异常难熬,她因为乳腺炎高烧不止,时而清醒,时而迷糊,孩子因为缺奶撕心裂肺地哭着,乡亲们对这个号哭不止的孩子有了意见,孩子号哭声浪一声高过一声,乡亲们已经激动起来:"不能因为这个孩子把我们所有人的性命都葬送了。"

这时,原本昏迷中的她突然爬起来,一把夺过他手里的孩子,用手将孩子的嘴和鼻子捂住,孩子的哭声被捂住了。孩子的脸色慢慢憋得青紫,不知她哪里来的力气,任人们怎么拉她的手都拉不开。孩子晕了过去,她瘫软地松开双手,双眼空洞地望着前方,眼泪顺着眼眶默默地流着,面对着这迷茫无知的未来,人们除了等,还是只有等。

终于,临黎明时,头顶的嗡嗡声远去了,捡回性命的人们都松了一口气。这时的她,像真的得了神明护佑一样,不药而愈。不但退了烧,还神奇地又有了奶水,孩子也在人们倒拍了几下背心之后醒过来,一声没哭地在她怀里睡着了。

半个月后他们回到村里时,面对满目疮痍、被洗劫一空的家园,他们没有丝毫悲观,只庆幸自己活下来了。

共度艰难

终于解放了,转折点是在打土豪分田地的那一年。

先是家里所有田地财产均充公再分配,接着他大伯因受不了这突然的打击而中风偏瘫,而大娘因为女儿英年早逝,丈夫偏瘫而发疯。令这个家突然沦陷在泥潭中。他因为家里负担重,失去经济来源,便主动请求到离家一百多公里外的水利工程去做苦工挣钱。而她在家不

仅要照顾孩子，操持家务，还要同时照顾三对老人，其辛苦可见一斑。就是那一年，家里三天走了两个老人，一年办了三场丧事。都是她在家里主持大局，操持一切。这时候的她，早已褪去年幼时的娇弱和怯意，被生活磨成了一把锋利的刀，家里家外，面面俱到。

虽然万贯家财一朝散尽，但她丝毫没有被打倒。她像斗士一般保护着她的家人和孩子。

他们就这样携手，走过了最艰难的岁月，终于等到孩子们都成家立业、生儿育女时，他们才发现自己已经步入了老年。

遗憾白首

那天清晨，他出门做客，不出一刻便被人抬了回来，昏迷不醒。原来他绊了一跤，当场脑溢血中风了，这一中风便偏瘫在床，整个右半边无法动弹，再也没开口说过话。

从他偏瘫的那一天起，她承担了照顾他的所有工作。喂饭、洗漱、按摩、端屎倒尿、每天坚持给他换干净被褥，哪怕冬天也坚持自己去河里将弄脏的衣物洗得干干净净，晚辈们要帮忙时，她坚决地拒绝。

然而他还是不治。临终之前，他已经陷入深度昏迷，当她轻轻地握着他的手时，分明看见他眼角慢慢盈出浑浊的泪水。她就那样静静地陪他坐着，直至他停止呼吸。

在儿女们惊天动地的哭声中，她显得异常平静，只是手里拿着一双男士的千层底鞋，不停地纳着。那鞋子正是他的尺码。

他走后的日子，她很少提起他来。只是，她爱上了纳鞋子，而且都是他的尺码。织布、取样、裁剪、纳底、上线，所有工序一样不落。做好之后，她便拿到他的坟前烧了。儿女们对她的行为不解，可她依然坚持着，先是一个月一双，慢慢地身体越来越差，她便三个月、半年一双，甚至生病，精神不济时依然挣扎着做上几针。儿女们劝她别再做了，可她却固执地坚持着。

这一做便是五年，她为他做了二十三双鞋，也到他的坟前烧了二十三次。到最后她临终时，第二十四双刚刚做好了一只。没有人明白她这样做的意图，除了她的小孙女。小孙女在一次陪她去坟前时听她流着眼泪说："那天早上，我该让你穿上我做的鞋！"小孙女清楚地记得，爷爷中风的那天早上，穿的是前几天姑姑给买的新皮鞋。

田龙华摘自《爱的年份》青岛出版社

图：黄煜博

亲历美国IT公司招聘打假记

@奇林

公司要招聘一位有几年经验的程序员,但这类人才现在市场上比较紧俏,人事处初选送过来的简历并不多。

打开第一份简历,映入眼帘的是一个印度名字。应聘者的经验很符合要求,唯一有点奇怪的是简历上只列了一个像是"名"的名字,仔细一看,发现她一年前在另一个部门做过两个月合同工,我赶紧辗转找到那个部门的同事A打听。

A听到这个名字笑了笑,把我拉到一个会议室,关上门说,他们部门聘用这个合同工前,只进行了电话面试,电话里,这个候选人对答如流、风趣幽默。来了后,却感觉她"变了"一个人,不仅业务知识与电话面试时很不相称,而且沉默寡言。参加面试的同事觉得其口音好像也和电话里略有不同,只是没有证据。

而且,这位女士上班时好像不干什么事,打开计算机屏幕闲在那儿打发时间,但她确实又能交出一些编程。同事怀疑她是把工作带回家让别人做的。好在是合同工,两个月干满后,就没有续约了。

听到这个故事后,我和部门的几个同事审查简历时变得十二分谨慎,仔细挑选了三个候选人,准备用Skype进行视频面试。同事A听说后,推荐了同事B。B面试打假经验很丰富，欣然应允帮忙面试。

第二天，首个面试开始了，我打开Skype，B捣鼓了一番启动了录屏程序。一起参加面试的同事对我做了个鬼脸，我们心里都觉得B有点小题大做了。

面试开始了，申请者是一位印度裔男士，简单问候后，B让他把Skype和MS Word以外的程序全部关掉，再向我们分享屏幕截屏。

申请者照做了。我们发现他的屏幕下方还有一个红色图标，也让他关掉。关闭过程中，屏幕中隐约显示出远程桌面字样。

之后的面试还算顺利，只是申请者的声音一直不清楚，有时背景还有点尖啸的噪音。

第二个申请者是研究生毕业不久的华裔女生。她工作年限不长，简历不如其他两个申请者强，但Skype面试一开始，其声音就非常清晰逼真，技术问题答得都不错。同事们对她印象也不错，特别指出她的声音真实。

面试以每天一个的速度进行。第三天面试申请者又是一个印度裔男士。和第一次面试类似，申请者的声音又有些不清晰，有了前一天华裔女生的声音对比，参加面试的同事都对这种混沌不清的声音有些不解。

打假能手B又心生一计，他让申请者把屏幕上其他程序关掉后，把电话也关掉，再对着屏幕说一声自己的名字，果然，声音立刻变得清晰逼真。双方都松了口气，我们开始问面试问题。

申请者的声音又变得混沌不清了，一个眼尖的同事还发现，申请者回答问题时嘴唇很长时间没有动。很明显，有人在代申请者回答问题。

由于这个申请者的演技不精，让大家抓住了有人代答的证据，再加上华裔女生声音的对比，所以大家都同意了B的判断，认为第一个声音不清晰的申请者也是别人代答的，只不过他演技较为精湛，没有露出破绽。

这个面试打假的闹剧在公司几个IT部门传开了，大家纷纷跑到B的办公室看实况录像。

当然，大家免不了都夸赞一番打假英雄B，调侃说他应该在简历上加一条打假技能。但B并不享受这个打假工作，在他看来，跟这些作假的申请者打交道，就像明知地上有动物粪便，却还要鉴别是哪种动物的粪便一样恶心。

朱权利摘自《Vista看天下》 图：恒兰

搞笑西游记
@草木虫

十元五枪

三打白骨精

陪练

萌宠

平平常常摘自微信公众号草木虫

晚点

@ 邢庆杰

【作者寄语】 我写的微型小说，题材较广，但无论是什么题材的，都离不开生活基础。尽管有些人物是虚构的、有些故事是虚构的，还有少数作品是科幻的，但它们的灵魂都来自现实生活，只不过经过了多元的、质的变化。把对生活的感悟转变为文学作品，把生活"制造"成小说，我经常使用的方法有三种：一是真实地再现生活；二是艺术地提炼生活；三是围绕灵感编故事。这是我一贯的写作方法。

男人慌里慌张地领着女人跑上站台时，车还没有进站。

男人听到一个手拿对讲机的执勤说，这班车要晚点一个小时。

男人的脸就灰了，说，车又晚点了，怎么老晚点。

小站很小。仅有一排四五间平房，墙体上刷的油漆大部分脱落了，脱落了的地方露出水泥底子，像一幅抽象派的油画。

都三十年了，小站周围的变化很大，起了很多的楼房，高档的外墙装饰非常扎眼，更加衬托出小站的破败。

站台上仅有十几个人，都在来回踱着步子，耐心地等待火车的到来。

已是晚秋，风很凉。女人竖起上衣领子，对男人说，不行，咱回吧，待在这里俺心里不踏实呀。

男人说，别怕，没人会找你的，你毕竟不是三十年前的你了。

女人说，是呀，都老了……

三十年前，男人和女人都很年轻。在一次全县大会战的劳动中，男人和女人认识并相爱了。但女人的爹娘要用女人换回一个儿媳妇。男人家里是弟兄三个仨光棍，既没有姐妹可去换女人，也没有足够的彩礼去满足女人的爹娘。两人的事自然就没有盼头。但男人不信邪，约了女人私奔，女人犹犹豫豫地答应了。

一个夜晚，两人相约跑出了家门，来到了这个小站。他们在小站见了面后，都很激动，因为他们就要在一起了,谁也没法阻挡了。事先他们已经商量好了,去黑龙江投奔男人的一个姑妈。

本来两人的计划是天衣无缝的。男人已经事先问好了开车的时间,并提前买好了两人的车票。他们来到这里几乎正好是火车进站的时间。只要十几分钟,他们就可以双宿双栖了。

但是列车却给他们开了一个极其残忍的玩笑——车晚点了,晚了整整一个小时。

就在他们相偎着互相取暖时,女人家里的十多口人都找了过来。他们把男人打了个半死后,将女人五花大绑地弄回了家。

男人被家里人拉回家后,休养了一个月才下地。这时,女人已经被爹娘匆匆地嫁出了。

男人又打了几年光棍,虽已年近三十,但有人上门提亲,男人都拒绝了。后来,男人出人意外地去另一个村子当了"倒插门"。在农村,男人不到万不得已是不会走这一步的。但男人宁可与家里人断了关系,也义无反顾地去做了"倒插门"。

后来有人才明白过来,女人正是嫁到那个村子去的。

有人开始担心,担心两人再出什么事。但很多年过去了,两人都各自有了儿女,并没有什么事情发生。

日子一晃,男人与女人就都老了。男人的媳妇先去了,得的是肺病。后来,女人的丈夫也被一场车祸夺去了性命。

再在街上碰面,两人差着辈分,男人得管女人叫"婶",为了避嫌,两人几十年未说过一句话。

但男人不想再失去这一生中最后的机会,他大着胆子与女人约会,讲出了想破镜重圆的想法。女人犹犹豫豫地同意了。

但两人的事情再度遭到了强烈的反对。是双方的儿女。不是儿女不开化,是因为差着辈分,传出去

太难听。

男人和女人耗了半年多,与儿女们也斗争了半年多,但最终未能如愿。男人与女人再次走上了三十年前私奔的旧途。

远远地,火车已经拉响了汽笛。站台上骚动起来。

男人抓住女人的手,有些兴奋地说,车进站了。女人抬头看了男人一眼,叹口气说,到底进站了,上次晚点,让咱俩晚了半辈子呀。

车终于停在了站台上。但这时,女人的儿子、媳妇、闺女、女婿都来了,将女人强行架走了。

火车吐出一些人,又吞进去一些人,鸣着汽笛开走了。男人看着远去的火车,良久,他喃喃地道,这次晚点,晚了我一辈子呀!

男人就天天来火车站等火车。但男人并不真上车,他只关心车是否晚点,并经常一边望着铁路的远方,一边焦急地看着手表。站上的人赶他,但赶跑了几十次,几十次都接着回来了。

男人成了站台上一道持久的风景。

扎西的菜园子

@ 邢庆杰

老马是省农科院的技术员,来到日喀则市后,在农业局当技术顾问,种菜是行家里手。

扎西本来对种菜不感兴趣,可他看到老马什么都亲自下手,从翻地、施牛粪、扎棚、育苗,都盯在菜地里干,就不好意思推辞了。

一个多月下来,扎西的菜园子就郁郁葱葱了。一转眼,就要过中秋节了,老马休假回山东。临走,他对扎西详细交代了管理菜园子的方法。

回到家后的第二天中午,饭后,老马斜歪在沙发上正看电视,手机响了。他接起来,就听到扎西急促

的声音,马顾问!马顾问!你快回来吧!出大事了!

老马的脑袋"嗡"一下就大了。在少数民族地区工作,他脑子里始终紧绷着一根弦,唯恐哪里出了闪失引发民族问题。

老马定了定神说,扎西,别着急,慢慢说,哪里出事了?

是、是菜园子,菜、菜出事了!毒药,全是毒药,您快来吧!吓死人了!

老马的心又提了起来,毒药,难道有人投毒?

扎西说,我也不知道是什么毒药,全是红的,一大片一大片的,您还是快点来吧!我们一家都不敢在菜园边住了。

老马一听,这个问题严重了,现在,他们这个援藏点上的技术人员都回来过节了,只有自己跑一趟了。

老马坐飞机赶到日喀则,又坐车来到扎西所在的牧区时,已经是第二天的下午了。

来到菜园子门口,扎西不敢往里走了,他指着里边,战战兢兢地对老马说,那里,就是那里,全红了,像血一样红。

老马只看了一眼,就有种想哭的感觉。

那一片红,是刚刚成熟的西红柿。

想到自己大过节的赶了几千公里路奔到这里,只是因为西红柿成熟了,他就有些生气。但他转念一想,这不能怪扎西,西藏这个地方,因为自然条件恶劣,以前除了萝卜土豆,根本就没有别的蔬菜,扎西从来没有见过成熟的西红柿,这是很正常的。想到这里,他感觉到鼻子酸酸的,心里沉甸甸的,觉得肩上的担子更重了。

他拉过扎西的手说,扎西,跟我来,这不是毒药,这是世上最美味的蔬菜。

老马摘下一个大大的西红柿,用衣角擦了擦,狠狠地咬了一大口,然后又摘下一个递给扎西说,你尝尝。

扎西看了老马一眼,他相信老马不会骗他的,就学老马的样子,狠狠地咬了一大口!

顿时,扎西瞪圆了眼睛说,好甜!这是糖菜呀!

扎西的菜园子丰收了。

扎西一家吃不了,就到处送人。

老马知道后,给他打电话说,扎西!帮你种菜,不是送人的,你要去卖,以后,这就是你的一项家庭收入。

扎西惊讶地说,卖?怎么卖?卖东西多丢人!

传统的藏民,还保留着以物易物的习俗,不习惯用人民币来交易。

老马就耐心地对扎西说,扎西,这些东西都是你花力气种出来的,还有大棚、种子等成本,别人拿去吃,给你报酬是应该的,就像你拿牦牛皮去换青稞一样。

在老马的说服引导下,扎西终于答应去卖菜了。

扎西要出发了,老马问,你不带秤吗?

扎西一愣,秤?秤是什么东西?

老马笑道,秤是称分量头的,没有秤,你怎么按斤收钱?

扎西摇摇头说,这个你不用管,我们藏民,良心就是秤。

扎西骑着马,赶着两头牦牛走了。

老马望着他宽厚的背影,心想,这些菜,按斤论价,怎么也得卖个百儿八十的,不知道这个憨家伙能不能卖到钱。

老马钻进了菜园子门口的帐篷里,他要等扎西回来。

一觉醒来,老马看了看表,已经下午六点半了。老马走下山,远远地,就看到扎西赶着两头牦牛回来了。

看到老马,扎西忽然兴奋了,打马快跑着赶到老马面前,有些激动地说,马顾问,钱,卖到钱了。

说着话,他从怀里掏出了一把纸币,炫耀般,双手捧到老马眼前。

老马一看,这些钱有五十元的、二十元的、十元的、五元的……大约得三百多块。

老马禁不住好奇,小心翼翼地问,扎西,你没有秤,怎么收钱呀?

扎西说,菜就放在地上,谁喜欢哪样菜就拿走,拿多少都行,钱也是随便给,给多少随心……

老马心里一动,茫然地看着扎西问,这就是你说的,藏民的良心秤?

扎西重重地点了点头说,对!良心!

老马看着这个一脸汗水和灰尘的藏族兄弟,耳际忽然飘过一句他无意中听过的藏族民歌:"……布达拉宫顶上的白云,是扎西哥哥纯洁的心……"

图:陈明贵

【作者简介】邢庆杰,中国作协会员,山东省作协小说创作委员会副主任,德州市作协主席。在《人民文学》《中国作家》《北京文学》等报刊发表小说作品200余万字,作品入选《小说选刊》《中华文学选刊》《21世纪年度小说选 2015年短篇小说》等100多种海内外选刊、选本。获"山东省第二届泰山文学奖"等30多个文学奖项。出版小说专著《白貔记》《白鸦》等23部。

文学如何镜鉴人生

——评邢庆杰《晚点》《扎西的菜园子》

@ 张 春

邢庆杰是凭借《玉米的馨香》进入微型小说研究者的视野的。在其创作谈《文学的良心》里(原文载《小小说选刊》2012年第17期),他谈到写作"要讲文学的良心",那就是"作品的质量要对得起读者,要为广大读者所认可"。这可以说是他自己的创作感悟,也可以说是他的创作理想。从这种颇有意味的"宣示"出发,我们来理解本期刊发的两篇小说,或能有一些新的认识和思考。

《晚点》主要讲述了一对恋人跨越三十多年的"可遇而不可求"的爱情遭遇。三十年前,男人和女人相约私奔,结果火车晚点,在女方家里的强力阻挠下,两人不得不放下爱情。之后,两人的配偶相继离世,他们埋藏于心的爱情又悄然迸发,但却被儿女们所反对,他们再次选择私奔,没想到,三十年后的火车也再次晚点。最终,女人被儿女"架走",男人精神失常。《扎西的菜园子》讲述了扎西在老马的指导下,收获了很多西红柿,于是在老马的建议下去卖西红柿。老马认为,买卖需要用秤,而扎西认为买卖凭良心,"多少随心",结果"良心秤"得到的钱更多。

两篇文章何以能打动人,我想大概有这么几个原因。

第一,选材普通,但有新意。火车晚点是我们生活中常有的事情,但作者将火车晚点与爱情晚点做了契合,就有了新的内涵。买卖西红柿也很普通,但置于民族地区和传统文化语境之中,"买卖"的味道就发生了重要变化。

第二,大量对比,形成落差。读者根据自身知识结构和阅读理解,会对故事的发展做出判断,如果最终的判断与作者的意图不一样,就会形成"期待视野的落空"。按照正常的发展脉络,三十年后的男女应该要结合在一起,但《晚点》里没有;买卖西红柿应该是货价基本相当,但《扎西的菜园子》里的钱得到的却更多。当然,文章中的大量对比,也为落差打下扎实基础。如《晚点》里的对比就有:时间上的"三十年前"与"三十年后",火车的"正点"与"晚点",感情上的"男人"与"女人","站台环境"与"站外环境","私奔"与"阻拦","爱情"与"亲情","当事人"与"局外人",等等。《扎西的菜园子》的最大对比就是,老马认为应该要用度量衡,而扎西选择了良心秤。对比不在于摆设,而在于呈现"不变"。《晚点》的对比就在于指向男人对爱情的忠贞以及现代文明里传统守旧思想的因袭和强大,《扎西的菜园子》的对比就在于指向汉藏民众之间科学传播中的和谐以及对"良心"的敬仰。

第三,大幅铺垫,厚积薄发。这在《扎西的菜园子》更为突出。文章大部分都是与菜园子有关,但最后的买卖的目的其实不是卖钱,而是一种美味的分享——这是一种菜园子,更是一种精神家园。主题在这里得到强力升华。

文学应当如何?当然是镜鉴人生。如何镜鉴?这也是作家和评论家所要关注的焦点问题。当然,除了前述以外,这一问题也在《晚点》和《扎西的菜园子》里得到了正面回答:无论是身处何时何地,做人要本着良心、本着初心,虽然有时候,我们可以超出预期,收获更多的西红柿,卖得更多的钱,但也有可能我们犹如西班牙塞万提斯笔下的堂·吉诃德一样,独自挑战风车,或者更为残酷的是如《晚点》里的男人一样,在现代文明的语境中,与传统文化因袭继续战斗,最终成为"站台上一道持久的风景"。作品给了读者这样的启发,作为短小的微型小说,这就够了。

(作者系微型小说研究学者,湖南工业大学副教授、博士、硕士生导师)

好故事没看够,扫码享更多!

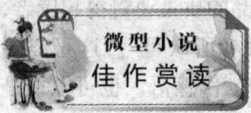

扫码进入中国微型小说学会微信公众号,更多精彩微型小说等您发现。

电子邮箱

编辑部 wenzhaiban@126.com
蔡美凤 836361585@qq.com
胡 捷 gxy1987@foxmail.com
吴 艳 976248344@qq.com
唐 祯 925372182@qq.com

邵半仙

@袁良才

邵半仙是个卜卦算命先生，都传他的卦卜得极准。有人说邵半仙这是在装神弄鬼，宣扬封建迷信，骗取钱财，可也有人偏偏信他。

那时，歙州城外陵阳山的永济寺成了一处旅游景点，游客日众。邵半仙的独子在部队服役，家中闷得慌，他干脆去永济寺山门前摆下一张小方桌，桌上铺着一块大红布，用漂亮的行楷写着：阴阳八卦定乾坤，古钱六爻断如神。上测天来下测地，世间吉凶指分明。

一天，一个满面愁容的姑娘匆匆来到邵半仙的卦案前。姑娘轻言道，大师，我想问婚姻。我男朋友去了边防前线，他是个连长，那里正在打仗。我俩本来很恩爱，只等着让双方父母见了面就谈婚论嫁了，哪知军令如山，他一去再无音讯……我日日夜夜担心他，想他，求大师帮帮我……

邵半仙合上折扇道：今天乃丙寅月，壬午日，姑娘请起卦吧。

他指导姑娘将三枚"乾隆通宝"置于龟壳中，双手握之于掌心，抵于心口，微闭双目，上下摇动古币，随后抛于桌上，如是者六。邵半仙言道：此乃雷泽归妹卦。卦象曰：望桂蟾宫远，求珠南海深。良谋反见伤，生死两为空。

姑娘忐忑急问，怎么讲？大师。邵半仙背过脸去，面色霎时惨白，支吾道：雷泽归妹，乃归魂卦，为克伐之象，乃大凶之兆……姑娘似乎察觉不妙，开始啜泣起来。邵半仙转过脸来，红着眼直视着姑娘说：你的那位男友，他、他，已经阵前玉碎了。你还是，别图郎君吧！这是天意。姑娘顿时泪如雨下，呆立有顷，踉踉跄跄地奔下山去。

第二天，邵半仙的卦摊没有摆出来，他去了一处荣军院，见到了已失去双腿的儿子。儿子说，爸，谢谢你为我了却了心愿，我祝福我的心上人得到她的幸福！

三十年前一个风雨夜，门槛外婴儿的声声啼哭，使邵半仙与他的"儿子"结下生死之缘。

外面下雨了，所有的雨水都淋进邵半仙的眼睛里。

图：小栗子

丸子的朋友圈

金融小王子刘思聪

今天下班偶遇了前女友就聊了两句,她问我是不是还没有放下她,不然为什么还没交女朋友?我说:"找到过五官像你的,也找到过气质像你的,就是没找到眼神儿像你这样的。"

> 王大脸真的不是女汉子:毕竟眼瞎的人不多呀。

大老板张富贵

刚刚入住酒店觉得房间里烟味很重,就打电话给前台反映。前台小姐人很好对我说:"请稍等,我马上派人上去做无烟处理。"我心想现在的酒店有如此厉害的黑科技了。紧接着来一个大叔,打开了我房间的所有窗户,然后走了……

> 哲学系二师兄:此乃最强人工无烟处理器。

郭美眉

做个小调查,你们的快递都谁签收过?我先来:已签收,签收人:水表箱。

> 王大脸真的不是女汉子:已签收,签收人:快递柜先生。
> 丸子:已签收,签收人:消防栓。
> 大老板张富贵:您的快递已被狗笼子签收,感谢使用。
> 金融小王子刘思聪:我的快递曾经被门口脚垫下面代签收……

开怀一笑 轻松悦读

丸子

这世上唯一一个对我说"别走好吗"的人就是我的体育老师,至今我仍清晰地记得,他说:"别走好吗!跑起来啊!跑起来!"

哲学系二师兄:我仿佛看见了那些年你被八百米支配的恐惧。

王大脸真的不是女汉子

今年过年回家,毫无意外的,我又被催婚了。母亲大人下达了最后通牒,今年我要是再不找一个,她就给我包办。对于这种封建传统的做法,作为新一代的年轻人,我表示强烈赞同!靠我自己是真不行了。

快递员小马:阿姨方便的话,这边申请加一单包办。

快递员小马

去年,我给自己定下了一系列小目标:不做不喜欢的事,有一个人陪,生活很浪漫。今年年初我回头看发现我只做到了一半:不做事,一个人,生活很浪。

王大脸真的不是女汉子:我看了看自己,也只有一半:做不喜欢的事,一个人,生活很慢……
郭美眉:为了剩下的另一半,你俩凑合一下算了。

哲学系二师兄

一直想学一门乐器,有点一技之长,终于有一天下定决心决定去报名。老师问我:以前会什么乐器吗?我想了想说:别的不行,我退堂鼓打得一直不错。

王大脸真的不是女汉子:不瞒你说,我牛一直吹得很好。

王大脸真的不是女汉子

今天和朋友一起去了美容院做面部护理,新店开业统一价68元一位,好实惠呀!

郭美眉:这个计价不大合理呀,你那么大的脸收68,像我这么小的脸也收68,我也太亏了吧。

他说他叫王敢，果敢的敢

@ 金陵小岱

他来应聘的那天，我正趴在我妈的办公桌上写作业。

那时的他也就二十出头，他说他叫王敢，果敢的敢。

当时我就被这个自我介绍吸引得竖起了耳朵，因为一般人会说"勇敢的敢"，他竟然说的是"果敢"。

他还说他只读到小学毕业，在老家常常被人嫌弃笨，干不好农活，技术活学起来也很慢，于是我妈问他："那你还有什么比较出色的技能呢？"他不安地搓着手，低着头："我能吃苦。"

他先是学的水电工程安装维修，带他的那个师傅据说被他气得一个上午就抽光了一包烟；后又学了拆洗油烟机，由于拆完洗干净就装不回去了，屡遭客户投诉，带他的师傅气得扁桃体发炎了；最后，他跟自己和解了，拎着桶和拖把，成了我们公司开创以来的第一位男保洁员。

那时还没有派单系统，只能靠人工派单，接线员打电话给工人，工人们要随时随地停下自行车或者摩托车，掏出一个小本子，用笔把客户的电话地址记下来，他总是记得很慢，又因为不认路，常在接线员说了半天后，还对着电话"喂喂喂，啊，什么，你再说一遍"。

就是这样的一个人，却常常在下班后，抱着一本字典看，有时还用笔写写画画，我妈觉得好奇，偷偷观察过几次，终于有一天，我妈没忍住："你下班后还在学习？"

他憨憨地笑了一下："咦！路总，其实我小学都没读完！我怕你不要我，我才说我小学读完了！我每天都把白天不会写的字，晚上查个字典，再写几遍！我对自己，是有目标的!"

我妈说她当时心里有点五味杂陈,半晌才说一句:"那你下班后就在公司学习,随便你坐哪里看。"

日子一天天过去,他也没刚来时那么笨了,下水道疏通,修个灶具,这些活儿渐渐地都会干了,也不知道从哪里了解到的信息,等我小学毕业的时候,他已经开始读夜大了,每天干完活就急匆匆地往夜大授课点赶。

前些日子,我在公司看合同,忽然来了一个穿着全套西装的人说要找路总。

我觉得有些熟悉,他看着我,好像也觉得有些熟悉,他愣了会儿:"群群?"

这下换我愣住了,我十三岁以后认识的人,都叫我"小岱",能叫出我乳名的人,必定是我很小就认识的人。

"都这么大了!还记得我不?我是王敢,果敢的敢。"

我给他倒了杯茶,问他现在在哪里工作,他告诉我他夜大学的是会计,后来本科参加了成人高考,学的也是会计,又考了个会计证,现在无锡一家公司做财务,收入并不高,他说还不如二十年前在我们公司当安装维修工赚得多。

我故意开他玩笑:"后悔了吧?"

他不再像从前那么羞涩内向,咧开了他那两个深深的大酒窝:"咦!我好不容易变成了坐办公室的,后悔个啥!我满足得很!"

后来,我妈跟我说王敢当年在大专毕业后就辞职不干了,找了很多奇奇怪怪的工作,还被皮包公司骗过钱,实在坚持不下去的时候,还回公司向她借过五千块钱,但他对工作的硬性要求就是"坐办公室的""公司要在一个写字楼里""最好要求穿西装",而他娶妻的要求也跟工作一样,必须是"坐办公室的"。因为一直折腾自己的学业与工作,王敢一直快四十岁了才结婚,至今在老家都是个笑话,但他在老家的绰号也从"王愣子"变为了"王办公室"。

世界上从来没有一句格言或者谚语要求理想必须伟大,很多人为理想奋斗一生,依然只是个普通人,但这个普通人的内心,一定有万丈光芒。

海城楼摘自《北京青年报》 图:恒兰

【讨论区】有人欣赏王敢对于理想工作的坚持,有人则认为他不懂变通,对此你是怎么想的?跟我们一起聊聊吧。

我和我女朋友都是重刑犯

@ 欧阳乾

《故事会》——
从小陪伴我的精神
家园！

欧阳乾

失忆重生

我今年32岁,身高179厘米,体重75千克,血型A,编号9582。

我能知道的关于自己的信息,就是这些。我是个罪犯,而且是屡次犯罪的重刑犯。

当然,这些也都是他们给我说的,因为我屡次犯下重罪,在以前早就被枪毙了,因为《人类保护法案》规定任何人和机构都没有权力剥夺其他人的生命,所以我活了下来。但惩罚措施是:我的记忆被全部洗掉了。

我根本记不起来以前都犯过什么罪——甚至,我连自己的名字都不记得。但好歹我还有一把子力气,所以在机械厂找了一份装卸工的差事。同事们都对我敬而远之,他们唯恐我发起怒来就会扭断他们的脖子。

忽然有一天,我感觉自己空白的人生里有了颜色。

那是一家我经常过去光顾的简陋的快餐店,店里所有的服务员都是一副爱答不理的样子,但唯有她不一样,她的眼睛亮闪闪的,脸颊上有几粒小雀斑,每次都会注视我很长时间。

我鼓起勇气,问能不能约她看场电影。她有些慌乱地捋了捋头发,笑了一下说:"好啊,不过得等晚上下班以后。"

那天晚上我去接她,平生第一次和姑娘看了一场电影。电影散场后,我跟她走在回去的路上,气氛有些沉默。我说:"我不想骗你,其实我连名字都没有,我的编号是9582,我是一个被洗去了记忆的罪犯。"

她抬起头,无比惊讶地看着我,说:"我跟你一样,我的编号是3410。"

这下轮到我惊呆了。没想到在这个陌生的城市里,竟然会遇到我的同类;更让我惊讶的是,像她这么温柔的姑娘,到底能犯什么罪?

我们在一起后,她推测着说:"也许我是经济类型犯罪,杀人什么的是不可能啦,毕竟我连鸡都不敢杀。"

神秘胶囊

不知道谁把我的身份泄露了出去,一天,一个黑市贩子找到了我,说他们刚弄到了一批基因修复胶囊,是禁药,药效极强,吃下一颗就能修复大脑缺损的DNA,恢复记忆,让自己想起以前的事情来。

我问他多少钱一粒,他报了一个价。我想了想,摇了摇头,这个价位超出了我的预期。

黑市贩子急了,说:"大哥,你想想,万一你以前是个扛把子,手下一帮小弟,黑白两道通吃呢?难道你甘愿就这么默默无闻地生活下去?"

我说:"兄弟,我不是不想,我是真没钱。"

我跟3410好不容易有了一个家,我不想让它那么轻易地支离破碎。

突然有一天,3410生病住了院,她得的是髓系血癌,一种家族性遗传病,成年后有25%的发病率,很不幸,她赶上了。

在一次化疗后,医生对我说,病人随时都有可能死亡,让我做好心理准备。

她说,不要治疗了,剩下的这点钱,留着我以后好好过日子。

一个星期后,她瘦得皮包骨头,躺在病床上,连坐起来都很困难了。我知道时间不多了,就问她,还有什么想实现的愿望吗?

她已经极其虚弱,但还是拉着我的手,笑着说:"能遇到你,就是我最大的愿望。但就是有些遗憾,我活了一辈子,连自己是谁都不知道。"

我想满足她这个最后的愿望。

我把所有的钱都取了出来,把能卖的东西都卖了,还从机械厂预支了半年的工资,从黑市贩子那里买了一粒DNA胶囊。

我将这粒胶囊喂她吃了下去,静静地等待着奇迹的发生。

可是两天过去了,她什么都没有回忆起来。

当时卖给我胶囊的黑市贩子,已经拉黑了我的联系方式,我又伪装成另外一个买家,才重新找到了他。愤怒的我几乎将他的手脚打断,他才告诉了我实情:其实根本就没有什么记忆恢复胶囊,都是假的,那只是普通的维生素而已。

他躺在地上哼哼着:"我听说……有一个记忆保存库,所有被洗掉的记忆,都做成了晶体保存在那里。"

找寻记忆

在一个月黑风高的晚上,我偷偷潜入了记忆保存库,连续突破了两道安全门,进入了中央控制室。

中央控制室里坐着一个头发灰白的老者,戴着眼镜,胸牌上标着他的头衔:总工程师。奇怪的是,他看到我闯进来,却并不惊慌。

我将手枪掏出来,顶在他的脑袋上。

"你是谁?"他的口气还保持着镇定。"编号9528。我来这里,是为了取回记忆。"

"孩子,我劝你别这么做。""别废话!否则我一枪打爆你的头!"

他叹了一口气,领着我走向记忆保存库。厚重的大门徐徐地打开了。我看到一排保险柜出现在了眼前,整整齐齐的,像是罗列在一起的方糖。他问道:"你要取哪个?"我压抑着激动的心情,说:"3410。"

他走到3410保险柜前面,输入密码,打开了柜门。让我意外的是,里面根本没有什么酷炫的高科技设备,只静静地躺着一个信封。

他把信封递给了我,打开,3410的照片滑落了出来,像她没得病时那样,眼睛明亮亮的,脸上带着温柔的笑容。但是,我却感觉这个人有些陌生。

"根本就没有什么记忆晶体,孩子,那些都只是一个幌子。你们只是克隆体,在实验室的培养器里度过了前半生,自然没有什么记忆。创造你们的唯一目的,就是那些有钱人的委托,他们都得了重病,需要更换器官,而克隆一个自己来进行器官移植,能将排斥反应降到最低。这只是医学上的一个项目而已。"

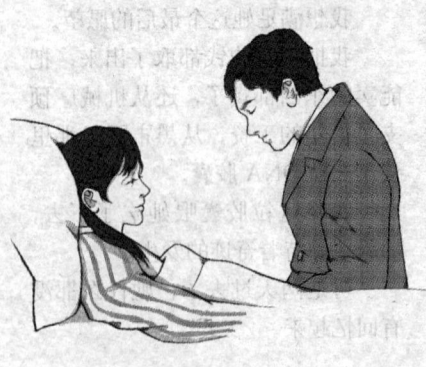

我的手拿着那份档案，浑身都在颤抖。

"我记得这位姑娘是一个部长的孩子，年纪轻轻，就得了髓系血癌，需要骨髓移植。但一直没有找到配型成功的干细胞，便克隆了一个自己。可是没等到克隆体成熟，她就去世了。"

他又打开了编号9528的柜子，拿出一份档案，看了看说："你的本体心脏出了点问题，支付了高额的费用，克隆了一个自己，并且都约好了手术时间。可是就在那天来的路上他发生了车祸，当场死亡。"

我咆哮起来，"为什么要这样做！为什么不直接销毁我们！"

"因为《人类保护法案》，任何人和机构都没有权力剥夺他人的生命。你们也是人，所以我们无法剥夺，只能采用这样的方式。"

"人？"我指着那一排排打着编号的保险柜，"难道他们不是人吗？你摘除他们的器官，毁掉他们的生命，这又算什么？"

"孩子，看来你还没搞清楚自然人的定义。只有当你的本体死亡了，商业契约消失，你才算是一个独立的人格主体。"

我瘫坐在了地上，手里的档案如雪片般纷飞，散落一地。

编织结局

我重新回到了医院，见到了3410。听到我进来，她艰难地睁开了眼睛，露出一个微笑："回来啦？看到我的记忆了吗？"

"看到了。"

"真的吗？太好了……我是谁？"

我轻轻抚摸着她的脸庞说："你叫雪莉，有一个幸福完美的家庭，有父母，还有一个调皮的弟弟。你还养了一条狗，它叫什么来着，哦对了，来虎，是一条特别漂亮的金毛。你从小就很优秀，学习成绩拔尖，大学毕业后去了金融公司上班。你知道吗，还真被你猜对了，你是经济犯罪，给公司搞了一个很大的窟窿，差点害得公司倒闭，哈哈，够厉害的……"

"真好，你这么一说，我真是有些似曾相识的感觉呢……"

她脸上凝固着一个微笑，慢慢闭上了眼睛。

原谅我是一个想象贫瘠的人。我刚才对你说的，是我们第一次约会时看的电影。

图：小柯

【作者简介】欧阳乾，拳手，作家，中国作协会员。代表作《黑市拳》《江湖凶猛》、科幻短篇集《AI觉醒》。曾入围第九届茅盾文学奖。

竞争精神

@「阿根廷」费尔南多·索伦蒂诺
孙宝成 译

我住在巴拉圭街的公寓楼,那里的居民热衷于相互竞争。

实际上,很长时间里,竞争只限于狗、猫、金丝雀或鹦鹉之类。其中最别出心裁的也超不过小松鼠或海龟。我有一条漂亮的德国牧羊犬,名叫乔伊,个头只比我们的房间小一点点。不过,除了乔伊,还有个完全不为人知的东西跟我和妻子生活,那是一只可爱的蜘蛛,类属于草原狼蛛。

一天上午的九点,我给宠物喂食,七楼三门的邻居来借我的报纸看。后来,他没有离开的意思,在那里站了很久,手拿着报纸,目不转睛地盯着蜘蛛看,那种目光令我不寒而栗。

第二天,他过来给我看他刚买的蝎子。在走廊里,七楼四门住户的女佣无意中听到我们谈论蜘蛛、蝎子、扁虱的生活习惯和喂养方式。当天下午,她的雇主就买了一只螃蟹。

有天晚上,我在电梯里巧遇三楼的女邻居,她提着一个黄色的大手提袋,每隔一会儿,开口处就会伸出一个金黄色蜥蜴的小脑瓜。

次日中午,我从超市回家,迎头碰到大蚁熊(也叫食蚁兽)时,几乎脱手扔了购物袋。聚众成群的旁观者中,有个人嘟囔着说话——事实上蚁熊跟真熊是两回事。律师的老婆听了很是愕然，颤抖着跑开，躲进她家公寓。过了好几天，我才看到她再次露面，她容光焕发的脸上挂着目空一切的表情，出门在收据上签字，送货员刚送来一头美国棕熊。

如今我的处境岌岌可危。邻居对我的问候不理不睬，屠夫拒绝给我赊账。最后，老婆威胁着要和我分居，我才觉察到再也无法忍受不起眼的草原狼蛛了。

随之，我采取了前所未有的行动。我跟几个朋友借了钱，变得非常节俭，连烟都戒了……就这样，我得以买到超凡出众的豹子，简直难以想象。立刻，七楼三门的邻居，那个总是紧随着我的家伙，妄图用美洲虎赶超我。

最让我伤心的是和那些缺乏审美眼光的人打交道，那些人感受不到特性之美，那些人只是对块头感兴趣。我这只豹子优美绝伦，却没有一个邻居对此鞠躬致敬，他们的才智让美洲虎更大的体形蒙蔽了。我不得不承认，那头不起眼的豹子已经无法给予我以前的地位了。

我卖了所有能卖的东西，我买了一条巨大的蟒蛇。

穷人的生活很艰难：我在楼里称霸，只区区三天。

在整个公寓住宅，如今涌现出狮子、老虎、大猩猩、鳄鱼……有些人甚至养了黑豹，甚至连市政动物园都没有黑豹。整个建筑物里回荡着咆哮、嗥叫和怒吼。我们彻夜难眠，无法入睡。

度过漫长的一段时间，我再次和三楼那个年轻女邻居共用电梯时，有了令人不安的体验，当时她带着孟加拉虎去散步，在周围街区撒尿。我想起她的蜥蜴，小脑袋从拉链的开口伸出来。那种温情让我感动。

看门人不顾几个业主的监控，用肥皂和水在人行道上清洗了他的双角犀牛，然后——好像什么也没发生过一样——他把犀牛赶进了自己的公寓。

这座建筑现在遍地是水，几乎被毁。我身处不利环境，在屋顶上撰写了这份报告。写这篇文章时，我要盯着手表，因为每隔八分钟，我必须躲到毁坏的楼梯中，免得让七楼三门的蓝鲸喷出的急流毁了这几页纸。写作时我惴惴不安，因为七楼四门的长颈鹿把头伸过墙来，用恳求的目光，一刻不停地向我讨要饼干。

离萧天摘自孙宝成新浪博客

图：恒兰

视点

小小悲喜
伴你走过温暖岁月

@林帝浣

刮奖时刮出"谢"字，
还舍不得扔，
非要刮到"谢谢惠顾"才罢手，
好执着。

我最想的那个人，
不知道过得好不好，
有没有按时吃饭睡觉，
上班工作累不累，
家在哪里，
今年多大了。

图说世相　漫话天下

都说陪伴是最长情的告白，
但长得好那才是陪伴，
长得丑都叫纠缠。

洗澡时，
开关往左掰一点冻死，
开关往右掰一点热死，
好凌乱。

谢谢老板♥

发现无论多疏远的朋友，只要一个红包就会恢复如初，好欣喜。

最近必须得减肥了，穿个破洞牛仔裤一坐下，肉就从洞洞里挤出来了。

摘自微信公众号小林

@ 梁晓声

孩子和雁

在北方的一处大地上有一条河,那儿是北归的雁群喜欢落宿的地方。离那条河二三里远,有个村子,是普通人家的日子都过得很穷的村子。其中最穷的人家有一个孩子,那孩子特别聪明,那特别聪明的孩子特别爱上学。

他十四岁那一年,也就是初二的时候,有一天爸爸妈妈又愁又无奈地告诉他——因为家里穷,不能供他继续上学了……

这孩子委屈,于是一个人去到他经常去的地方,也就是那条河边去哭。在别人不常去而又似乎仅属于自己的地方独自落泪。

那正是四月里某一天的傍晚。孩子哭着哭着,被一队雁自晚空徐徐滑翔下来的优美情形吸引住了目光。

他回到家里后,对爸爸妈妈郑重地宣布:他还是要上学读书,争取将来做一个有知识有文化的人。他说:"我的学费,我要自己解决。"

爸爸妈妈认为他在说赌气话,并不把他的话放在心上。

但那一年,他却真的继续上学了,而且,学费也真的是自己解决的。

也是从那一年开始,最近的一座县城里的某些餐馆,菜单上出现了"雁"字。不是徒有其名的一道菜,而的的确确是雁肉在后厨的肉案上被切被剁,被炸被烹……雁都是那孩子提供的。

后来《保护野生动物法》宣传

到那座县城里了,唯利是图的餐馆的菜单上,不敢公然出现"雁"字了。但狡猾的店主每回悄问顾客:"想换换口味儿吗?要是想,我这儿可有雁肉。"倘若顾客反感,板起脸来加以指责,店主就嘻嘻一笑,说开句玩笑嘛,何必当真!

这时那孩子已经考上了县里的重点高中。

他的父母当然知道他是靠什么解决自己的学费的。他们曾私下里担心地告诫他:"儿呀,那是违法的啊!更何况大雁不是家养的鸡鸭鹅,是天地间的灵禽,儿子你做的事罪过呀!"

他却说:"我只是为解决自己的学费每年春秋两季逮几只雁卖。况且我已经读到高中了,我相信我一定能考上大学。难道现在我该退学吗?"

见父母被问得哑口无言,又说:"我也知道我做的事不对,但以后我会以我的方式赎罪的。"

那些与他进行过交易的餐馆老板们,曾千方百计地企图从他嘴里套出"绝招"——他是如何能逮住雁的?

"你没有枪。再说你送来的雁都是活的,从没有一只带枪伤的。所以你不是用枪打的,这是明摆着的事儿吧?"

"是明摆着的事儿。"

"对雁这东西,我也知道一点儿。如果它们在什么地方被枪打过了,哪怕一只也没死伤,那么它们第二年再也不会落在同一个地方了,对不?"

"对。"

"那么用网罩行不行?"

"不行。雁多灵警啊。不等人张着网挨近它们,它们早飞了。"

"那就下铁夹子!"

"雁喜欢落在水里,铁夹子怎么设呢?碰巧夹住一只,一只惊一群,你也别打算以后再逮住雁了。"

"照你这么说就没法子了?"

"怎么没法子,我不是每年没断了送雁给你吗?"

"就是呀。讲讲,你用的是什么法子?"

"不讲。讲了怕被你学去。"

"咱们索性再做一种交易。告诉我给你五百元钱。"

"谁给我多少钱我也不告诉。如果我为钱告诉了贪心的人,那我不是更罪过了吗?"

他的父母也纳闷地问过,他照例不说。

后来,他自然顺利地考上了大学。而且第一志愿就被录取了——

农业大学野生禽类研究专业,是他如愿以偿的专业。

大学毕业后,没有理想的对口单位可去,他便"下海从商",成了中国最早"下海从商"的一批大学毕业生之一。

如今,他带着他凭聪明和机遇赚得的五十三万元回到了家乡。他投资改造了那条河流,使河水在北归的雁群长久以来习惯了中途栖息的地方形成一片面积不小的人工湖。不,对北归的雁群来说,那儿已经不是它们中途栖息的地方了,而是它们乐于度夏的一处环境美好的家园了。

他在那地方立了一座碑——碑上刻的字告诉世人,从初中到高中的五年里,他为了上学,共逮住过五十三只雁,都卖给县城的餐馆被人吃掉。

他还在那地方建了一幢木结构的简陋的"雁馆",介绍雁的种类、习性、"集体观念"等一切关于雁的趣事和知识。在"雁馆"不怎么显眼的地方,摆着几只用铁丝编成的漏斗形状的东西。

如今,那儿已成了一处景点,去赏雁的人渐多。

每当有人参观"雁馆",最后他总会将人们引到那几只铁丝编成的漏斗形状的东西前,并且怀着几分负罪感坦率地告诉人们——他当年就是用那几种东西逮雁的。他说,他当年观察到,雁和别的野禽有些不同。大多数野禽,降落以后,翅膀还要张开着片刻才缓缓收拢。雁却不是那样。雁双掌降落和翅膀收拢,几乎是同时的。结果,雁的身体就很容易整个儿落入经过伪装的铁丝"漏斗"里。因为没有什么伤痛感,所以中计的雁一般不至于惶扑,雁群也不会受惊。飞了一天精疲力竭的雁,往往将头朝翅下一插,怀着几分奇怪大意地睡去。但它第二天可就伸展不开翅膀了,只能被雁群忽视地遗弃,继而乖乖就擒……

之后,他又总会这么补充一句:"我希望人的聪明,尤其一个孩子的聪明,不再被贫穷逼得朝这方面发展。"

那时,人们望着他的目光里,便都有着宽恕了……

> " 希望人的聪明,不再被贫穷逼得向错误的方向发展……

田龙华摘自《家载一生》中国民主法制出版社

图:宋书成

笑点

牛大姐家乐事多

主要人物：牛大姐（妈妈） 牛大哥（爸爸） 牛小美（女儿） 牛小宝（儿子）
钱多多（牛小美的男朋友） 刘姥姥（牛小美的外婆）

※ 牛大哥刚从单位下班回家，只见牛大姐兴高采烈地走过来对他说："老公，我今天逛街买衣服花了五六万。"

牛大哥心里一惊，说道："我的天，那咱家衣柜要不够放了吧。"

牛大姐淡淡地说："不要担心，我只买了一件。"

※ 牛小宝的期末考试成绩又不理想，被牛大姐训了一顿。事后，牛小宝委屈地说："妈妈，你以后能不能不要说我像猪一样了，这样会伤害我的幼小心灵。"

牛大姐说："好的，儿子，妈妈以后都不这样说你了。"

牛小宝开心地笑了，这时牛大姐又说："现在猪肉都涨价了，你连猪都不如了！"

※ 牛大哥正在看手机，一边看，一边说："老婆，你看这个新闻报道说男人平均每天说一万个字，女人每天说的字数是男人的两倍，可见你们女人太能唠叨。"

牛大姐冷冷地看了他一眼说道："那只能说明，同一件事儿我们女人得说两遍你们男人才能听明白。"

※ 开完家长会，牛大姐气冲冲地回了家，跟正在做饭的牛大哥说道："今天老师跟我说牛小宝上课总是睡觉，你快教育教育你儿子。"

牛大哥随口问正在看电视的牛小宝："牛小宝，你为什么总是上课睡觉？"

牛小宝回答道："因为下课太吵，睡不着啊。"

就是爱体育（奥运篇）16. 国际奥林匹克日是哪一天？

※ 牛小美说:"我今天丢了50块钱。"牛小宝说:"哈哈,我今天捡了100块钱。"牛小美说:"在哪儿呢?拿出来我看看。"

这边牛小宝刚拿出钱来,就被牛小美一把夺过,然后说:"天啊,才一小时不见,转眼你就长这么大了。"

※ 牛大姐正在检查牛小宝的试卷,翻到历史这一科,发现大题都是空白,于是生气地问:"牛小宝,这些题目为什么都空着?"

牛小宝委屈地说:"因为我怕篡改历史。"

※ 有一天,牛大哥心血来潮开始在家里大扫除,结果,先是在床底下捡到10块钱,后来又在沙发底下捡到20块。之后牛大哥经常默默地主动做家务,每次总能有些收获,这样坚持了一年多。

直到有一天,他看见牛大姐偷偷往床底下放零钱。

※ 牛大姐去学校接牛小宝放学,一见面牛大姐就说:"刚才正好碰见了班主任老师,她跟我说上课叫你回答问题你一直低着头不讲话,为什么呀?"牛小宝说:"因为我害怕。"牛大姐说:"为什么害怕?是不是你上课走神了?"

牛小宝小声说道:"我害怕嘴里的糖会掉出来。"

※ 牛小宝早上总是赖床导致上学迟到,有一天他破天荒地早早出了门,快走到学校的时候碰见了班主任老师,牛小宝远远地就喊道:"老师早上好!"只见班主任老师突然间开始狂奔。

牛小宝一脸疑惑地走进教室后,班主任对他说:"吓死我了,碰见你我以为我迟到了。"

※ 牛大哥买了一袋苹果回家,顺手递给牛小宝一个上面有鸟啄过痕迹的。牛小宝生气地说:"这个有鸟啄过了,我不吃!"牛大哥说:"傻孩子,鸟啄过说明甜呀,不然干吗要啄它呢。"

牛小宝说:"你才傻呢,鸟啄过了但是没吃完,说明尝了尝不好吃才剩下的。"

※ 牛小美对钱多多说:"我劝你以后骑摩托车一定要记得戴头盔。"钱多多说:"你突然这么有安全意识了,很好。""我是怕你在路上被开宝马奔驰的同学认出来。"

古人不爱洗澡，这么重口味吗

@ 小柒

白居易有一首诗名为《沐浴》，这样写道："经年不沐浴，尘垢满肌肤。今朝一澡濯，衰瘦颇有馀……"意思是说：常年不洗澡，洗完澡再上秤，发现自己竟轻了好几斤。

如此邋遢的"诗魔"专门写诗告诉大家自己不爱洗澡，真是不以为羞、反以为荣。难道古代条件恶劣到如此程度，连身为朝廷官员的白居易都不能洗澡自洁？

实际上，古人并没有我们想象的那么邋遢，洗澡条件也没有那样糟糕，白居易出现此种情况，大致是因为那几年他回老家为母亲服丧守孝，无心打理自己吧。

早在三四千年前，殷商时期龟甲上记载的文字中，就有"沐""浴"等字。"沐"的字形就像是双手捧着一盆水在洗头发，而"浴"字则像是将人置于一个器皿中，并在人的两边加上水，以此来模拟出洗澡的画面。

沐浴对于古人来说，并非简单的清洁身体，而是一件颇为神圣的事。比如皇帝在祭天拜祖前，僧人诵经念佛前，人们出门约会前，都要沐浴更衣，表郑重与敬畏。于是，汉朝的公务员每隔五天会有一天的休息日，也就被称为"休沐"日。唐代律法也有同样的规定，只不过从五天一"休沐"改为十天一"休沐"。

格物致知 经世致用

在今天的国家博物馆,藏有一个名为"虢季子白盘"的青铜容器,非常巨大(高约40厘米,长约140厘米,宽约86厘米,盘口是个圆角长方形,四曲尺形足),你看它像啥?没错,这可能就是国内现存最早的大浴缸了。

但随着人们生活水平的提高,大家不仅仅满足于拥有一个够大够结实的浴缸,而是更需要营造一个舒适的空间,才能让沐浴这件事更加具有仪式感。

秦始皇就曾在秦都的咸阳宫里修建了一个御用的高级浴室,里面不仅有浴池,更是配置了取暖用的壁炉、高级的陶制地漏以及完备的排水管道,除此之外,还专门给后宫的嫔妃们单建了一个大浴室。

再说说十六国时期后赵皇帝石虎,他在宫中修建了一座相当豪华的"四时浴室"。为何叫做"四时"?原来,浴室夏季引渠中清凉的泉水灌池,再用绉纱裹上百香制成香囊,泡在水里,以此让水香扑鼻。冬季他更是让专人将很多枚几十斤重的龙形铜铸件烧红投入水中,用这种办法给浴池里的水加温。

> 中华文化博大精深,连沐浴也有很多讲究,一起来了解一下吧!

到了唐代,唐玄宗更是利用天然温泉建成了"华清池",还依此修建了气派的华清宫。能把洗澡这事搞出这么多名堂,也是真的很会享受了。

大概从宋代开始,浴室逐渐走向平民化,普通百姓也能享受各种公共浴池带来的洗澡服务。宋代诗人黄庭坚在被贬官到宜川时,就曾在乡下民办的小浴室里泡澡以解郁闷之情。他甚至还将这件事记到了日记里:"十七日丙戌,晴,从元明浴于小南门石桥上民家浴室。"

古代公共浴池浴室究竟长什么样?在《扬州画舫录》里记载了清代扬州浴池的普遍情况,它们以白石为池,分为大小隔间,水热的是大池,温热的是中池,还有比较小并且水温也不够的叫"娃娃池"。

那么公共浴池中,人们用什么来搓澡呢?最早的时候,人们发现淘米后的水有去污的功效,便拿来洗头发用。再之后,人们发现了皂荚,用植物肥珠子制成的肥皂,用草木灰和猪胰脏制成的胰子,用豆子制成的澡豆,等等,这些慢慢都成了洗澡时的好帮手。

摇曳生香摘自《光明日报》 图:小栗子

敲门

@ 孙道荣

"咚,咚咚,咚——"走进楼梯口,他习惯性地走到101室的门前,敲门。敲门的节奏,也是他和她早就约好了的,"咚,咚咚,咚——"永远固定的节拍。只要听见这个节奏的敲门声,她就知道是他,这样她就不用急着来开门,以免有个闪失。过一会儿,门轻轻打开了,露出一张沧桑的脸来。隔着门,他对她笑笑:"今天好吗?"她也笑笑,露出几乎没了门牙的嘴巴:"好,好着呢,上班累吧?我没事,赶紧早点回家去吧。"

看到她精神很好,确实没事,他才放心地上楼,回家。他的家在四楼。

这是他每天的功课。

他和她,不是母子,也不是亲戚,只是普通的邻居。考虑到她年龄大了,又是一个独居的老人,社区于是在楼梯洞里,就近安排个邻居帮忙照应她。之所以选择了他,除了他是个热心肠之外,最重要的一点是,他在一家公司每天按部就班地上下班,能够准时回家,从来不在外面有什么应酬,这样才便于每天都能准时去敲敲老人的门。老人随时有可能出现意外,最怕三天打鱼两天晒网式的照顾。

社区找到他时,他欣然接受了。于是,每天下班回来的时候,他都会先去敲敲101室的门,把老人喊应了,才回自己的家。有时候,路上碰见放学的儿子,他就会和儿子一起去敲老奶奶的门,这时候他会让儿子敲,儿子已经学会了他敲门的方法,"咚,咚咚,咚——"不急不慢,不轻不重。门打开了,她

看到他们父子,开心地笑了,摸摸儿子的脑袋,经常还会变戏法一样,变出一把花花绿绿的糖果来。

老人的身体很硬朗,几乎没有出现过什么情况,只是发生过几次小意外。有一次,他敲门的时候,她正好在卧室里接儿子打来的越洋电话,没听到他的敲门声。敲了几遍,没人开门,他惊出一身冷汗,连忙又重重地敲了几次,"咚咚,咚咚!"连一贯的节奏都忘了。放下电话,她才听见了敲门声,虽然敲门的节奏不对头,但她知道这是他回家的时间,一定是他,她几乎是一路小跑去开门,差点摔了一跤。幸亏只是虚惊一场。还有一次,中午的时候,她累了,靠在沙发上养会儿神,突然,响起了熟悉的敲门声:"咚,咚咚,咚——"老人兴奋地想,今天这孩子难道没上班,怎么这时候来敲门啊。喜颠颠去打开了门,却是一张陌生的面孔,推销员。等傍晚的时候他来敲门,老人将这个趣事讲给他听,一老一少,笑得很开心。

日子就这样慢慢地流逝。"咚,咚咚,咚——"每天黄昏,熟悉的节奏,就会在楼梯口响起。

那天,因为一个突发情况,他带着老婆和孩子,一起去了一个朋友家。黄昏的时候,他习惯性地想起了敲门这件事,看来今天是敲不成门了,因为走得急,他偏偏又忘记了带电话簿,记不得她家的电话,无法通知她。朋友安慰他,这么多年了,就这一次,应该不会这么巧,有什么事情。也只好这样想了。

晚上十一点多,他们一家才回家。在楼梯口,看着101室的门,他犹豫了一下,要不要去敲敲门?再一想,太晚了,她一定已经休息了,明天一早再来敲门吧。

他们刚回到家,自己家的门突然响起来了,"咚,咚咚,咚——"熟悉的敲门声,难道……他赶紧跑去打开了门,果然是楼下的老太太。

"你们没事吧?"她急切地问。"傍晚,没看见孩子放学,也没看见你媳妇下班回家,你又没来敲门,我以为你们出什么事了。刚才我听见楼梯洞里的声音,就想着是不是你们回来了,所以,就赶紧又上来看看。看到你们没事,我就放心了。"

他的眼睛,忽然湿湿的。他搀扶着她,将她送下楼。他答应她,今后无论发生什么,他都会准时去敲门。因为,那已经是他们共同的牵挂。

白丁儒摘自《生死朗读》四川文艺出版社

图:小柯

人猿泰山之 直击凶手
（上）

@ 青山幽幽水迢迢

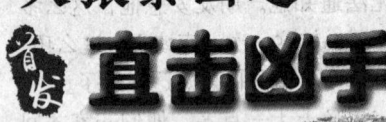

追踪疑犯

从高处俯瞰，错落有致的田地，一栋栋小洋楼，大好河山尽收眼底，终于回到了我的祖国，叶兰心里松了一口气，她捏了捏背包里的东西，靠在椅背上，神经高度紧张后放松的她困意袭来，便闭上了眼睛。

坐在她旁边的是一对新婚燕尔的小夫妻，此刻两人正开心地聊着肚子里未出生的宝宝和这一次即将完美结束的英国蜜月之旅。

过道的另一边坐着一个英国男人，身材高大且匀称，体格健壮。此刻他那双灰色的眼睛散发着猎鹰一般锐利的光，他的眼角时不时地瞟向叶兰。

他的旁边坐着的是他的朋友道格尔上校，上校的脸上时不时地表现出不安，他看着泰山，欲言又止，几次三番之后他还是问出了口："泰山，光凭着你手上的证据你怎么就肯定她是凶手？"

泰山转过头拍了拍他的肩膀说道："不管她是不是凶手，她一定和简的死有关。"他离开亚马逊丛林的时候，得知妻子简遇到了意外，与她的朋友DR.罗杰一起死在了车里，他一直追踪线索，可恶的是马上要揭开迷雾的时候，却发现线索被掐断了，而在中断之前所有的线索都指向了这个叫叶兰的女人。

她是DR.罗杰的中国学生，跟他一起研究细胞的再生，之前泰山曾经听简说过她在支持一个科研项目，如果成功的话，那将能治愈世上所有的不治之症，这将是生命的奇迹。可是泰山没能等来简成功的消息，却等到了她的死讯，他发誓一定要找出凶手。

突然，飞机失去了平衡。只听

17. 答案：贝贝、晶晶、欢欢、迎迎、妮妮。

悬疑科幻 脑洞大开

到空姐丽莎在广播里不停地喊着:"请大家不要惊慌,坐在位置上,打开窗户遮阳板,收起小桌板,调直靠背,摘下手表、首饰等尖锐物品。请大家系好安全带,脱掉鞋子抱头。"

飞机开始直线下坠,飞机上的尖叫声此起彼伏。

小夫妻紧紧地抱在一起,丈夫一帆说道:"暖暖,别怕,不论如何我们一家三口都在一起。"暖暖含着泪抱着他,不停地囔着:"可是我不想死……"

相比之下叶兰虽然吓得小脸煞白,但是她显得镇定许多,她一声不吭,紧紧地捏着背包,她脑子里还想着自己那未完成的使命,她不能死。

在叶兰觉得天昏地暗的时候,飞机突然又好像刹车了,它缓慢了许多,可是还在下降,最终还是一头栽进了湖里。

野人谷

叶兰睁开眼睛,映入眼帘的是一张放大的脸,立体的五官,深邃的灰色眼睛。那骇人的眼神,惊得叶兰猛地坐了起来,猝不及防撞到了他的额头。

叶兰知道这个叫泰山的人从湖里把她救了上来,可是她的直觉告诉她这个人太危险了,要远离他,突然,她发现背包不见了,她的东西和文件都在里面,她慌了。

在她准备到水里去找的时候,泰山一把拉住她,问道:"你是在找这个吗?"泰山手里的背包正是叶兰的,他质问道:"这里面是什么?"泰山看过,里面有个文件袋,是一些文件和一个盒子,这些很有可能就是她杀人的动机。

"还给我!"叶兰气得瞪大眼睛,说道,"这些你用不着,还给我。"

泰山将背包放到她手里,扣住她的手臂,压低嗓音问道:"你是不是为了这些东西才杀了DR.罗杰的?"

叶兰讶异地望着这个人,狠狠地踹了他一脚,抽出手,又从他手中夺回了自己的背包,动作迅速得跟小猴子抢东西的时候一样,泰山愣了一下,听她骂道:"神经病。"

叶兰迅速地跑到人群之中,望着矗立在高处的泰山,心中满是疑惑。

飞机坠落的地方,信号很差,电话根本打不出去,看来只能等救援了。环顾四周,千峰峭壁,怪石林立。存活下来的人大概有四五十人,有一些人受伤了,机长正在组织人员帮忙救治。

道格尔从密林深处走了过来,拿出地图,指着说道:"真是奇怪,我们怎么会坠落到这里?这应该是中国的神农架,据说这里有野人出没,有个野人谷,很多地方被列为禁区,我刚去看了下四周,很不幸我们应该就在这个禁区之中。"

道格尔又说道:"你不用看着她,她跑不了,我们还是看看晚上在哪里休息吧,这种地方会不会有猛兽?"

泰山笑了笑,不管什么密林,但凡是丛林都是泰山最为熟悉的,这种安全感是与生俱来的。

夜,暗沉沉地笼罩在山头之上,连月亮都躲了起来,唯独这些火苗在不停地跳动,死里逃生,食物短缺,大家都累了,互相靠在一起,渐渐地鼾声四起。

泰山从飞机残骸中找到了一些刀叉,准备做一个顺手的武器,这是他一贯以来的习惯,突然他感觉到有人在盯着他看,是叶兰,他也望着她,两人凝视着对方许久,叶兰最终决定说说清楚,免得这个危险人物变成她的定时炸弹。她问道:"你为什么说我是凶手?"

泰山低着头好似漫不经心地组装着手里的工具,实际上他全身紧绷,他压抑着自己的怒气,缓缓说道:"那天晚上闭路电视拍到你是最后一个用 DR. 罗杰的车的人,第二天他开车出去,就出了车祸,据说是刹车失灵。"

"能避过摄像头去弄坏刹车的人多着呢!"叶兰觉得他的理由可笑得提不起兴趣去争辩,"况且博士有好几辆车,我难道在每一辆车上都动手脚?那辆车平时博士是不开的,可是我收到他的信息,让我把车窗开下透透气,我才去动那个车的。"

"这些药物研究是我们辅助博士做的,那么论文署名写的是博士无可厚非,后来因为研究我们产生了分歧,所以我才会想到把我的实验结果带回中国,当时博士是同意我离开的,既然他都同意了,我没必要去杀他。"

叶兰把手机上的信息给泰山看了一下,泰山又从口袋里掏出一个戒指:"这是你的吗?"

叶兰觉得似曾相识,可是想不起来,她摇摇头。泰山望着她的背影,没有再说一句话。

变异蚁

叶兰此刻心里也不轻松,她比谁都希望能尽快地找到博士的真正死因,毕竟那是她的老师。

旁边的暖暖靠了过来说:"能陪我去上厕所吗?我老公太累了,我不想叫他,我一个人又不敢。"

叶兰跟着她来到之前清理好的厕所,才进去一会儿,暖暖就叫了起来,叶兰冲进去一看,这蚂蚁也太吓人了,有拳头那么大,拼命地啃食着什么,大概是她们的声音惊动到了它们,那黑乎乎的眼睛瞬间都亮了起来,只见那触角碰了下,它们就冲了过来。

两个人在跑,一串的蚂蚁疯狂地追着,惊醒了所有的人,大家都看着这个景象,连泰山这个曾在丛林里生活过的人都惊讶得说不出话来,但他知道,这些巨型行军蚁过后这里将无一活物,只是不明白应该生活在亚马逊流域的它们怎么会出现在这里?

"快跑,快跑。"泰山冲着所有人大喊起来。

他一边举了火把迎了上去,幸好蚂蚁数量不多,他的鱼叉树枝发挥了关键作用,对着行军蚁就是一阵乱扎,它们瞬间就炸裂开了,分离的肢体四处散落,不断地抽搐。

叶兰也从旁边抄起树枝对着蚂蚁一阵乱打,蚂蚁速度太快,冲乱了人群,原本受伤的人都成了蚂蚁首先要攻击的对象。被蚂蚁撕咬后的人发出痛苦的呻吟,瞬间被咬的地方就发紫、越肿越大。

一些被击退的蚂蚁又迅速地围了上来,泰山带领着强壮的男人留下来,他们点着的火把只是让蚂蚁暂时后退一下,很快,它们又重新冲了上来,那强而有力的下颚发出碰撞的声音。泰山轻而易举地将其中几只敲碎,可是蚂蚁速度太快了,猝不及防,有一只爬到了泰山的身上,眼看着它对着泰山的脖子就要咬下去,叶兰对着它狠狠地一击,打得泰山差点站不住,要不是那黏糊糊的汁液从他身上流下来,泰山都怀疑这个女人是在偷袭他。

庆幸的是,泰山发现在打退一波以后,蚂蚁就突然消失了。

看着不少被咬的人相继倒了下来,泰山也表示无能为力,说:"这种蚂蚁的唾液带有腐蚀性,只是不知道为什么会变得这么大,而它的唾液腐蚀性增加了,变成了剧毒。"

大家跑得慌忙,身上的吃食都掉得差不多了。

道格尔提议道:"天虽然亮了,但是迷雾重重,建议大家不要分散得太远,我们分三组,两组人出去找食物,一组人留下照顾病患,这样比较安全。"

叶兰跟着一帆和暖暖还有几个人一起走,才看到泰山和道格尔也跟在他们后面。而另一些人都跟着机长往另外一边去了,留下了五六个轻伤患者坐在原地等,为了不迷路,机长给每个人发了个叉子,方便做记号。

图:黄煜博

【下期预告】找食物的他们还会遇到什么惊险?叶兰究竟是不是泰山要找的凶手呢?DR.罗杰的死背后还有什么不为人知的秘密?让我们在下期中继续寻找答案!

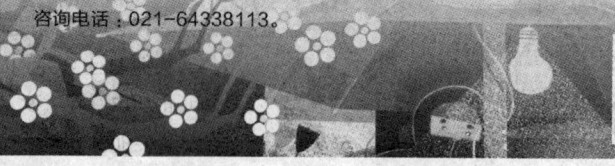

谈古、说今、讲故事,期期精彩
真情、真知、真有趣,篇篇好看

《故事会》蓝版合订本,第1—14辑已经出版,1—4辑10元/本,第5—14辑15元/本。
您可以选择以下四种方式购买:

购买方式

1. 就近到各大实体书店购买;
2. 登录当当、京东、淘宝等网上图书商城购买;
3. 微信扫描右下角二维码购买;
4. 邮政汇款购买,地址:上海市黄浦区绍兴路74号,邮编:200020;
收款人:上海故事会文化传媒有限公司出版发行部。两册以上免收邮资。
咨询电话:021-64338113。

《故事会》蓝版合订本

18. 答案:清华大学美术学院教授韩美林。

难以分类的垃圾

@ 颜士富

实行了垃圾分类，小区的垃圾站被拆除了。每家门前都有分类垃圾桶。管垃圾的刘阿姨忙了起来，她要监督小区的垃圾分类，谁家的垃圾没放好，直接找到该业主。

小区东南角有户人家，男主人身材矮胖，感觉有些不修边幅，每天提着小包，骑辆旧自行车，一年四季都是不慌不忙的样子，每次见着刘阿姨微微一笑，算作打招呼了。

有一天，刘阿姨正在他家门前清理垃圾，一位小伙子开着一辆小车停在了他家门前，按了几下门铃屋里没有人应，就问刘阿姨："请问，看到张局长回家吗？"这一问，刘阿姨就知道了：原来每天骑自行车上下班的这位是张局长，在刘阿姨的心目中还是个大官呢。刘阿姨的心里不禁涌起一阵感慨，如今这样的官少了！

又一天，刘阿姨在小区的门口，正遇上张局长推着自行车，就情不自禁地说了声："张局长好！"

"好！好！好！"张局长一副憨态可掬的样子。

刘阿姨又一阵感动，多么平易近人啊！因为张局长的平易近人，这天刘阿姨的心情格外好，在清收张局长家门前的垃圾时，不由得多加了小心。突然，她发现一个沉甸甸的塑料袋。打开一看，一沓厚厚的小花纸，像冥币。刘阿姨抬手就要扔回垃圾桶，一旁捡破烂的老头说："给我当废纸卖吧。"刘阿姨就

要扔垃圾桶的手又拐了个弯,扔到了老头手里。那老头拿过去看了看,说这个不像冥币,他见过的冥币没有印这么好的,他不敢收,遂又还给了刘阿姨。刘阿姨拿在手里翻来覆去看了看,感觉还是和冥币差不多,但又拿不准,决定等张局长下班后,送还他家看看!

晚上八九点钟,琢磨着该下班了,刘阿姨按下了张局长家的门铃。果然是张局长开的门,可能是喝了酒,张局长显得有点醉眼蒙眬的,说话也不甚清爽:"嗨,嗨,有事吗?"

刘阿姨忙把塑料袋递上去,说:"是你家垃圾桶里的,他们说是冥币,我觉得……"

还没等刘阿姨说完,张局长忙打断她:"拿走拿走,我们家怎么会有这个呢?"

不等刘阿姨解释,门"砰"的一声被关上了。刘阿姨有些心灰意冷,张局长怎么和平时判若两人呢?这明明白白就是你家的。刘阿姨想不通。

刘阿姨走后,张局长在家翻箱倒柜,怎么也没找到他要找的东西,问家人都说不知道,在一旁的保姆却说:"是不是那袋冥币,我想着放家里不吉利,扔垃圾桶里了。"

张局长一听,突然醒悟过来,大喊:"快,快去找看垃圾的。"声音几乎都变了。

刘阿姨回到家还没坐稳,就听到"咚咚"的敲门声,打开一看,是张局长,另一个显然是他夫人,手里还提着一袋水果。

张局长酒也醒了,又换回了一副憨态,刘阿姨心里多了些疑惑:这人到底怎么了?

"不好意思,今天我喝得有点多了。"张局长说着用手比画着,"你刚才捡到的那个东西呢,确实是我家丢的……"

刘阿姨一听,更犯糊涂了,送上门,你不承认,这回又来讨要:"你说不是你家丢的,刚才回来的路上,我就把那东西交到派出所了……"

张局长一听,脸又变了,似有汗珠滚落,他用手抹了一下,说:"我随便问问,啊,那东西不一定是我家的!"说着慌忙走出了刘阿姨家。

刘阿姨心里更疑惑了:"刚才派出所的民警说那些是美元,到底是不是你家的呢?"张局长已走远了,似乎没有听见。

这人,到底怎么了?就像难以分类的垃圾一样,让人搞不懂。刘阿姨心里的疑惑更大了。

图:恒兰

开怀一笑 轻松悦读

古人过节购物清单

@凤凰网读书

徐霞客：Vlog相机

喜爱自助游的徐霞客，一生中走遍浙、闽、赣、楚、粤西、黔、滇。每天阅览各种自然风物，又有如此曲折的经历，只是写写日记就太可惜了。入手一个相机，随手拍拍Vlog，再开个微博，每天更新，徐霞客怕是会成为旅行博主Top 1。

苏轼：染发剂

苏轼已经不下百次在他的诗词里吐槽他的白发了。

苏轼去了趟黄州，面对大江感慨："多情应笑我，早生华发。"怀念妻子，发现自己已经"尘满面，鬓如霜"。

去爬山，也是"白头穿林要藤帽"。与叶淳老相遇，彼此是"白头相对故依然"。

所以，苏轼悲哉："白发已十载，青春无一堪。"

又到了新的一年，苏轼需要囤点染发剂，缓解一下他的白发困扰。

陆游：猫奴套装

没想到吧，写出"王师北定中原日，家祭无忘告乃翁"的钢铁直男陆放翁，其实是个内心柔软的猫奴。

写出"铁马冰河入梦来"的同一天，他还悠闲地烤着火，披着毯，撸着猫。

家里穷喂不饱猫主子，他还颇为惭愧。"惭愧家贫策勋薄，寒无

毡坐食无鱼。"

猫不好好抓老鼠,他也舍不得埋怨,"执鼠无功元不劾,一箪鱼饭以时来。"依然小鱼干好好伺候着,心甘情愿当铲屎官。

过年了,陆游应该下单一套猫奴装备,猫粮、猫砂、逗猫棒,一个也不能少。

蒲松龄:学习机

蒲松龄一直是"别人家的孩子",十九岁就考中秀才。可惜之后的命运急转而下,一直到七十多岁,他都没能考上公务员。

强烈建议蒲松龄入手一台学习机。哪里不会点哪里,妈妈再也不用担心他的学习。

阮籍:导航仪

"竹林七贤"之一阮籍,因对司马氏政权不满,却又无力改变现状,每天泪腺都很敏感。

《晋书·阮籍传》里说他,"时率意独驾,不由径路,车迹所穷,辄恸哭而反。"一找不着路就哭鼻子。

如果阮籍在今年能为自己购买一个导航设备,或许他就不会因为无路可走而哭泣了。

袁枚:食材与佐料

袁枚一生淡泊名利,不愿做官,立志游遍名山大川,品尝各地美食,并将所尝美食编辑成册,名为《随园食单》。

袁枚不仅记录美食的色泽及其相关的习俗,还记录美食的制作过程。比如在《点心单》中介绍了包括面、饼、馄饨、饺子、面茶、粽子、豆茶等五十多种点心的做法。

这位吃货×烹饪博主,如果要满足自己的美食欲求,须再多屯点烹饪调料和美食材料。

董大:口罩

立冬刚过,对于生活在华北等地区的人而言,这不仅意味着严寒将至,也意味着雾霾天的到来。哪怕在没有重工业的盛唐,诗人高适与好朋友董大分别的时候,也碰到了重度空气污染,正如他在《别董大》的诗中所写:"千里黄云白日曛,北风吹雁雪纷纷。"

出行的时候碰到沙尘天气,又恰逢过年过节,正好可以囤点口罩。更何况,董大是一位"天下谁人不识君"的大明星,可以用口罩挡住自己的脸,以防被粉丝发现并围堵。

水云间摘自微信公众号凤凰网读书

图:小黑孩

19. 答案:皮埃尔·德·顾拜旦先生。

流浪男孩和狗

@ 英国那些事儿

1992年5月6日,伊凡·米舒科夫出生在莫斯科附近的小镇,母亲体弱多病,父亲成日酗酒。

小伊凡在同样嗜酒成性的爷爷家长大,1996年的一天,爷爷连着好几天没有回家了,4岁的小伊凡翻遍了家里所有的柜子,吃掉了能吃的东西,却依然没觉得饱。

于是,小家伙在饥饿驱使下,冲到了寒风凛冽的大街上。

伊凡饿到不行,他一边找吃的,一边琢磨着找块地方躲风。天亮以后,他拐到街角的面包店去讨了一点吃的。

伊凡坐在街边啃面包的时候,忽然感觉好几双眼睛盯着他。他转头一看,看见了一群流浪狗,正眼巴巴看着他手里的面包,有几个还在吞着口水。

小伊凡自己也没吃饱,但看着流浪狗们可怜巴巴的眼神,他把面包撕成小团,放在面前的地上。流浪狗们试探着走上前来,在犹豫了一阵之后,它们就狼吞虎咽地吃了起来。

到了第二天,小伊凡又来到面包店讨食物,居然又看见了昨天碰到的那群流浪狗,它们又一次可怜巴巴地望着他,伊凡想了想,又一次把手里的香肠和面包分给了流浪狗们。就这样,每天小伊凡去面包店前乞讨时,总会碰上这群流浪狗。

虽然跟狗子们很熟,但一下子被这么多狗子簇拥,小伊凡一开始有些不习惯,但他很快发现,狗子们靠在身上,让他感到了从未有过的温暖,那一天晚上,伊凡睡了自己离家出走以来第一个温暖的觉⋯⋯

从那天以后,伊凡和这群流浪狗就形影不离了。去饭馆面包店讨食物,狗子们容易被赶出来,伊凡一出马,经常能满载而归。

就这样,伊凡渐渐混成了这群流浪狗的头儿,作为狗群里的老大,小伊凡负责卖萌讨食物,狗子们负责保护他,帮他暖被窝。

一转眼，伊凡已经和流浪狗们相依为命生活了两年，越来越多的人知道了这个"被狗带大的孩子"。

终于有好心人把这个情况报告给了警局。听说了这个情况，警方决定出动人马把伊凡"解救"出来，让他回归正常的人类社会。

然而，尝试了三次，前两次都因为伊凡身边的狗子们太过警觉，一直竭尽全力保护他，警察们根本没机会靠近伊凡。

第三次，警察们想了个办法，用食物引开了流浪狗，然后一把抓住了伊凡，将他带上警车走了。

伊凡和流浪狗们的故事还没有结束，警察们没有把伊凡留太久，便通知慈善机构的社工来安置伊凡，然而没想到的是，社工也不怎么待见伊凡，随便找了一家孤儿院，把伊凡扔下便走了。

突然有一天，伊凡逛到孤儿院的门口，忽然听到了一阵狗叫声，他抬头一看，不禁流下了惊喜的眼泪——那是曾经朝夕相伴的流浪狗们！伊凡隔着铁栏抚摸它们，它们也把嘴拼命凑上来，舔着伊凡的脸和手。

伊凡无比开心，他开始偷偷把食物藏起来，每天夜深人静就跑到孤儿院门口，分给曾经的流浪狗兄弟们。

然而，好景不长，伊凡偷偷跟流浪狗聚会的事很快被孤儿院的领导知道了，这位官员直接下令，杀掉门口那群流浪狗！

伊凡疯了一样捶打着孤儿院的大人们，泪水止不住地泻下，疯狂地喊叫着，直到嗓音嘶哑……

之后的岁月里，有好心的家庭主动收养了他，他渐渐恢复了正常人的生活。

时过境迁，如今已年满27岁的伊凡在家里也养了狗，但对于狗狗的感情，伊凡跟其他人有天壤之别："我很感激解救我的警察，也很感激养母收留了我。但在我心里，那群流浪狗是我唯一的家人，如果没有它们，我早就死了，是它们救了我，保护和照顾我，我才能在街头生活两年……"

然而，那群流浪狗因为去孤儿院寻找伊凡，却被官员杀掉，每每想到这里，伊凡不禁悲从中来，内心也一直难以平复。

如今的伊凡，一有空就会去流浪狗收容所，尽自己所能帮助它们，也算是对当年那群流浪狗兄弟们的感情寄托。

刘振摘自微信公众号英国那些事儿

图：半夏

我和老爸的微妙关系

@昕木

冷漠的父亲

我跟我爸的关系有点微妙。从小到大,给我送伞的、在家庭作业上签名的、参加家长会的,永远都是我妈,但凡任何一个该他彰显父亲身份的时刻,他不是在加班就是在出差。或许正是这种怪异的相处方式,我的性格变得古怪、孤僻、冷酷。

我十岁那年,我爸决定把我送到镇上跟奶奶一起住,等上初中了,又开始让我去寄宿制的学校。他无非是想让我尽可能不出现在他面前。

小学六年级,我在奶奶家门口被车撞了。我被好心的邻居送到了医院,奶奶打电话给我爸,他赶过来的时候已经是六个小时之后。我躺在病床上,愣愣地看着不善表达的他。

病房里的气氛尴尬到了极点。他问我:"喝水吗?""不喝,刚喝过了。""吃苹果吗?""不想吃。""……""药水快打完了,我出去叫护士。"

房门关上的那一刻,我们彼此都松了一口气。

第二天,逃逸的肇事司机被查出,只是人还没有找到。我爸去了一趟他家,司机的父母早已年迈,老人一见我爸便双双跪下,求我爸不要追究责任。我爸什么也没说,回来自己交了医药费。作为父亲,他没有为我讨回公道,这是儿时的我所不能接受的。

严厉的父亲

自从这件事情后,我爸对我的态度有了转变,由冷漠变得严厉。

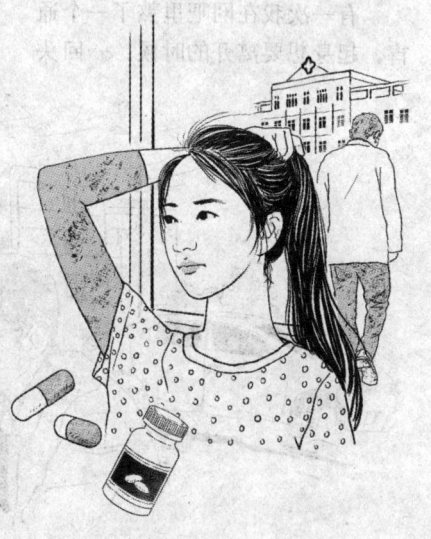

他要求我每天必须跑五公里,要求我吃很多的维生素,要求我晚上天黑之后不能在外面逗留,甚至还让我妈剪掉了我齐腰的长发。

我那时正处于叛逆期,觉得他的这些要求很可笑。一个常年不在家并没有为自己的女儿付出什么的人,有什么资格现在跑出来指手画脚。于是我旷课、染发、跟班里眉清目秀的小男生谈恋爱,试图激起他的愤怒。

他一次次地把我从网吧拎回家。每次我逃课去网吧,总能被他找到。他进来后也不生气,就只是搬一张桌子到我旁边坐着,一直到我内心慌乱,肯离开为止。

有一次我在网吧里熬了一个通宵,起身想要离开的时候,一回头突然看到睡着了的他,蜷缩在破旧的已经掉皮的椅子上。

我伸出右手轻轻拍了一下他的肩膀,他立马惊醒。见到是我,松了一口气,揉了揉眼睛。"你不玩了?""嗯,回家吧。"奇怪,我明明是可以趁他睡觉偷偷跑掉的。

我对什么事情都只有三分钟热度。很快,我便不再频繁地跑网吧,把头发也染回了正常的发色,最后和那个眉清目秀的小男生说了分手。我变成了一个普通的少女,总归是肯乖乖回学校读书了。

真相大白

高二那年中秋,多年不见的舅舅从异地回来,一家人难得聚在家里一起吃饭。饭桌上,舅舅看向我,得意扬扬地说:"我就说当年那个医生胡说八道吧,你们看,都都不是挺好的吗?这么久没见,都出落成大姑娘了,听说还是班里的团支书呢!有出息。"

众人齐刷刷看向我,好像十分赞同舅舅的话,只有

我爸,脸色尤为难看。舅舅又说:"都都,你还记得你十岁那年的事情吗?"

那天刚好是儿童节,学校早早就结束了庆祝活动。我在校门口等了很久才等到我爸,他重心不稳,身上还有很重的酒味。我有一丝害怕,于是便劝我爸别开车了,我们打车回家。没想到刚说完,我爸就火了,一把抓住我的手臂:"别人不相信我,你是我女儿,连你也不相信我吗?"说着便把我拽上了车。

我慌了,哭喊,但没有用。也许是受到了刺激,我爸一踩油门车子就冲了出去。他疯狂打方向盘,我怕了,说自己不舒服,头晕想吐。他终于慢了下来,直到我们被一排绿化带逼停。我跳车,把我爸拖出来,翻出自己的红领巾为他擦血,用他的手机打电话给我妈……

我妈跟警察很快赶到。车子被拖走,我爸被送去了医院,我坐在医院冰冷的长椅上等待检查,手里握着我妈给的一个梨,就在这一刻,内心彻底崩溃。

创伤后应激障碍,又称PTSD,我好像患上了这种病,只要看见我爸那张脸就会不安、乱叫、咬人。医生建议给我换个新的环境生活,让我爸暂时少出现在我面前。

父亲的道歉

可能是年纪小,记忆容易模糊,很多年后这一段经历在我脑海里已经变得不清晰。而舅舅似乎也以为这件事情已经过去,不再能影响我,所以在这一刻当作玩笑话说了出来。

我陪他们嘻嘻笑笑,后来以要写作业为借口离开,正准备关房门时,我爸走了过来。我明显听到他叹了一口气:"都都,对不起啊,我不是一个好父亲。"

他早就为那次事故变得滴酒不沾。他不是故意把我放到奶奶家生活,他不是故意让我去寄宿制学校,他不是故意逼我跑步吃维生素——是我的身体出现了问题。

我在奶奶家生活的时候,他总是趁我睡着带来一袋袋零食;我学自行车的时候,他偷偷跟在我后面怕我摔倒;我参加演讲比赛的时候,他就坐在黑暗的角落里。

很多年来,他看似冷漠忙碌,但其实在我人生每一次重要时刻,他都有参与。

杨子江摘自
微信公众号 storybook
图:豆薇

PTSD是什么?
扫码了解一下吧!

那些年，那些奇葩的案情和案犯

@ 方子敬

以前看过西昌铁路公安案例集，结果发现了一个哭笑不得的案例。铁路公安在铁路沿线相距不远的三个地点共发现了3具尸体，后来查明原来是两名案犯在火车上杀人抢劫，怕被人发现将尸体抛出窗外，刚作完案，感觉有人过来了，两个人非常惊慌，连忙跳出火车，结果双双摔死，真是多行不义必自毙！

有一次，一个扒手在公交车上行窃，结果被两个小伙子逮个正着，扭送到派出所之后，居然被警察看出了疑点，他们发现两个小伙子和最近经常偷割电线的犯罪嫌疑人很像，抓起来一问，果然是。结果窃贼被判了3年，两个小伙子由于偷割电线数目特别巨大，都被判了无期。

三

1997年，山西一沙场突然发现了84具尸骨，这下可把当地公安机关吓坏了。84条人命啊，公安机关马上开始调查，最后的结果让人觉得封建迷信真是害死人哪。原来1982年的时候，一个农民发现自己总是胸闷、心悸和急躁，去医院看了很多次也不见好，15年后，他突然做了个梦，梦里有个神仙让他经常见白骨，见得越多越好，尤其是埋葬不久的白骨。农民和妻子说了后，两口子就开始四处挖墓，积攒了84具白骨后，都放到沙场了。如果不是被人发现，他们还要继续积攒，直到农民的病好。

山东泰安的一个罪犯，1962年出生，10岁辍学开始流浪，15岁在公共汽车上扒窃被当场抓获，送到收容所教养 8 个月。

1979 年因盗窃被判处 5 年徒刑，1980 年假释出狱，在考察期内因偷盗被判处 4 年徒刑，与剩余刑期合并，执行有期徒刑 5 年，关到了济宁监狱。

1985 年 1 月越狱，再次盗窃后被抓获，数罪并罚加刑 4 年，与前刑合并执行 7 年徒刑。

1985 年 11 月，越狱成功，继续行窃且数额巨大，被依法加刑 4 年，与前刑合并执行 15 年徒刑。同年底，调往泰安监狱。

1986 年 9 月，越狱成功，被加刑 5 年，与前刑合并执行 17 年徒刑。

1987 年 8 月，两次越狱不成功，被加刑 6 年，与前刑合并执行 20 年徒刑。

此后他反复折腾了近 20 年的时间，屡次越狱均以失败告终，最后连身边的犯人都看出来了，他对越狱有一种病态的执念。

2005 年，他终于刑满释放，重新回到社会。此时距离他第一次服 5 年有期徒刑，足足过去了 26 年。

郝景田摘自《幽默与笑话》 图：小黑孩

惊险曲折的故事情节　激烈动人的战斗场景
长篇小说《雪域剿匪》现已出版

定价：35.00 元
《故事会》读者八折优惠

编辑推荐

本书故事情节惊心动魄，扣人心弦，有刀光剑影，也有似水柔情；有生死抉择，也有离合悲欢，将您带回雪域高原那段硝烟并未散尽的岁月。

《雪域剿匪》是一部反映汉藏民族亲密团结的小说，它以 20 世纪 50 年代初平息叛乱为背景，以汉藏人民亲密团结、粉碎残匪破坏为主线，塑造了扎西、方振江、云丹贡布等人物形象。惊险曲折的故事情节，激烈动人的战斗场景，独具特色的西域风情，这是一部思想性、可读性兼具的长篇佳作。

《雪域剿匪》现已上市，读者可直接登录京东、淘宝、当当等各大网上图书商城购买。

咨询电话：021-64338113。

淘宝扫码购买

微信扫码购买

看不见自己影子的人

@ 安谅

知道明人业余在创作小说，卫计委的朋友尤说，我给你介绍一个人，是一位病人，在特殊病院的，很特别，你一定会有收获。尤诡秘地一笑。

于是，明人到了特殊病院，见到了那个病人，叫乔，眉眼清晰，有几分帅气，长得有点像张学友。对视着明人的目光是直直的、亮亮的。

他是一个看不见自己影子的人。朋友说。这怎么可能呢？如果是人的话，肯定是眼睛瞎掉了。明人对朋友悄声发出疑问。

你可以与他聊聊。他其他方面都很正常，就是看不见自己的影子，感觉有点悬。他坚持这么认为，若你否定他，他就会骂你，甚至还要揍你。

明人与乔面对面坐下。乔神态自若，礼貌地问明人："我能抽支烟吗？"明人点点头。他就从裤袋里掏出一包烟，烟盒已揉得皱巴巴的了，从里面抽出的一支烟，也歪歪的软软的，不再坚挺和光洁。他的厚嘴唇轻轻叼住，打火机跟着点上了火。

乔从缭绕的烟雾中瞥了明人一眼："您是不是怀疑我什么？"

明人忙说："怎么会呢？我只是想向您讨教，怎么才能看不见自己的影子？您知道吧，影子其实是很让人讨厌的东西，在阳光或是灯光下，影子忽长忽短，忽有忽无，扰乱人心。我知道您先前也看得见自己的影子，后来就练出了这身本事，我真仰慕不已。"

"您也这么讨厌自己的影子？您想看不见自己的影子，但您能吃苦受累吗？"乔一脸严肃地反问。

"您怎么指示，我就怎么做，您练一年，我练三年。"明人表现得很真诚。对方是个特殊病人，明人也把诚意表现出来，特殊病人往往最敏感。

"您要真想练，我可以教您，我知道您是一位作家，您想写书，我不反对，而且，也可以通过您告诉大家，我看不见自己的影子，这是一个事实。"乔很坦率，也很有逻辑和主见。

明人笑了："那耽搁您时间了。您能告诉我，第一步需要怎么做吗？"

"第一步，是您要忘记您自己。"乔的语气不像是在开玩笑。说完，就又吞吐了一口烟雾，烟雾弥漫开来，熏着了明人的眼睛。明人先是视线模糊，随之被呛出了眼泪。

"怎么才能忘掉自己呢？"明人抹去泪水，小心翼翼地问。

"这得苦练，我是得空就坐在窗台边上，或者办公桌前，看街上的行人，看自己的同事，想他们的事，他们的苦乐，绝不想自己个人的事……"

"这得想多久？"乔还未说完，明人就急不可耐地打断了他，还连忙补了一句，"哦，对不起……"

"得先练三年，然后天天要练，练无止境。"乔说。

"您现在还在练吗？"明人又问。

"当然喽，要不功夫就会全废了。您没发现，我还没练到家吗？刚才想着您的心思意图，还是又把自己放进去了，说人家都知道我看不见自己的影子这个事实，说明我修炼不够。"乔平静地自我检讨，像是看穿了明人的心思。

明人有点不自在："那、那还有第二步吗？"

"第二步就是再忘掉阳光、灯光，所有一切的光芒，视它们与黑暗为一体。"

"这是什么意思？"明人不解。

"我师傅说过，黑暗下的善恶，与阳光下的善恶都是一样存在的，千万别被光芒迷惑，也千万别视黑暗为一切恶的深渊。它们本身是一体的，而这最重要的是，先要忘掉阳光、灯光等一切光芒，它们其实是在迷惑世人。"乔从容地应答。

"那怎么能忘掉阳光、灯光等所有一切的光芒呢？"明人问。

"那您就得苦练，用心练，天天练，睁眼练，闭眼练，练到白天与黑夜一样，练到阳光不晃眼，灯光不刺眼。"乔说得极为流畅。明人听着却傻眼了。这眼睛是决然不敢正视阳光的,七月流火季节,你直视太阳,还不被太阳灼伤呀!明人寻思着。这时,只见乔的双目转向了窗外。天边,太阳高悬、炽热。乔的目光扫视过去,不见一丝躲闪,一丝慌乱,目中无光般又转回了房间。

"那第三步呢?"明人想打破砂锅问到底。

"第三步,您要在阳光和黑暗中一眼看出恶魔来,要在平常和危机时候发现恶魔的影子来,您的影子,就不重要了,看不见了。"乔把烟蒂掐灭,干净利落,又似掷地有声。

虽是在空调开着的房间里,明人还是汗湿衣衫,他被眼前这位特殊病患者给深深震撼了。

阳光从窗玻璃透射进来,把乔的侧影投映在墙壁上,他说话时身子稍稍探动,也明显带过了一片影子,这么清晰分明,难道他真看不见这些吗?

明人是带着疑惑告别乔的。卫计委的朋友尤已提前离开,他真想找个朋友好好聊聊,这位乔一定有着他尚未让人知晓的经历和背景,这里面一定有着神秘而又奇特的故事。

忙了一阵后,明人就打电话给卫计委的朋友了,说要再采访那个乔。还有,明人希望他能如实相告,说出自己背后的真实故事。

电话里传来一声深长的叹息,他听到的是:"乔,已经牺牲了,唉!太可惜了!一个时代的英雄呀!你来我这儿,我告诉你实情吧。"

明人头一晕,连忙闭上眼,定了定神,才回答道:"好,好,我马上过来。"

刚到朋友尤那里,还没坐定,明人就迫不及待地问道:"乔是怎么啦?这到底是怎么一回事?"乔已完全占据了他的全部身心。

民防小知识1.去到陌生地方时,提前留意安全出口等逃生通道,以便遇到险情能及时逃离。

尤无言地递给明人一份报告，明人接过，就飞快地读了起来。五分钟后，脑海里乔的形象已高大分明起来。但他仍忍不住向尤发问："乔是公安局的侦查员？乔真的是牺牲了吗？"

"是的，他是侦查员，上次你采访他之后的一天，他听来看望的战友说，已发现了他们一直在排摸抓捕的一个杀人恶魔的踪迹，便吵着要出院参战，他说早就等着这一天了。上面领导同意了。那次深夜巷战，他冲锋在先，一枪撂倒了那个恶魔，但被隐藏在墙角的另一个歹徒偷袭了……乔的领导告诉我，说他很英勇。"朋友尤说。

"那他看不见自己的影子，是怎么回事呢？"明人又问。

"当年，他与他师傅首次一起去执行任务，那也是一个深夜，他们搜捕一个杀人团伙，在老街巷里悄悄地行进着。在墙角潜伏时，他忽然看见自己的影子，被月光投映在地面上，他一激灵，以为自己已暴露在歹徒的目光下，冲动地想化被动为主动，一下子跳了起来，师傅拉他没拉住，只能用身体挡在他前面。这时，躲在角落里的歹徒听见声响，立即发现了他们，向他们射出了一排子弹。师傅中弹倒地，他毫发未损，歹徒安全逃窜，行动失败了。由此，他痛苦万分，自责，焦虑不堪，发誓一定要为师傅报仇，痛恨自己看见了自己的影子。他一个人在黑暗的小屋待了三天三夜，他要一辈子看不到自己的影子。他挖空心思地、全身心地练，练得走火入魔……"朋友尤叙述的时候，声音是悲怆的。

"你知道吗？公安局的领导对我说：他牺牲前，真的没有关注自己、关注自己的影子。他毫不犹豫地冲出去，一枪制服了那个杀人头目，为师傅报了仇。但也是因为他的影子被另一个歹徒发现了，在他行动之后，刚一露面，就遭到暗算。多好的小伙子，真的很壮烈……"朋友尤的声音哽咽了。

看不见自己的影子，就是一种视死如归的特殊气概呀！

明人双眼盈泪，他站起身来，久久没有言语。屋内已呈黑暗，窗外的光线投射进来，他也浑然不觉自己的影子，仿佛身心已与乔融合在了一起。

池塘柳摘自《北京文学》

图：豆薇

想看作者的更多故事？快来扫码吧！

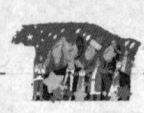

中国是统一的多民族大家庭，每一个民族，都流传着感人至深的故事，每一个民族，都拥有着丰富的民间文学宝藏。本刊特推出新栏目“56个民族的故事”，为您讲述中华民族的动人传说。本期刊登的是锡伯族民间故事《达尔洪爷爷的传说》。

达尔洪爷爷的传说

@于海琛　项扬　张雪冬搜集整理

很久很久以前，在大兴安岭一带，有个大村落里住着几百户锡伯人。他们靠放牧、狩猎、捕鱼世世代代在那里繁衍生息。

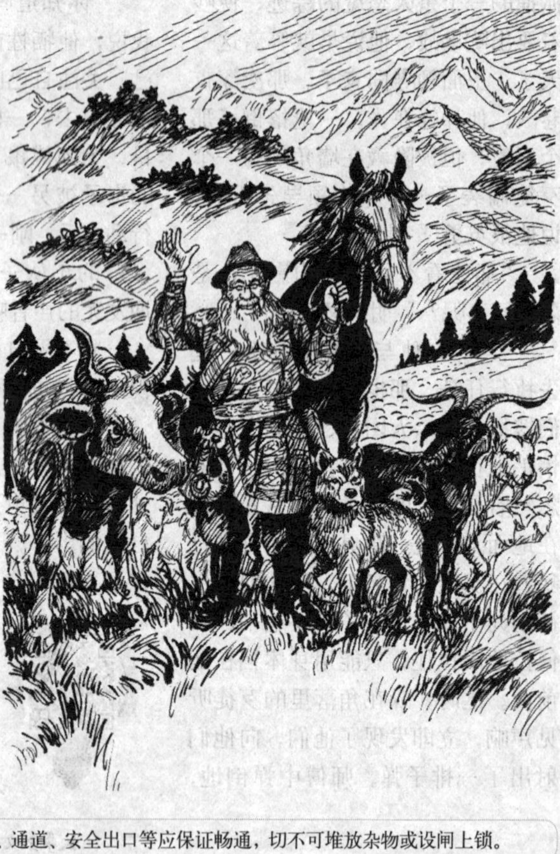

民防小知识 2. 楼梯、通道、安全出口等应保证畅通，切不可堆放杂物或设闸上锁。

一年,家家户户喂养的牲畜不幸遭到瘟疫之害,病的病,死的死。为此,锡伯人四处奔波,求神保佑,烧香磕头,也无济于事。

村子里有个孤独老人,从小就失去了父母,长大了也未娶妻,到了五六十岁,仍过着孤独凄凉的生活。他也没个名字,因他一年四季手不离放牧竿,所以人们都叫他达尔洪爷爷。达尔洪是锡伯语"竿"的意思。达尔洪眼看着乡亲们的牲畜遭瘟疫相继死去,心里就像刀割似的难受,他不忍心叫乡亲们的牲畜遭受天灾之祸。他带着干粮,辞别了众乡亲,赶着乡亲们的牲畜,逐水草而牧,伴畜群而住。日夜牧放,精心照料。转眼到了深秋季节,达尔洪爷爷牧放的牲畜个个体壮膘肥、色泽光亮,还繁殖了不少的小牲畜哩!当他把各家的牲畜赶回村子时,整个村子顿时像开了锅一样沸腾了。家家户户男女老少自动把最好吃的瓜果端来敬给达尔洪爷爷,老人们还准备了丰盛的酒席,热情地款待这位可敬的爷爷。

从此,达尔洪爷爷为了给乡亲们放好牲畜,把自己的一切置之度外,一心扑在牲畜上。繁殖出的牲畜活蹦乱跳,在达尔洪爷爷的抚育下茁壮生长。花开花落,年复一年,达尔洪爷爷所牧放的牲畜很快繁殖得牛马成群,每家都有了一群牲畜了。乡亲们为了表达对达尔洪爷爷的爱戴之心,以全村的名义供养这位恩重高山的孤独爷爷,直到他九十多岁闭目去世为止。

为了让子孙万代永远铭记达尔洪爷爷的恩德,家家户户纷纷请画匠画一张达尔洪爷爷的画像,做了木盒,为他立了神位,固定在房屋南墙外西角上方。每逢过年过节都忘不了达尔洪爷爷,给他供酒供饭,焚香磕头,并把自己最喜爱的马匹拴在达尔洪爷爷神位前,以虔诚的心意供他在阴间骑用……

自从那时起,锡伯人代代纪念达尔洪爷爷。后来又给他起了个很好听的名字叫海尔堪。久而久之,世代相传,便成了锡伯人供奉的保佑牲畜繁衍的男神灵了,即海尔堪爷爷。

> **"**
> 海尔堪是锡伯族供奉的一种保护牲畜的神,也是锡伯族诸多信仰神祇中最原始而重要的神之一,锡伯族人在献马仪式上给所献马的尾巴系上羽毛或红布条,并在马背上披上妇女衣服,以此表示妇女可以骑用此马。

孔融：一个道德楷模的犀利日常

@ 庄德相

几乎每个小伙伴都听说过孔融让梨的故事，孩提时代的孔融是一个道德楷模+天才儿童，集万千宠爱于一身。

大名士李膺喜欢在自家豪宅搞名人沙龙，而且非名流或世交不得入内。孔融不屑，自称跟李家是世交，大摇大摆进去了，李膺疑惑，这小子谁呀，来混吃混喝的？孔融说："我的祖先孔子和你的祖先老子曾是师友，我们当然算世交了。"

13岁，孔融的父亲逝世，他"哀悴过毁，扶而后起"，再度入选年度孝顺楷模。16岁，他哥哥孔褒的朋友张俭因得罪宦官被通缉，投奔孔家，孔褒不在，孔融让张俭留宿，结果事情败露，兄弟二人和孔妈妈"一门争死"，朝廷发话了，让孔褒抵罪，《后汉书·孔融传》在这里接了一句，"融由是显名"。

当哥哥孔褒走向断头台，孔融则成了忠孝仁义的代言人，也成了猎头们的抢手货，各地都请他当官。

他拒绝了。

直到司徒杨赐请他出山，他才欣然上任。杨赐派他去拜访新晋大将军何进，对方门童不懂事，没有及时通报，让他多等了一会儿，孔融怎能接受被别人耍大牌？他转身就走。何进也不爽，年轻人狂个啥！遂派剑客刺杀孔融，该剑客够腹黑，说，孔融这么红，杀他还不如利用他，以礼相待，显得你有雅量又重视贤才。何进不愧是优秀的政客，于是推荐孔融去当更大的官。

后来孔融到北海郡为相——那是黄巾军最爱骚扰的地带。孔融与

民防小知识3. 发生火灾时，要根据情况选择进入相对较为安全的楼梯通道，切勿乘坐电梯。

格物致知 经世致用

黄巾军的交锋,如果拍成电影,就是他的丢脸集锦,只不过是细分成被打得落花流水、屁滚尿流、溃不成军等几种形态而已。

因为租赋账目不清,孔融一天之内处死五个督邮,超有效率。对待一个心腹,爱他时把对方当儿子,恨他时就要砍人。

任性、自我、反应快、情绪化、人来疯——这样的孔融,如果乖乖当一个脱口秀节目主持人,该是多么低碳环保,可孔融偏偏不。他杀了劝他接纳袁绍、曹操的左丞祖,但没过多久,情势所迫,他还是寄身于曹操。

孔融和曹操,完全是不兼容的两套系统。但曹操需要孔融这个大名士来装点门面,所以一忍再忍。哪怕孔融给曹操推荐了祢衡这个不靠谱的愤青,曹操也没有发作。

祢衡有点文采,但恃才傲物,十分毒舌,孔融对他颇为迷恋,每天循环在曹操面前推荐祢衡,吹得前无古人后无来者。曹操给他面子,决定见一见。但祢衡不配合,对曹操冷嘲热讽。曹操让他当鼓史,当众表演,祢衡不穿制服,疯狂演奏重金属音乐,被负责礼仪的官员呵斥,于是,雷人的一幕来了——祢衡当着曹操及众人的面,把自己脱个精光!曹操自嘲道,本想羞辱祢衡,没想到被祢衡羞辱了。

连孔融都觉得祢衡玩过头了,让祢衡去道歉,曹操很高兴,准备接见他,结果祢衡穿着麻布粗衣,手持三尺大杖,以泼妇骂街的姿态,展开以曹操为主题的长篇谩骂秀。曹操怒了,借黄祖之手把祢衡干掉了。祢衡的死没有让孔融产生任何危机意识。曹操要杀杨彪,孔融威胁说你如果杀杨彪我这个官就不当了,曹操作罢,孔融发现,阿瞒果然是怕我的,于是更加肆无忌惮。

像孔融这样高调的话痨,找点把柄简直易如反掌。曹操推行禁酒令,孔融不以为然,公开违抗。他还说过,母亲好比一个盛放东西的瓦罐,子女生下来就如同东西从瓦罐里倒出来,难道还要给瓦罐写感谢信,侍奉瓦罐终老?

这些话,现在看来都够出位,更别说以孝治天下的三国。于是,曹操为这个推崇忠孝的孔子的后人制定了罪名,不忠不孝,理直气壮地杀了他。

出名太早也不好,容易自我膨胀。中老年孔融就忘记了自己姓孔,经常说一些出格犯上的话语,因此丢掉了身家性命。悲哉!

姚梅芬摘自《课堂内外》 图:小栗子

@ 李朝德

那一束光

十多分钟前,我打电话告诉母亲我要坐火车去宣威,要路过村里。母亲很是高兴:"去宣威做什么?大概几点钟到?"我一一回答,但有些遗憾:"可惜村里没有站,不然可以回家看看。"母亲说:"你忙你的,我身体好好的,不用管。"说完这句,电话里一阵沉默。

父亲过世后,母亲常说,时间过得慢,太阳总不落山,天黑后,天又总也不亮。

近些年,即便电话里经常联系,但如果不是假期或者有特殊事情,我一般很少回家,原因在于,没个理由就跑回家去,每一次母亲都会责怪我。母亲总是说:"你哥你姐就住在村里,我身体好好的不用挂念,打个电话就行了,那么远,跑来跑去浪费车费!"

但是,车过村庄,母子相距几百米却不能相见,对我来说终究是一个大大的遗憾。于是,我打破沉默:"妈,要不火车快到的时候,我打电话给你,你去村里的铁路口等我,我在7号车厢的门口,会向你招手,你就可以看见我,我也可以看见你了。"

这个突然的提议,我自己也觉得有点意外和为难,夜色中叫母亲在路口等着见我,这算是怎么一回事?但是母亲很高兴,一口答应了下来。

我们都知道那个路口,那个叫小米田的路口是连接村庄与田地的一个主要路口。火车通过那个道口需要多长时间呢?估计就是一闪而过吧,我与母亲相互能看见吗?

火车一过沾益县城,我就给母亲打电话让她去道口等着。沾益县城离老家松林村不到二十公里，估计不到十分钟我就可以看见母亲。

此时一明一暗，车里车外仿佛两个世界。我把脸贴在7号车门的玻璃上，努力寻找熟悉的山川轮廓。

焦躁中，却看见远远的公路上有车流的灯光，黑夜中流光溢彩。

正纳闷这是哪条路呢？远远的路上放着光芒的"施家屯收费站"白色大字突然出现了。我心里一阵酸楚，"施家屯"已是隔壁村庄，火车刚在一分钟前驶过松林村，我竟然没有看见我熟悉的村庄与站在路口的母亲。

我颓然打电话告诉母亲："妈，天太黑了，我还没等看见你，火车就已经到了施家屯。"

母亲也说："刚才有趟火车经过，太快了，没有看见你。我想应该就这趟火车，知道你坐在上面，就行了。"

我不甘心，对母亲说："妈，要不明晚我返回时，在最近的曲靖站下？站上有到村里的汽车，半个小时就到家了，住一晚再回昆明，方便得很。"

电话里，母亲慌忙阻止，语气固执而又坚定，仿佛我如果这样做，都是因为她引起的。我没有办法，告诉母亲，那明晚还是在这个路口，到时候我会站在最后一个车厢的车门旁招手，我们一定可以看见对方。

翌日返程，我早早地走到最后一节车厢的车门旁。黑夜的火车如一条光带在铁轨上漂移，伏在玻璃上我把眼睛使劲睁大，可还是很难看清车窗外的任何景物。

这时候，我又看见了"施家屯"这几个字。

车内外温差大，窗户上起了一层薄薄的雾，我慌忙用手掌擦拭玻璃，用双手罩住眼眶，以遮挡车内的亮光，在微弱的光线下仔细搜寻外面的一景一物。

就在一个路口，我突然看见有束电筒光在黑暗中照着火车！我刚要摇手呼喊，火车却又过了！

我忙掏出电话，颤抖着告诉母亲："妈，我看见你在路口了。"

母亲在电话里说："我也看见你。"

两句话说完，车外再没有了村庄，母亲越来越远了。

我在夜色的火车中，不过是一晃而过的黑点，那个叫作小米田的道口，不过只有三四米宽，而站在道口等我的母亲，她还没有一米六高啊……

丁强摘自《人民日报》

图：陈明贵

【读者说】 @温丹红：评2019年8月号《酒后吃头孢的生死24小时》生命是极其宝贵的，也是脆弱柔软不堪一击的，在灾难和疾病如洪水猛兽般突然降临的时候，人类会显得渺小、茫然、无助，但绝不会坐以待毙。福祸相依、休戚与共，我们一定会用智慧和意志力去战胜厄运和劫难！

@晨：评2019年8月号《酒后吃头孢的生死24小时》太玄了！我们吃药前还是要看好禁忌事项啊，吃了药就尽量不要再喝酒了。

扫码看原文

@花落知多少：评2019年7月号《盲人理发师》这是个伤感的爱情好故事，在生活的道路上若遇到盲人，请伸出我们的双手给他们一份帮助，愿好人一生平安。

扫码看原文

@笔：评2019年7月号《盲人理发师》当你不再看见自己以及这个世界的所有污浊时，指头上的活儿才会更加精细起来。

【编者说】 人的一生会遇见很多很多人，大多数人只是过客，真正走进你心里的，或是竹马青梅、抑或有缘相伴。不思量、自难忘。本期焦点刊发的故事便与此相关。爱牵引他们相濡以沫，风雨同舟，让平凡的日子生出绚烂的色彩。越过荆棘，得见繁花盛开。

本期责任编辑 唐祯

故事读完意犹未尽？

线上增刊中我们为您准备了更多真情故事，更多科学知识，更多幽默笑话等精彩内容，期待您的关注。

扫描二维码，好故事"码"上看！

民防小知识5. 火灾逃生时切勿盲目跟从人流相互拥挤。（上海市民防办供稿）